조용한 숲속에서, 한 비극이 끝나려고 했다.

아니, 혹은 그것이 가장 큰 비극일까?

눈물을 흘리는 청년의 품에서, 한 소녀의 생명이 허망하게 흩어지려고 한다.

그리고 청년은 아무것도 할 수 없다. 그저 품에서 싸늘해지는 소녀를 끌어안을 수밖에 없다.

『있잖아…… 베르. 난…… 너와 함께여서…… 행복했……어…….』

『안 돼, 가지 마! 싫어! 싫다고……!』

두 사람의 운명은 대체 어디서 엇갈린 것일까?

어째서 이런 결말을 맞이하고 만 것일까?

그건 지금 와서 생각해도 소용없는 일이고, 어떻게 할 수 없는 일이라서…….

청년은 그저 과거를 후회할 수밖에 없었다.

『베르…… 사랑……해…….』

◇

    나는 지금 PC 게임을 하면서 끔찍한 슬픔에 시달리고 있었다. 지금이라면 슬픔을 깨우치고 암살권의 오의를 쓸 수 있을지도 모른다.

    무상전생이라든가.

    엉엉엉. 눈물이 나는구나……. 내 눈물 때문에 화면이 안 보여.

    아, 뭔가 추하게 우는 사내놈 얼굴이 크게 뜨는데. 이놈 누구야? 아, 모니터 화면에 비친 내 얼굴이네.

    내 이름은 후도 니토. *부동의 니트란 나를 말한다.

    뭐, 사실은 니트가 아니지만. Web 라이터지만.

    현재 내가 하는 건 『영원의 산화~Fiore caduto eterna~』라는 미소녀 게임으로, 한자로 쓰면 '구원(久遠)의 산화(散花)'라고 한다.

    사실은 산화(散花)가 아니라 산화(散華)가 맞겠지만, 이건 만든 말이니까.

    영원도 사실은 '구원'이라고 읽지 않지만, 기분상 그런 거겠지.

    구원(久遠)은 불교 용어라고 하니까, 어쩌면 부처에게 바치려고 꽃을 뿌리는 행위인 산화(散華)를 제목에 넣은 걸지도 모른다. 나아가 외국어 부분에선 남성 명사와 여성형 단어가 섞였지만, 제목을 생각한 사람도 그 부분은 잘 몰랐던 거겠지. 여러모로 따지고 싶은 부분이 많은 제목이다.

---

* 주인공 이름의 말장난. 부동 니트 = 후도 니토로 읽는다. 니트(NEET)란 취업 의지가 없는 백수를 뜻하는 말.

이 게임인 이세계 '피오리'에 있는 마법학교를 무대로 영 시원 찮은 주인공 '베르네르'를 조작해 총 20명 있는 히로인과 연애질 하는 게임인데, 놀랍게도 대부분의 루트에서 플레이어가 선택한 히로인이 죽는다.

아…… 제목에 있는 '산화(꽃이 지다)'는 그런 뜻인가…….

그리고 현재 화면에서 죽은 아이는 메인 히로인이자 최종 보스 인 '에테르나'로, 내 최애다.

가게 앞에서 이 게임을 봤을 때 패키지 중앙을 차지한 에테르나 의 디자인에 끌려서 게임을 샀다고 해도 과언이 아니다.

그런 내 최애 히로인은…… 놀랍게도, 메인 히로인인데도, 배드 엔딩을 제외한 모든 엔딩에서 죽는다.

이름이 에테르나[영원]인데도 무진장 허망하게 죽는다.

왜 그런가 하면, 간결하게나마 설명할 시간을 주었으면 한다.

이 소녀, 에테르나는 『성녀』로 불리는 존재인데, 이 세계에서 이 것저것 나쁜 짓을 하는 존재, 마녀와 대립하며 세계를 구하는 사 명을 띠고 있다.

참고로 이 마녀도 사실은 히로인으로, 공략이 가능하다.

이 캐릭터에도 불쌍한 과거가 있기는 하지만, 아무래도 상관없 으니까 생략하겠다.

불쌍한 과거가 있으면 뭘 해도 된다고 생각하지 말라고, 바보야.

아무튼, 에테르나는 마녀를 물리치는 사명을 지닌 성녀인데, 갓 난아기 때 착오가 있어서 가난한 마을에서 주인공과 같이 성장하 고 말았다.

그리고 착오로 인해 에테르나와 뒤바뀐 가짜 성녀는 '엘리제'라고 하는데, 이건 참 구제불능의 쓰레기로, 성녀의 권위만 믿고 제멋대로 날뛰는 쓰레기 오브 쓰레기였다. 최악의 인간쓰레기였다. 올해 최악의 쓰레기 수상감이었다.

참고로 물론 히로인이 아니다. 공략은 불가능하다.

결국 이 쓰레기는 약속된 심판&심판 이벤트로 꼴좋게 죽지만, 이것이 남긴 부채가 너무 지독했다.

에테르나와 가짜 성녀는 딴사람인데, 그 사실이 세간에 퍼지기 전에 일부 폭도가 가짜 성녀와 에테르나를 착각해서 '성녀를 용서할 수 없다'라며 에테르나의 고향을 습격해 가족과 친지를 몰살했고, 이것으로 에테르나가 격노해 인류에게 절망하고 어둠에 물들고 만다.

그리고 그 결과, 어느 루트를 타도 에테르나는 최종 보스로 군림하고 마지막에 토벌되고 마는 것이다. 얘 왜 이렇게 불쌍하니.

유일하게 화해할 수 있는 길은 에테르나를 공략 대상으로 택한 에테르나 루트인데…… 놀랍게도, 여기서도 에테르나는 죽는다.

성녀의 사명을 다해서 마녀와 함께 죽고 마는 것이다.

그리고 주인공의 품에서 허망하게 생을 마친다……. 그것이 지금 내가 보는 화면 속에서 일어난 일이었다.

너, 너무해……. 너무 불쌍해…….

이것도 전부 쓰레기 같은 가짜 성녀 탓이다. 그 쓰레기만 없었더라면 에테르나는 불행해지지 않았다.

아, 젠장. 뭐 없어? 빨리 에테르나 구원 루트 업데이트, 플리즈!

뭐하면 2차 창작도 좋다. 문장력 좋은 누군가가 써 달라고.

참고로 나는 무리. 대본 형식밖에 못 쓴다.

아, 진짜. 환생 치트 오리지널 주인공이든 뭐든 좋으니까, 누가 이 결말을 바꿔줘.

그리고 쓰레기 가짜 성녀를 후다닥 퇴장시켜 달라고.

솔직히 말해서 너무 불쌍한 나머지 오히려 호감이 생긴 측면도 있지만, 하나쯤은 행복하게 끝나는 생존 루트가 있어도 좋을 거라고 생각한다.

뭐랄까, 너무 복에 겨운 캐릭터는 별로 좋아하지 않거든. 현실은 그렇게 만만하지 않다고 할까.

그래서 불행한 캐릭터를 더 응원하고 싶어지지만…… 에테르나는 그중에서도 최고다.

그런 생각을 하면서, 나는 PC를 끄고 이불에 누웠다.

시각은 벌써 오전 3시다.

잠잘 시간도 쪼개서 한다는 건 이걸 말하는 거겠지. 이젠 너무 졸리다. 그런고로 자자. 굿나잇.

젠장. 이렇게 되면 에테르나가 행복해지는 꿈을 꿔 주마.

아, 밤새워서 그런지 온몸이 나른하고 쑤시네.

아침에 일어나 보니, 낯선 성에 있었습니다.

이 상황을 100자 이내로 간단히 설명하시오. 네, 무리. 끝.

아니, 진짜로 영문을 모르겠어.

뭐야? 유괴? 그렇다고 치면 참 호화로운 유괴일세.

애초에 여긴 어디? 우리 나라에 이런 서양식 성이 있었나?

아, 꿈의 나라에는 성 같은 호텔이 있었지.

뭐, 유괴당했어도 이런 유괴라면 은근 환영인데? 좁은 아파트에서 넓은 성이면 평범하게 생각해도 상황이 더 좋아진 거니까.

그런 생각을 하면서 푹신푹신한 침대에서 나오자 이상하게 시점이 낮은 것을 깨달았다.

어랍쇼? 이 방, 너무 크지 않아? 가구라든지, 전체적으로 사이즈가 이상한데?

저 거울만 해도 얼마나 큰 거야.

"어⋯⋯? 어? 어어어어어?!"

거울에 다가가자 이상한 소리가 나왔다.

톤이 높고, 맑고 고운 목소리다. 절대로 내 목소리가 아니다.

하지만 그건 확실하게 내 입에서 나왔고, 거울에 비친 것도 내가 아니었다.

허리에 닿는, 벌꿀 같은 빛깔을 띤 밝은 금발. 큼직한 보석 같은 녹색 눈동자.

얼굴 생김새는 마치 인형처럼 단정해서, CG 같은 걸로 만든 느낌이다.

그 왜 있잖아. 유명 RPG의 리메이크에서 히로인의 모공과 솜털이 전부 구현되어서 화제가 된 거. 그런 느낌.

와, 피부 진짜 곱다. 점이나 주름도 없고, 자세히 봐도 모공이나 솜털이 눈에 띄지 않는다.

뺨을 만져 보니 무시무시할 정도로 감촉이 좋고, 탱글탱글하다.

아니, 그 이전에 이건…… 역시 나인가? 내 움직임과 거울 속 소녀의 움직임이 연동하니까 확실해 보인다.

그나저나 소녀입니까. 그렇습니까. *TS입니까. 알겠습니다.

하지만 내용물이 나라면 대체 누가 좋아할까. 이거 어쩔 거야.

모처럼 엄청난 미소녀인데 내용물이 이래선 백 년의 사랑도 식겠다.

미소녀는 외모도 중요하지만, 내용물도 중요하다고.

만화에서도 그렇지만, 내용물이 별로인 미소녀는 팬티를 슬쩍 보여줘도 독자가 '기쁘지 않아' 라고 말할 게 뻔하다.

그나저나 이 성은…… 자세히 보니 눈에 익은 것 같기도 하고, 아닌 것 같기도 하고…….

왠지 『영원의 산화』에 등장하는 성녀의 성과 비슷한 것 같기도 하다. 아니, 그 이전에 완전 판박이다.

오케이. 오케이. 이제 알겠어.

이건 즉, 그거지? 나는 지금 『영원의 산화』의 꿈을 꾸는 거지?

그리고…… 어리면서도 빛나는 미모. 외모에서 넘쳐나는 압도적인 카리스마와 성녀 오라.

틀림없다. 이건 잠들기 전에 한 『영원의 산화』의 귀염둥이 히로인, 에테르나의 어릴 적 모습이리라.

2차원이 3차원이 되어서 솔직히 잘 알아보기 어렵지만, 이만한 미소녀는 메인 히로인 말고 생각할 수 없다.

---

* TS : TransSexual. 성전환. 혹은 이를 다룬 창작물.

머리카락과 눈동자 색이 다르지만, 그 정도는 오차 수준이다.

게임 캐릭터니까 머리 색이 설정과 다른 것도 드문 일이 아니다.

예를 들어 설정에서는 검은 머리인데 아무리 봐도 파란 머리인 캐릭터도 있고, 그림을 봐서는 분홍색이거나 녹색이더라도 설정에서는 사실 그런 색깔이 아니라 플레이어가 시각적으로 구분하기 쉽게 그런 색깔로 칠했다는 일도 있다.

얼굴 생김새도 조금 다른 것 같지만, 2차원이 3차원이 되면 당연히 달라지겠지.

오호라. 그렇군? 이건 즉, 내 소원이 이루어진 셈인가?

에테르나가 행복해지는 꿈을 꾸겠다고 생각했는데, 나더러 행복하게 만들라 이건가.

에테르나가 행복해지는 방법…… 그건 나 자신이 에테르나가 되는 것이다…….

아항? 흠흠. 좋은뎁쇼. 좋아. 기왕 이렇게 됐으니까 해주마.

미소녀의 심정에도 흥미가 있었으니까, 이참에 미소녀 라이프도 만끽해 주겠어.

쭉 이래선 곤란하니까 최종적으로 나는 남자로 있고 싶지만, 조금 정도라면 이런 것도 나쁘지 않을 듯하다.

아, 하지만 사내놈에게 안기거나 키스하는 건 노땡큐.

내 외모가 아무리 바뀌었더라도 내 주관은 변함이 없으니까, 그런 건 보기 싫다고.

남자의 얼굴이 눈앞을 가득 채우며 키스한다고 생각하면……
응. 무리. 난이도 너무 높아.

뭐, 좋아. 해주마.

아, 키스를 말한 게 아니야. TS 미소녀 라이프를 말한 거야.

내가 에테르나가 되어서, 에테르나가 행복해지는 해피 엔딩으로 이끌어 주겠어!

그리고 다 끝나면 몸을 돌려주자!

그렇게 결심했을 때, 집사처럼 생긴 사람이 와서 내 이름을 불렀다.

"아, 일어나셨습니까. 엘리제 님."

——빌어먹을! 가짜 성녀였구나!!

내가 가짜 성녀의 몸에 들어갔다는 것을 깨닫고 나서 몇 분……

겨우 정신을 차린 나는 침대에 엎드렸다.

아니…… 이건 진짜 싸하게 식는다.

내가 에테르나가 아니라 가짜 성녀 엘리제가 됐다는 사실을 알고, 나는 진짜로 의욕을 잃었다.

아, 진짜. 응. 이런 꿈은 이제 끝나도 돼.

자, 끝. 끝이요. 해산. 셧다운. 포기했으니까 시합 끝났습니다.

왜 하필이면 쓰레기 가짜 성녀냐고. 그야 내용물이 나라면 어떤 의미에선 잘 어울리는 조합이지만 말이야.

적어도 진짜 에테르나의 몸을 차지하는 것보단 죄책감이 안 든다.

그 이전에 이 녀석이라면 몸을 안 돌려줘도 돼.

엘리제가 원래대로 돌아가면 쓰레기 짓이나 할 테니까, 그렇다면 오히려 돌려주지 않고 자살하겠어.

그나저나…… 이건 진짜 꿈일까?

뭔가 아까부터 전혀 꿈에서 깰 기미가 없는데. 아침밥은 나름대로 맛있었고, 오히려 시간이 지날수록 정신이 또렷해져서 현실감이 늘어나.

"엘리제 님, 오늘 공부 시간이 됐습니다."

"아, 네. 잘 부탁해요."

아무튼 공부를 가르치러 왔다는 아줌마에게 존댓말로 대응했다.

말투가 평소 남자 말투면 이상하게 여길 것 같아서 아르바이트 때처럼 존댓말을 썼다.

참고로 여자 말투는 절대로 못 해. 내가 그러면 속이 울렁거리니까.

그나저나 당연하듯이 이 세계의 말을 쓸 수 있는 나 자신에게 깜짝 놀랐다.

언어 체계는 원래 언어와 비슷한 것 같아서, 존댓말 개념도 확실하게 있는 듯하다.

"…………."

아줌마는 어째서인지 입을 떡 벌리고 믿기지 않는 것을 본 눈으로 나를 보고 있다.

왜? 내가 그렇게 이상한 소리를 했어?

아줌마는 몸을 떨고, 이어서 기쁜 듯이 말한다.

"오오…… 엘리제 님께서 잘 부탁한다고 하시다니…… 그런 말씀은, 지금껏 한 번도……."

아, 그런 거였어? 그러고 보니 엘리제는 어릴 적부터 오만방자해서 자기 멋대로 굴었던가?

본인이 유일하게 마녀에게 대항할 수 있는 성녀라는 사실만 믿고(실제로는 가짜지만!) 말이고 행동이고 자기 멋대로 굴었다.

마음에 안 드는 사람을 해고하는 건 당연하고, 성장한 뒤로는 권력으로 뭉개서 자살로 몰아넣는 짓도 아무렇지도 않게 한 듯하다.

폭한을 시켜서 눈에 거슬리는 여자를 ○○하게 하는 인간 쓰레기 짓도 했을 것이다.

이 녀석은 진짜 쓰레기야. 이 녀석과 비교하면 어지간한 악역 영애는 완전 성녀라고.

다만 내 지금 외모로 봐서는 아직 다섯 살 언저리 같으니까 이 시기에는 아직 그렇게 지독한 짓은 저지르지 않았을 것이다. 단순히 제멋대로 구는 계집애 느낌이겠지.

그러고 나서 공부를 무난하게 마친 뒤, 나는 생각했다.

아, 참고로 공부는 쉬웠다. 애초에 초등학교 1학년 수준의 산수 따위 못 하는 게 이상하지.

나는 앞으로 어떻게 해야 할까?

처음에는 진짜 의욕이 죽었지만, 잘 생각해 보면 이걸로 에테르나가 죽지 않는 해피 엔딩으로 통하는 길이 열렸다고 볼 수 있다.

엘리제가 에테르나의 비극을 부르는 원흉이니까. 이 녀석이 없으면 에테르나는 더 행복해진다고 단언할 수 있을 만큼의 해악이다.

그리고 지금은 내가 엘리제니까, 다시 말해 내가 나쁜 짓을 저지르지 않으면 되는 셈이다.

그런데 지금의 내가 어떤 상황인지 모르겠다.

단순한 꿈인지, 소설 같은 데서 흔히 나오는 빙의 상태인지……
아니면 사실은 환생했는데 어쩌다가 우연히 내 기억이 살아난 패
턴인지.

그것도 아니면 사실 지금 여기에 있는 내가 '나=후도 니토'의
기억만을 이어받은 엘리제 본인이라는 패턴일 가능성도 있다.

하지만 뭐가 됐든 똑같다. 나는 해피 엔딩을 사랑하고, 배드 엔
딩은 질색이다.

그렇다면 내가 스토리를 바꿔주마. 에테르나와 베르네르를 구
하고, 비극을 바꿔주겠어.

아니, 두 사람만이 아니다. 다른 히로인들도 배드 엔딩을 맞이하
게 할까 보냐.

다행히 엘리제는 쓰레기지만 엄청난 천재다.

비록 성녀는 아니지만, 성녀로 착각될 만큼 인지를 초월한 막대
한 마력을 보유했고, 접근전 소질도 뛰어나다.

에테르나와 처지가 뒤바뀐 이유도 딱 그거라서, 갓난아기일 적
부터 방대한 마력을 보유한 바람에 성녀로 오해받은 것이다.

실제로 엘리제를 꼴좋게 심판하는 루트에서는 이 녀석과 싸우는
데, 진짜 쓰레기같이 강하다.

더군다나 아무런 노력도 없이 그만큼 강한, 적이니까 용납되는
설정을 보유했다.

공식 설정에는 '신의 실수로 태어난 천재 괴물'로 실릴 정도다.

뭐, 그러니까 잘난 척하다가 마지막에는 속 시원하게 당하는 거지만!

아무튼 그 엘리제가 어릴 적부터 노력해서 온 힘을 다해 단련하면…… 마녀도 이길 수 있다.

마녀는 오로지 성녀만이 대항할 수 있다고 하지만, 나는 사실 그렇지 않다는 사실을 안다.

루트에 따라서는 성녀의 힘 없이도 마녀를 무찌를 수 있다.

좋아. 해보자. 나는 해내겠어. 이 세계를 해피 엔딩으로 만들어주겠어.

설령 그 결과, 엘리제의 몸이 부서질지라도!

아무튼…… 우선은 공부와 마법 연습에 전념해 보실까. 다음으로론 전투 훈련도 해야지.

물론 나를 모시는 사람들도 아껴야 한다.

애초에 나를 모시는 사람들은 전부 미인이니까, 잘해주는 건 남자의 사명이겠지.

제1화 가짜 성녀는 완벽하게 연기한다

세월은 화살과도 같다고 했던가.

시간이란 놀라울 정도로 빨리 흘러간다.

어느새 내가 엘리제가 되고 9년이 지났고, 이쯤이면 바보인 나도 이게 꿈이 아니라는 사실을 깨달을 수 있었다.

게임에서는 이 시기에 엘리제가 폭음 폭식에 빠져서 기껏 타고난 미모를 망치지만, 나는 내 몸을 철저하게 관리하므로 여전히 미소녀다.

아무튼 이 몸은 스펙만 보면 진짜 최고다.

한 번 들으면 나 자신도 소름이 돋을 정도로 뭐든 외우고, 마법도 술술 습득할 수 있다.

아, 지금 하는 말이지만, 이 세계에는 마법이 있다. 판타지야.

뭐, 흔히 있는 검과 마법의 세계로, 세계관만 보면 딱히 특이한 점이 없다.

괜히 설정을 꼬아서 개성을 드러내려고 하다가 세계관을 망칠 바에는 틀에 박힌 게 제일 좋다는 그거다.

일단 증기 기관차 정도는 있으니까 사실은 과학 기술이 발전하지 않은 것도 아니지만, 아무튼 밑바탕은 흔한 중세 판타지다.

그리고 이 세계의 마법에는 8개 속성이 있어서, 불, 물, 흙, 바람, 번개, 얼음, 빛, 어둠이 있는데, 나는 그중에서 어둠 말고 전부를 쓸 줄 안다. 특히 빛이 주특기 분야다.

가짜 성녀 주제에 속성만 성녀 같아서 빵 터지네.

참고로 어둠 속성은 성녀와 마녀만이 쓸 수 있다······. 이것도 정확하게 말하자면 성녀와 마녀는 모든 속성을 쓸 수 있다.

그리고 이 몸에는 진짜로 괴물 같은 재능이 있다. 하려고 마음만 먹으면 어지간한 것은 다 할 수 있고, 전생(?)의 창작물에서 본 엄청난 기술이나 마법도 간단하게 재현할 수 있다.

하늘에서 빛의 레이저가 떨어지게 하자! 성공! 하늘을 자유롭게 날고 싶다! 성공!

이 세계의 회복 마법은 신체 결손을 못 고친다고? 몰라! 나아라! 성공!

젠장, 통나무는 없어? 있어! 잘했다!

진짜 이런 느낌. 치트.

처음에는 내가 꾸준히 노력할 수 있을지 걱정했지만, 쓸데없는 짓이었다.

이 세계는 진짜 오락이 없어.

유일하게 즐겁게 느껴지는 것이 훈련과 마법 연습이니까, 오히려 그거 말고 할 게 없다고.

그런고로 나는 매일같이 단련하고, 훈련 시간이 아니어도 마법을 연습하거나 했다.

교사가 '왜 그토록 애쓰는 겁니까? 몸을 아껴주세요.' 라고 했지만, 솔직히 대답하긴 뭐해서 '뭐, 난 옛날에 짱이었으니까 그만큼 반성할 겸 모두의 기대에 부응하려는 거야. 내 몸은 충분히 아꼈으니까, 다음엔 너희를 아껴주마(단호)' 라고 말해주었다.

어째서인지 감동해서 울었다. 웃겨 죽겠네.

그리고 요새는 자주 외출해서 마물을 사냥하고 있다.

끼얏호. 마물 사냥 즐거워!

일반인인 내가 잘 싸울 수 있을지 불안했지만, 보아하니 나란 녀석은 엘리제를 비웃지 못할 만큼 인간쓰레기였나 보다.

뭐랄까…… 후후. 단련한 힘으로 약자를 짓밟는 게 진짜 신난다고 할까, 죽여주네요.

어딘가의 대마왕님이 자기 힘에 취하는 건 어떤 술보다도 맛나다고 했는데, 그 말이 진짜였다고 전면적으로 동의할 수밖에 없다.

최악인 건 알지만, 사냥 진짜 즐거워.

압도적인 힘을 지닌 우월감과 전능감. 이걸 한번 알면 중독된다.

아마도 인간은 원래부터 자기보다 약한 녀석을 일방적으로 패는 걸 즐겁게 느끼는 생물일 거라고, 나는 생각한다.

그리고 나는 그 글러 먹은 부분이 남들보다 강한 것이다.

미안해, 마물들아. 사과할 테니까 용서해 줘. 자, 사과했지? 마법 발사!

배운 마법을 팍 날리고, 마물을 싹 날리면…… 아, 끝내주는 기분이…….

이건 최고의 오락이에요, 사장님.

뭐, 그런 짓을 하면 당연히 '왜 그러는 거야?'라는 소리를 들을 수밖에 없고, 나는 대충 '까놓고 말해서 나도 슬프지만, 모두를 지키려고 이러는 거야(단호)'라고 말해주었다.

어째서인지 감동해서 울었다. 웃겨 죽겠네.

그리고 언젠가 에테르나에게 성녀의 자리를 돌려주기 위해 성녀의 명성을 높이려고 이것저것 해봤다.

나는 기껏해야 가짜다. 가짜 성녀인 엘리제의 몸에 이상한 게 들어가서 2배로 가짜다. 이미 진짜 요소는 하나도 없다.

그런 나는 마지막에 진짜 성녀인 에테르나에게 성녀의 자리를 돌려주고, 속 시원하게 벌을 받아 추방당할 운명이다.

그건 상관없고, 아쉽지도 않고, 당연한 일이지만, 게임에서는 그때까지 엘리제가 쌓은 악명 때문에 에테르나가 고생하다가 어둠에 물든다.

그러므로 나는 언젠가 에테르나에게 성녀의 자리를 돌려주기 위해 성녀의 명성을 높이는 활동을 하자고 마음먹었다.

즉, 자선활동이야.

이세계 환생물에 나오는 주인공들처럼 현대 지식으로 활약하면 좋겠지만, 바보인 나는 그럴 수 없으므로 마법 연습을 겸해서 도시와 마을을 어슬렁어슬렁 돌아다니며 다친 사람이나 병든 사람에게 다짜고짜 회복 마법을 걸었다.

너는 내 허수아비가 되는 거다! 그 상처를 낫게 하는 마법은 이거다! 어? 이게 아니던가……?

오, 저 여자애 진짜 귀엽네. 내 취향이야. 하지만 얼굴에 상처가 있네. 다리도 다쳤고. 아까워라.

그런고로 얍, 회복 마법! 베이비, 나한테 반해도 되는데?

뭐, 그런 짓을 하면 당연히 '왜 그러는 거야?'라는 소리를 들을 수밖에 없고, 나는 대충 '하다못해 내 손이 닿는 데까지는 돕고 싶어. 아, 대가는 네 웃는 얼굴이면 돼(단호)'라고 말해주었다.

뭐, 손이 안 닿으면 버린다는 뜻이지만.

나는 인도인이 아니야. '요가' 하면 팔이 늘어나진 않아.

어째서인지 감동해서 울었다. 웃겨 죽겠네.

그리고 주인공인 베르네르도 만났다.

본편 시작 때 베르네르는 열일곱 살, 에테르나도 열일곱 살이다.

에테르나와 엘리제와 동갑인 내가 지금 열네 살이니까, 본편은 앞으로 3년 뒤에 시작하는 셈이다.

그리고 이때의 베르네르는, 사실 작은 이벤트가 있다.

게임에서는 도입부의 회상 이벤트 형태로만 볼 수 있지만, 사실 베르네르는 모종의 문제로 마녀의 영혼 일부가 있어서, 그 몸에 어둠의 파워(웃음)를 지니고 있다.

그리고 어둠의 파워(웃음)는 베르네르가 열네 살일 때 각성하는데, 당시 그는 그것을 제어하지 못하고 힘이 폭주, 주위 사람들에게 두려움을 샀다.

큭…… 다들 떨어져! 내 오른팔에 봉인된 '어둠'이 폭발해!

그리고 그 결과, 영주의 아들이었던 베르네르는 부모 형제에게 모진 소리를 들은 뒤 쫓겨나고, 자신에게는 가치가 없다며 성격이 비굴해진다.

그 뒤로 베르네르는 방랑 끝에 작은 마을에 이르고, 그곳에서 에테르나와 만나는데…… 진짜 가족에게 버림받고 사람들에게 두려움을 산 마음의 상처 때문에 자기 힘을 무조건 억누르게 됐다.

그 성격 탓에 후다닥 어둠의 파워를 쓰면 해결될 사건을 질질 끌거나, 히로인의 사망 조건이 완성되는 등, 극복할 때까지 오랫동안 플레이어의 짜증을 유발하다가 간신히 힘을 다룰 수 있게 된다.

참고로 성녀 없이 마녀를 물리치는 방법이 바로 베르네르가 감춘 어둠(웃음)이다.

뭐, 요컨대 똑같은 힘이니까 마녀에게 통한다는 거다.

그러므로 나는 집에서 쫓겨난 베르네르를 앞질러 가서, 자신에게는 가치가 없다며 이것저것 한탄하는 그를 위로하고, 적당히 달래 주었다.

그랬더니 베르네르가 '나한테 해피 엔딩은 무리 아닐까?' 같은, 마치 게임의 결말을 예언한 듯한 소리를 해서, 게임의 그 엔딩을 떠올린 나는 무심코 울고 말았다. 엉엉엉엉.

그래서 '그러면 내가 반드시 해피 엔딩으로 만들어 주마,' 라고 약속하고, 사내놈은 껴안기 싫었지만, 어쩔 수 없이 겸사겸사, (얼굴만) 미소녀인 내가 꼭 안아주었다.

외국의 인사라고 생각하면 정신적 부담도 별로 크지 않다.

자, 미소녀가 포옹해 주잖아? 기뻐하라고. 뭐, 내용물은 최악의 쓰레기지만!

어째서인지 베르네르가 감동해서 울었다. 웃겨 죽겠네.

덤으로 제어하지 못하는 어둠의 파워를 베르네르가 제어할 수 있을 정도로 흡수해 주었다.

애초에 하기도 싫은 포옹을 한 것은 이걸 슬쩍하기 위해서다.

뭐, 성녀도 마녀도 아닌 내가 그랬다간 수명이 줄어들지도 모르지만, 쓰레기의 수명을 줄여서 해피 엔딩을 만들 수 있으니까 싼 거겠지? 여유, 여유.

참고로 베르네르가 왜 멀쩡하냐면, 원래 그런 체질이라서. 주인공 보정 쩔어.

뭔가 사실은 몇 대 전 마녀의 혈통으로, 베르네르는 격세유전이라는 설정을 본 기억이 있다.

아, 그리고 부적 대신 내가 만든 펜던트를 목에 걸어주었다.

뭐, 펜던트 자체는 성에 있는 장인이 만들었고, 나는 마법만 담은 거지만.

그 효과는 베르네르가 지닌 힘을 살짝 봉인하고 제어하기 쉽게 해주는 것이다.

베르네르는 은근슬쩍 밖으로 흘러나오는 어둠의 기운 때문에 마녀에게 있는 곳이 들키고, 그것이 원인으로 마녀가 부리는 마물이 마을에 쳐들어오거나 하는 등 여러모로 고생하니까 그것도 미리 회피하게 하자.

덤으로 염원이라고 할까, 내 원념과 희망사항과 억지스러운 집념도 담았다.

넌 반드시 에테르나 루트 타라! 에테르나를 행복하게 해주라고! 알았지? 꼭 그래야 한다!

나는 해피 엔딩을 보고 싶다고!

◇

——무언가를 완벽하게 연기한 자가 있다면, 과연 그건 가짜일까.

진짜와 하나도 다를 게 없이, 진짜보다도 잘 연기한 그것이 진짜와 대체 무슨 차이가 있을까.

설령 그 내용물이 인간 말종이라고 해도…… 구원받은 자에게, 그건 진짜와 다를 바가 없다.

성녀 엘리제는 오만방자함을 그대로 체현한 듯한 소녀였다.

그 오만방자함이 전부 용납되던 환경에 있었던 까닭에, 그 거만함은 더더욱 심해졌다.

말하면 뭐든 들어주고, 뭘 해도 넘어가 주었다.

왜냐하면 그 소녀는 인류가 마녀의 공포에서 벗어날 유일한 희망이니까.

성녀가 없으면 인류는 마녀와 마녀가 부리는 마물에 짓밟히고 만다.

그래서 무슨 일이 있어도 성녀는 누구보다도 중요시된다. 그 생명은 무엇보다도 우선된다.

그런 환경에서 자란 엘리제는 타인을 조금도 중시하지 않았고, 아무에게도 고마워하지 않았다.

맛있는 식사, 편안한 생활 환경, 시중을 드는 종자들…… 그것을 당연하게 여기고, 오히려 수준이 조금이라도 떨어지면 언짢아했다.

그 소녀가 달라진 것은 다섯 살 때였다.

마치 사람이 바뀐 것처럼 예의 바르게, 감사를 말로 표현할 수 있게 됐다.

그때까지 함부로 대했던 종자들과도 다정하게 접했고, 그동안 귀찮아하던 공부와 마법 연습, 전투 훈련에도 의욕을 드러냈다.

그러자 원래부터 뛰어난 재능을 지닌 엘리제는 그 실력이 쑥쑥 자라고, 열 살에는 버금갈 자가 없는 실력자로 성장했다.

모두가 그것을 성녀의 재능이라고 했다.

물론 재능은 있었으리라. 그건 확실하다.

하지만 그 소녀에게 검과 마법을 가르친 교사는 보이지 않는 데서 범상치 않은 노력이 있었음을 알았다.

마치 무언가에 쫓기는 것처럼 엘리제는 시간을 아끼고, 자기 자신을 단련했다.

쉴 줄 모르는 것처럼 검과 마법을 단련하고, 마법의 기량은 어둠 속성을 제외한 모든 속성을 습득하는 데 이르렀으며, 검의 기량은 마치 세포와 세포 사이를 가르는 듯한 정확함을 보였다.

그 소녀는 완벽한 성녀 그 자체였다.

열네 살에 완성된 미모. 금을 녹인 듯한 머리카락. 신께서 빚은 듯한 얼굴.

새하얀 드레스를 잘 차려입고, 누구나 평등하게 미소를 지으며 대했다.

어느 날, 그 소녀의 교육을 담당하면서 호위를 겸하는 한 사람이 물었다.

"엘리제 님. 어째서 그토록…… 당신을 몰아붙이듯 애쓰시는 겁니까? 저는 당신이 걱정됩니다. 이미 당신께선 견줄 자가 없는 실력자…… 부디 당신의 몸을 아껴주시기 바랍니다."

그러자 엘리제는 조용히 미소를 짓고 말했다.

"저는 과거에 난폭한, 최악의 여자였어요. 성녀라는 사실만 믿고 여러분의 기대를 저버렸지요. 그 과오를 깨달았기에 지금은 하다못해 여러분의 기대에 부응하고 싶어요. 제 몸이라면 이미 충분히 아꼈답니다. 그러니 앞으로는 저 말고 다른 모두를 아끼겠어요. 그래요…… 저는 이 세상 모든 것을 사랑합니다. 그러니까 애쓰는 거예요."

그 소녀는 세상 전부를 사랑한다고 하고, 얼굴에 웃음을 띠었다.

그 모습이 눈부신 나머지 교사는 눈물을 흘렸다. 이분은 진짜 성녀다. 한때 오만방자했던 소녀는 이만큼 성장해 주었다.

그렇다면 자신은 온 힘을 다해 이분을 섬기자고, 교사들은 한마음 한뜻으로 결심했다.

어느 신병은 말했다. 그건 진짜 기적이었다고…….

그는 그날 절망 속에 있었다. 그곳은 진짜 지옥의 최전선이었다.

등 뒤에는 지켜야 하는 도시가 있고, 앞에는 마녀의 종복인 마물의 군세.

그 숫자는 대략 천. 이를 상대하는 아군은 고작 300명밖에 되지 않는다.

"지원군은 아직 멀었냐?!"

"틀렸습니다. 나라는 이 도시를 완전히 버렸습니다!"

오로지 절망적인 말만 들린다.

나라는 도시를 버리고, 지원군은 오지 않는다.

전략적인 가치가 없는 위치라서 그럴까?

아니면 이 도시를 미끼로 내주고 그사이 수도의 방비를 다지고 있을까?

신병인 그는 모른다. 아무런 정보가 오지 않는다.

다만 여기가 손쓸 수 없는 지옥이란 사실만큼은 똑똑히 알았다.

"도, 도망칩시다! 빨리!"

"바보 자식! 우리가 도망치면 주민들은 어떻게 되겠냐! 그리고 도망칠 곳도 없다! 완전히 포위당했어!"

신병이 이를 딱딱거린다.

싫어. 죽기 싫어. 이런 데서 의미도 없이, 가치도 없이 사라지기 싫어.

그래도 현실은 무자비해서, 드디어 마물이 우르르 몰려오기 시작했다.

동료들의 비명이 울려 퍼지고, 피보라가 일어난다.

신병 청년은 앞에 나서지도 못한 채 다리를 떨고, 가랑이를 축축이 적셨다.

그리고 마침내 마물이 그 앞에 다가오고──.

──빛이, 모든 것을 휩쓸었다.

마치 하늘의 심판처럼.

구름 사이에서 빛의 기둥이 내려와 융단을 깔듯 마물들을 폭격한다.

이어서 하늘에서 하얀 드레스 차림의 소녀가 내려왔다.

빛의 커튼에 비쳐서 환상적으로 빛나는 그 모습을, 모두가 정신없이 바라봤다.

"미안해요……."

분홍색 입술에서 불쑥, 사죄하는 말 한마디가 나왔다.

그 의미를 신병이 이해하기도 전에, 소녀의 손바닥에서 빛의 구슬이 날아갔다.

그건 한 손에 잡힐 만한 크기로, 하지만 마물의 군세 속에서 폭발하자마자 순식간에 퍼져서 그것들을 말소했다.

그것을 두 발, 세 발…… 차례차례 마물의 군세에 쏘아서 말소해 나간다.

그 힘은 정말 압도적이었다.

"이, 이것이…… 성녀……! 이토록 엄청난가……!"

모두가 그렇게 말하는 것을 듣고, 신병은 그 소녀가 성녀라는 사실을 알았다.

마녀에게 유일하게 대항할 수 있다고 하는 인류의 희망. 광명의 상징.

정말 그렇다고 생각할 수밖에 없다. 이건 정말로 압도적이다. 차원이 너무 다르다.

이윽고 마물이 완전히 사라지고, 성녀는 조용히 지상으로 내려왔다.

"오, 오오······ 성녀님! 어떻게 고마움을 전해야 할지······. 부디 시내로 와 주십시오. 도시에서 모두가 환영하겠습니다."

"아뇨. 마음은 감사하지만, 마물이 습격한 곳은 여기만이 아니에요. 저는 당장에라도 가야 해요."

시장의 제안을 거절하고, 성녀는 다음 싸움으로 의식을 돌리려는 것처럼 하늘을 봤다.

그 성녀에게, 신병은 무심코 말을 걸었다.

무례한 행동임은 알고 있었다.

그래도 물어보고 싶었다. 어째서 마물에게 미안하다고 했는지. 어째서 그토록 싸우려고 하는지.

"서, 성녀님! 당신은 왜······ 왜 마물을 해치우기 전에, 마물 따위에게 미안하다고 하셨습니까? 그리고 왜······ 그토록 싸우려고 하시는 겁니까? 무, 무섭진 않습니까?"

무례하다고 불쾌하게 여겨도 이상하지 않은 질문이다.

하지만 성녀는 자상하게 미소를 짓고, 신병의 눈을 보며 말했다.

"저들도 산 생명입니다. 저는 그걸 무자비하게 유린했죠. 사냥꾼이 놀이 기분으로 동물을 사냥하는 것처럼······. 그건 무척 슬프고, 죄가 많은 행위입니다. 그래도 저는 할 수밖에 없답니다······. 모두를, 지키고 싶으니까."

쓸쓸한 투로 말하는 소녀를 보고, 신병은 자신의 어리석음을 깨달았다.

이 소녀는 마물을 해치는 것조차 죄업이라며 안타깝게 여긴다.

마물을 죽이고 마음이 아픈 사람은 어디에도 없다. 마물을 산 생명으로 여기는 자조차 없다.

마물은 무시무시하고, 혐오해야 마땅한 인류의 적이니까.

그런 마물의 죽음조차 슬프게 여길 만큼, 성녀는 자상하고……
그런데도 자신들을 지키고자 죄를 짓고 있다.

그렇게 이해했기에, 경솔하게 질문한 자신을 진심으로 부끄럽게 여겼다.

그날, 신병은 어엿한 병사가 됐다.

지금은 아직 약하고, 그 소녀와 나란히 서는 것조차 주제넘은 존재다.

그래도, 이런 자신이라도 버팀목이 되기를 원했다.

언젠가 너무 자상한 소녀의 힘이 될 만큼 강해지자고, 병사는 스스로 다짐했다.

그 소녀는 인생에 절망했다.

1년 전만 해도 소녀는 행복했다. 유복하지는 않아도 만족스럽게 생활했다.

자상한 부모가 있고, 친구가 많고, 약혼자도 있었다.

하지만 어느 날 그건 허망하게 무너지고, 마물에 습격당한 소녀는 다리의 힘줄이 잘려 걸을 수 없게 됐으며, 여자의 생명인 얼굴에도 추한 상처가 남았다.

그러자 주위의 태도도 싹 바뀌어 마치 건드리면 터질 종기처럼 대했고, 약혼자도 멀어졌다.

신을 원망했다. 모든 것을 원망했다.

어째서 자신이 이렇게 되어야 하는가. 어째서 신은 이러한 시련을 내리는가.

모든 것에 절망하고, 모든 것이 싫어졌다.

고명한 회복술사라면 소녀를 치료할 수 있다……고는 할 수 없더라도, 조금은 나아졌을지도 모른다.

하지만 그런 자들에게 치료를 부탁하려면 큰돈이 필요하고, 소녀의 집에는 그럴 돈이 없었다.

이렇게 살 바에는 차라리 죽는 게 낫지 않을까? 소녀는 그렇게 생각했다.

그러나 어느 날, 소녀의 절망은 허무하게 개였다.

어째서인지 작은 마을에 들른 성녀…… 엘리제가 인지를 초월하는 마력으로 회복 마법을 쓰고 다니며, 소녀의 다리와 얼굴을 완치시킨 것이다.

금전도, 감사의 말도 요구하지 않았다.

마치 그게 당연한 것처럼, 본인이 하고 싶은 일이라는 것처럼, 성녀는 아무 일도 없었다는 듯이 마을을 떠나려고 했다.

그래서 소녀는 성녀에게 물었다.

"왜 저를 구해주신 거죠? 당신에게는 아무런 이득도 없는데."

그러자 성녀는 같은 여자가 봐도 반할 듯한 웃음을 지으며 대답했다.

"제 손은 많지 않아요. 어쩔 수 없이 놓치는 생명이 있죠. 그렇다면 하다못해 이 손이 닿은 자들을 구하고 싶어요. 게다가 이득이라면 있답니다. 당신들이 웃는 얼굴을 보는 것이, 제게는 가장 큰 행복이에요."

이토록 괴로운 세상이라도, 부디 고개를 들고 사는 것을 포기하지 말았으면 좋겠다.

강하게, 웃으며 살아가길 원한다. 행복해지면 좋겠다.

그런 성녀의 마음속 소리가 들린 것 같았다.

소녀는 자신도 모르게 눈물을 흘렸다.

자기 자신이 부끄러웠다. 울적하게 모든 것에 절망한 자신이 정말로 어리석게 느껴졌다.

아무것도 안 하고서 포기하고, 미워하고, 원망하고…….

이 성녀처럼 무언가 행동에 나서는 일도 없이, 최선을 다하려고도 하지 않았다.

"성녀님! 언젠가…… 언젠가, 반드시 보답하겠어요! 저는 오늘 일을 절대로 잊지 않을 거예요!"

오늘부터는 울적하게 지내지 않기로 했다.

성녀에게 희망을 받았다. 미래도 받았다. 그렇다면 앞으로 자신의 생명은 성녀의 것이다.

온 힘을 다해 보답하자. 그 성녀를 위해 살자. 소녀는 그렇게 결심했다.

소년── 베르네르는 모든 것에 버림받았다.

죽은 듯한 눈으로 숲을 맥없이 방랑하고, 마른 나무에 발이 걸려 넘어졌다.

이대로 죽는가 싶었지만, 그래도 괜찮을지도 모른다며 죽음에서 작은 희망을 찾았다.

어차피 죽어도 슬퍼할 사람이 없다.

하지만 죽을 수 없다. 아무리 걸어도, 굶주려도, 신기하게도 숨이 끊기지 않는다.

이 몸에 있는 어둠의 힘이 숙주를 죽게 하지 않는다.

베르네르의 몸에서는 언제나 검은 독기가 피어오르고, 그것에 닿으면 식물이 말라비틀어진다.

베르네르는 본디 지방 영주의 장남이었다.

다음 영주로서 기대받고, 행복하게 살았다.

하지만 열네 살 생일에…… 갑자기 아무 예고도 없이 베르네르의 안에서 어둠의 힘이 폭발하고, 저택을 파괴해 버렸다.

이유는 모른다. 알 턱이 없다.

베르네르의 몸에 마녀의 영혼 조각이 깃든 사실을, 이 불쌍한 소년이 어찌 알 수 있으랴.

그래도 자신이 마녀와 같은 어둠의 힘을 발휘했다는 사실을, 그리고…… 주위의 태도가 싹 달라진 것만은 알 수 있었다.

『이 괴물! 너는 내 자식이 아니야!』

『이런 괴물이 우리 집에 숨어 있었다니…….』

『썩 나가라, 괴물!』

『꺼져라, 마녀의 앞잡이!』

아무도 필요로 여기지 않는다. 모두가 죽음을 원한다.

그 사실에 버틸 만큼 열네 살 소년의 마음은 굳건하지 않다.

눈물이 마르고, 걸을 기력도 잃었다.

그런 소녀 앞에 어느새 검은 그림자가 드리우지만…… 그것도 아무 상관없었다.

『찾았다……. 데리러…… 왔다……. 마녀님께서…… 기다리신다…….』

검은 그림자는 베르네르에게 손을 뻗는다.

이걸 잡으면 더는 돌이킬 수 없다.

그걸 알면서도 베르네르는 저항할 기력이 없었다.

이젠 어떻게 되어도 상관없다고…… 그렇게만 생각했다.

하지만 다음 순간—— 누군가가 어둠에 끼어들고, 빛으로 그림자를 몰아냈다.

『너는…… 누구냐……!』

"사라지세요, 그림자여. 이 소년을 어둠의 길로 유혹하는 것은 제 생명이 계속되는 한 용납할 수 없습니다."

『성녀……인가……?! 네 이년, 잘도 방해했구나……! 하지만 이, 힘은…… 싸우는 건 상책이 아닐 것 같군…….』

그림자와 소녀가 말을 몇 마디 주고받고, 그림자가 물러났다.

성녀—— 그림자가 그렇게 부른 소녀는 천천히 베르네르를 돌아봤다.

그 모습을, 그저 아름답다고 생각했다. 나무 그늘로 쏟아지는 빛조차 그 모습을 돋보이게 하는 것처럼 느껴졌다.

성녀는 미소를 짓고, 베르네르에게 말을 걸었다.

"무사한가요!"

"그냥 내버려 두면 됐는데……."

아니야. 그런 말을 해서는 안 돼.

그렇게 생각해도 베르네르의 입은 생각과 다른 말을 토해냈다.

성녀는 그 말을 듣고도 싫은 내색 없이 조용히 베르네르를 보고 있었다.

"어차피 나는, 죽어도 되는 존재야. 없어져도 슬퍼할 사람이 아무도 없어. 그렇다면 그대로 그 그림자에 잡혀가서 죽어도…… 괜찮아……."

누가 물어본 것도 아닌데도 추한 불만이 입 밖으로 나온다.

"너는 몰라. 성녀로 불리는 너는 내 마음을 절대로 이해할 수 없어! 나처럼 가치가 없는 인간의 마음을 모른다고! 길바닥에 굴러다니는 똥보다도 더러운 인간의 마음 따위, 아무도 알 수 없어! 살아봤자 어차피, 내 미래는…………."

어느새 악을 쓰고 있었다. 눈앞에 있는 존재가 부러웠다.

성녀……. 인류의 희망. 모두가 사랑하는 존재.

자신과는 다르다. 그런 질투와 선망 때문에 말하고 싶지도 않은 말이 입 밖으로 흘러나온다.

신기하게도 그 녹색 눈을 보고 있으면 좋든 나쁘든 솔직해질 수 있었다.

뭐든지 다 토해내고 싶은 마음이 생겼다.

그런 소년에게, 성녀는 말했다.

"적어도, 저는 슬퍼요. 당신이 죽으면…… 저는, 슬퍼요."

베르네르는 성녀의 눈을 보고 놀랐다.

그 눈에서 눈물이 주르륵 흘러내렸다.

이 소녀는 이렇게 처음 보는, 저주받은 남자를 위해서 울어 주는 것일까.

슬퍼해 주는 것일까.

그것이 지금의 베르네르에게는 더없는 구원처럼 느껴졌다.

그리고 어느덧 부드럽게 감싸는 느낌이 들고…… 베르네르는 뒤늦게 소녀에게 안긴 것을 깨달았다.

"그리고, 보세요. 더럽지 않아요. 당신은, 가치가 없는 인간이 아니에요."

"……!"

베르네르의 눈에서, 봇물이 터진 것처럼 눈물이 넘쳐흐른다.

그 힘에 눈뜬 이후로 쭉, 어딜 가든 더러운 존재로 취급당했다.

추하다, 구리다, 더럽다, 끔찍하다……. 어딜 가든 그런 말이 쏟아졌다.

누구도 자신을 만지려고 하지 않았다. 가까이 있는 것조차 싫어했다.

그런 자신을, 이 소녀는 주저하지 않고 포용해 주었다.

그 편안함에 눈을 감고…… 하지만 베르네르는 정신이 번쩍 들어서 소녀와 멀어지려고 했다.

"아, 안 돼! 나를 만져선 안 돼! 이대로 가다간 네가……! 빨리 떨어져!"

베르네르의 몸에 넘쳐나는 독기는 본인의 의지와는 관계없이 주위를 침식한다. 절대로 포용해서는 안 된다.

그래서 베르네르는 황급히 몸을 떨어뜨리려고 했지만, 이를 달래듯 성녀가 등을 토닥였다.

"괜찮아…… 괜찮아요. 두려워하지 말아요. 그 힘은 언젠가, 당신을 도울 거예요. 하지만 지금은 아직 제어할 수 없는 힘이 당신을 괴롭히겠죠. 그러니까 조금만, 당신의 힘을 빌릴게요."

성녀가 그렇게 말하자 지금껏 베르네르를 괴롭혔던 독기가 성녀에게 옮겨가고, 그 몸으로 들어갔다.

꿈을 꾸는 것 같았다. 그토록 고통받았는데, 이토록 간단하게 제어할 수 있는 거였냐고 생각했다.

이 사람은 진짜 성녀라고…… 믿을 수 있었다.

"부디 행복을 포기하지 마세요. 힘든 일이 많겠지만, 언젠가 반드시…… 해피 엔딩에 도달할 테니까요. 아뇨…… 제가 반드시 그렇게 하겠어요."

──설령 이 몸이 부서질지라도.

작게 중얼거리고, 성녀는 베르네르와 몸을 떼고 얼굴에 웃음을 띠었다.

그 얼굴에는 무조건으로 믿고 싶어지는 힘이 있었다.

어떤 어둠이라도, 그 끝에는 빛이 있다고…… 믿고 싶어졌다.

성녀는 품에서 줄이 달린 펜던트를 꺼내 베르네르의 목에 걸었다.

"이건……?"

"당신의 힘이 밖으로 나오지 않게 하는 도구예요. 그리고…… 작은 부적이랍니다."

"부적?"

"그래요. 당신이 언젠가 도달할 수 있게끔. 당신의 성녀와 만날 수 있게끔. 염원을 담았어요. 괜찮아요. 당신은 반드시 행복해질 거예요."

마지막으로 그렇게 말하고, 성녀는 어딘가로 날아갔다.

베르네르는 그 뒷모습을 보면서 성녀가 준 펜던트를 꼭 쥐었다.

이미 그 자리에는 침울했던 소년이 없다.

어두웠던 눈에 힘이 깃들고, 공기가 참으로 상쾌하게 느껴졌다.

이제껏 추하게 보이던 세상이, 더없이 아름답게 보였다.

마음에는 빛이 내리고, 모든 것이 눈부시게 빛난다.

성녀는 말했다. '당신의 성녀와 만날 수 있게끔'이라고.

아마도 언젠가 자신도 받아들일 좋은 여성이 나타난다는 뜻이겠지만…… 베르네르는 다른 누구도 성녀로 받아들일 수 없었다.

설령 이 마음이 닿지 않아도 괜찮다. 그래도 다시 한번 만나고 싶었다. 곁에 있기를 원했다.

그렇다면 이 펜던트는 '약속의 증표'! 언젠가 다시 만나 돌려줄 때를 위한 '도표!'

언젠가 이 성녀와 재회한다.

그러기 위해서 베르네르는 앞으로 찾아올 빛을 믿고, 빛의 길을 끝없이 나아가기로 굳게 다짐했다.

가짜 성녀 엘리제는 거짓된 성녀다.

그러나 구원받은 자들에게는 틀림없이 진짜 성녀였다.

제2화 변화하는 시나리오

꿈속에서는 종종 '아, 이건 꿈이네.'라고 느낄 때가 있다.

지금의 내가 딱 그런 상태로, 나는 꿈을 꾸고 있었다.

눈앞에는 낯익은 아파트의 내 방이 보이고, 내 모습은 시시껄렁한 사내놈으로 돌아와 있다.

몸은 하나도 아프지 않고, 현실감이 없을 정도로 가볍다. 응. 역시 이건 꿈이네.

왠지 모르게 자기 모습을 객관적으로 보는 것도 참 신기하지만, 꿈이란 원래 그런 법이다.

뭐, 꿈이라도 원래 모습으로 돌아갔다면 한동안 현대 생활을 만끽하자.

그렇게 생각하고 가장 먼저 한 일은 멍하니 이쪽을 보는 '나'의 몸에 들어가 PC를 켜서 『영원의 산화』 공식 홈페이지를 띄우는 것이었다. 으음. 나도 참.

하지만 어쩔 수 없다. 왜냐하면 달력에 표시된 오늘 날짜가 고대하던 공식 인기 투표 날이니까.

설령 꿈일지라도 결과가 궁금하다.

물론 나는 에테르나에 투표했으니까, 1등을 차지하면 좋겠다.

그렇게 든 인기 투표 화면에서…… 나는 믿기지 않는 것을 봤다.

1등…… 마리. 아쉽지만, 타당하다.

마리는 이 게임에서 가장 인기가 많은 *쿨데레 히로인이다.

어느 시대에서든 메인 히로인보다 인기가 많은 서브 히로인이 나타나는 법이다.

2등 에테르나. 아쉽게도 1등은 못 됐지만, 그래도 순위가 높다. 다음 인기 투표 기회가 있으면 1등을 노렸으면 좋겠다.

그리고 3등…… 4등에 이어서…… 5등, 엘리제? what?

아니, 저기, 이건 아니지…….

이걸 투표한 놈은 골이 비었나? 왜 그 엘리제에게 투표하는데?

엘리제라고 하면 그거다. 이 게임에서 불변의 미운털. 모두가 싫어하는 엘리제.

어그로 업계의 끝판왕. 악역의 표본. 쓰레기 타워. 가짜 성녀. 올해의 쓰레기.

그런 녀석이 인기 투표 5등이라니, 있을 수 없다.

나는 황급히 코멘트 페이지를 열었다. 그러자 이런 글이 있었다.

『엘리제 님 진짜 성녀.』

『진짜보다 진짜다운 성녀 오브 성녀.』

『아름다워…….』

『엘리제 루트 업데이트 빨리!』

『엘리제 님! 엘리제 님!』

『루트가 없는데도 이 순위…… 역시나 (진)성녀님!』

---

* 쿨데레 : 쿨+데레의 합성어. 겉으로는 냉철하거나 침착한 느낌(쿨. cool)과 반대로 속은 애정이 많은 느낌.

『이 게임 최대의 양심.』

『완전 성녀.』

『가짜 성녀는 맞아…… 왜냐하면 엘리제는 여신이니까.』

『5등이냐 제기이이이이이일!』

『메인 루트가 없는 게 패배의 원인이네.』

『실제로 얘가 진짜잖아. 에테르나 따윈 엘리제 님의 공적을 가로챈 거잖아. 성녀(웃음).』

『↑ 다른 히로인을 까려면 딴 데 가서 해 ㅂㅅ아』

『↑ ×2 좋아하는 히로인을 띄우려고 일부러 다른 히로인을 깎아내리지 마.』

『↑ ×3 지옥에나 떨어져라.』

『성녀의 칭호에 걸맞은 최고의 가짜.』

…………? ……?? ???

이상해……. 내가 아는 엘리제와는 전혀 일치하지 않아.

엘리제라고 하면 그거다. 진짜 성녀인 에테르나와 신분이 뒤바뀐 가짜 성녀이고, 제멋대로 굴어서 성녀의 이름에 먹칠한 것으로 모자라 본편에서도 사고를 왕창 터뜨려서 플레이어의 어그로를 마구 끌고, 마지막에는 꼴좋게 퇴장하는, 마녀보다도 쓰레기인 캐릭터다.

실수로라도 이런 식으로 좋게 평가받을 캐릭터가 아니다.

이게 뭐지? 혹시 오늘이 만우절인가?

아니, 적어도 날짜는 4월 1일이 아니다.

뭐지? 어떻게 된 거지? 나는 대체 뭘 보는 거야?

그렇게 생각하고, 나는 엘리제의 이름으로 검색해 봤다.

그러자 이런 정보가 눈에 들어왔다.

【엘리제】

『영원의 산화』의 등장인물. 비공략 캐릭터.

성녀로 불리는 존재.

어릴 적에는 오만방자했지만, 어느 날 갑자기 성녀임을 자각하고 사람이 바뀐 것처럼 '다른 사람을 위해' 활동하게 된다.

성녀의 이름에 부끄럽지 않게 압도적인 마력과 검술 실력을 지녔으며, 전투력은 작중 최강.

어둠의 상징인 마녀와 대칭되는 빛의 상징으로서 때로는 플레이어 앞에 나타나 도움을 준다.

이야기 도입부에 열네 살인 베르네르의 앞에 나타나 그가 어둠의 힘을 제어하는 데 도움을 주고, 펜던트를 맡겨서 그 인생에 큰 전환점을 주었다.

그러나 이때 베르네르의 힘을 흡수하는 바람에 수명이 줄어들었다.

또한 이 사건으로 인해 나이를 먹지 않게 되어, 겉으로 보이는 연령은 본편 시점에서 열네 살 시절과 동일하다.

마물에 습격당한 장소가 있으면 작은 마을이라도 버리지 않고 스스로 출격하고, 다친 자가 있으면 누구든지 치료한다.

그야말로 성녀를 체현한 듯 흠잡을 데가 없는 소녀이지만, 사실은 진짜 성녀가 아니다.

갓난아기 시절에 착오가 있어서 에테르나와 신분이 뒤바뀐 일반인이며, 당연하게도 엘리제 본인에게는 마녀를 무찌를 힘이 없었다.

그러나 너무나도 완성된 성녀의 행동거지에서 엘리제를 가짜라고 의심하는 자는 마녀를 포함해서 아무도 없었다.

하지만 엘리제 본인은 그 사실을 아는 듯, 언젠가 진짜 성녀인 에테르나에게 성녀의 자리를 돌려주기 위해 매진하고 있음을 드러내고 있다.

【본편에서의 활약】

공략 불가 캐릭터이지만, 모든 루트에서 등장해 존재감을 발휘한다.

첫 등장이 오프닝의 열네 살 베르네르 시점인 것은 모든 루트에서 공통.

· 에테르나 루트에서의 엘리제

본격적으로 등장하는 것은 마법학교……

엘리제의 캐릭터 설명을 보고 있을 때, 갑자기 시야가 모자이크처럼 깨지기 시작했다.

아, 망했다. 이건 꿈에서 깰 징조다.

내 귀에는 새가 지저귀는 소리가 들리기 시작했다.

자, 잠깐만 기다려 보라고. 계속 보게 해줘. 마법학교에서 뭐? 어떻게 등장하는데?

여기까지 보면 다음이 궁금해지잖아! 야! 야!

제길!

눈이 떠졌다.

아아, 아침 햇빛이 눈에 부시네. 제길.

나는 침대에서 일어나 가볍게 기지개를 켰다.

그러고 나서 거울 앞에 서고 몸단장을 한 다음, 쓰레기 내용물에 반비례하는 자신의 미모를 보고 우쭐거렸다.

본편 시점의 엘리제는 과식 때문에 둥글둥글한 비만 체형이 됐지만, 나는 그렇지 않다.

적절하게 운동(마물 괴롭히기)해서 날씬한 체형을 유지하고, 머리카락과 피부도 윤기가 나는 수준을 유지하고 있다.

참고로 마법으로 조금 꼼수를 쓴 건 비밀이야.

이 세계에는 현실 세계처럼 윤기가 나는 머릿결을 유지하거나 피부를 곱게 하는 편리한 물건이 없으니까 마법으로 할 수밖에 없거든.

그리고 나는 올해로 열일곱 살이 되지만, 겉모습은 열네 살 때부터 변하지 않았다.

뭐, 고작해야 가짜인 내가 주인공의 다크 파워(웃음)를 흡수하면 세포가 이상해지겠지.

자, 슬슬 본편이 시작된다.

내 목적은 처음과 똑같이 베르네르를 에테르나 루트로 보내서 환상의 해피 엔딩을 보는 것이다.

그런 다음에는 내가 그걸 지켜본 다음 퇴장하면 되겠지.

최선의 방법은 진짜 엘리제가 실수로 부활하지 않게 죽어서 퇴장하는 것이다.

다음 차선책으로써 가짜 성녀임을 자백하고 변경으로 추방당해 그곳에서 느긋하게 사는 것도 나쁘지 않을 것 같다.

참고로 사실은 죽음의 공포가 별로 없다.

그것도 다 『영원의 산화』의 설정상 사후 세계와 환생이 존재하기 때문이다.

죽음이 두려운 것은 간단히 말해서 죽은 뒤에 어떻게 되는지 모른다는 점이 크다. 누구나 한 번쯤은 영원히 잠드는 것을 두려워했을 것이다.

반대로 죽은 뒤에는 일하지 않아도 되는 니트 천국이 있다면 죽음을 두려워하는 녀석은 반으로 줄겠지.

그래서 베르네르의 어둠 파워를 흡수해서 수명이 줄어도 나는 딱히 문제없는 것이다.

오히려 성녀 행세는 귀찮으므로 후다닥 죽고 천국에서 놀고먹고 싶다.

지옥으로 가면 어쩌지……?

뭐, 아무튼 앞으로의 예정을 세우자.

베르네르는 그 뒤로 무사히 히로인 에테르나가 사는 마을에 도착해서 열일곱 살이 됐다.

그리고 베르네르와 에테르나는 마법기사를 육성하는 학교에 입학하는 셈이다. 음. 특이한 점이 하나도 없어서 완전히 깔끔한 이 정석.

이 마법학교에서는 마녀와 마물과 싸우는 미래의 기사를 육성하는데, 특히 성적이 우수한 자는 성녀의 근위기사로 발탁된다. 응. 끔찍한 벌칙 게임일세.

물론 게임 본편에서 베르네르와 에테르나는 그 자리를 원하지 않는다.

당연하지. 악명을 떨친 추악한 쓰레기 성녀의 근위기사를 누가 하고 싶겠냐고.

마법학교에 입학한 이유는 순수하게 마물과 싸울 힘을 원해서.

그러나 베르네르의 주인공 체질이 나쁜 방향으로 작용해 엘리제의 눈에 들고, 근위기사가 되라며 이것저것 손을 써서 유혹하려고 한다.

그리고 고개를 끄덕이지 않은 베르네르에게 엘리제가 역정을 내고, 베르네르와 가까운 다른 히로인들도 악랄하게 괴롭히기 시작한다.

이젠 그냥 죽어라, 이 쓰레기 가짜 성녀. 지금은 나지만.

그리고 이 가짜 성녀 때문에 몇몇 서브 히로인이 불행해진다.

즉, 현시점에서 내 목표는 본편처럼 멍청하게 굴지 않는 것이다.

원래라면 불행해지는 아이들이 불행해지지 않게 돕는 것이다.

그런고로 마법학교의 내빈으로 초청받은 나는 신입생 제군을 관찰하면서 '제복 진짜 멋져.' 라고 생각하고 있었다.

디자인을 보면 17세기 영국군 군복에서 장식과 무기를 뗀 느낌이랄까.

남자 제복의 색깔은 검은색 바탕에 군데군데 들어간 파란색이
돋보이고, 여자 제복은 흰색을 바탕에 녹색으로 꾸몄다.

의외인걸. 남녀 모두 빨간색은 안 쓰나?

"자, 성녀 엘리제 님. 신입생 여러분께 한 말씀 해주시죠."

아, 내 차례야? 생도들한테 뭘 말하라고?

이건 사실 매년 시키는데, 말할 주제가 슬슬 바닥날 것 같아.

본편에서 엘리제는 '내 눈에 들게 애써라.' 라든가 '여기서는 내
가 법이야.' 처럼 안 그래도 바닥을 친 평가를 더욱 떨어뜨리는 말
을 거듭하고, 급기야 가장 앞줄에 있던 외모가 별로인 신입생에게
'보기 흉하니까 넌 없어도 돼.' 라면서 즉석에서 퇴학시킨다. 너
무 최악이잖아…….

애초에 평소 그런 식으로 쓸데없이 어그로를 끌어서 뭐가 좋은
지 모르겠다.

아무튼 환영사나 해야지. 자, 뭘 말할까.

『알프레아 마법기사 육성기관』—— 통칭, 마법학교.

정식 명칭에 학교란 글자가 없는데도 다들 학교라고 부른다.

그곳은 세계 각지에서 기사를 지원하는 젊은이들을 모아 육성하
는, 장차 인류의 전력이 될 자들을 맡는 기관이다.

초대 성녀 알프레아의 이름을 딴 그 기관은 엄격한 훈련을 부과
하며, 그것을 넘어선 자들에게 영예로운 기사의 길을 약속한다.

나아가 일부 성적 우수자는 인류의 미래를 짊어지는 성녀의 근위기사로 발탁되므로, 젊은이들에게 있어서 그곳은 그야말로 꿈 같은 등용문이었다.

교육기관이면서, 현재 신입생들이 모인 장소는 거대한 예배당과도 같았다.

벽과 천장은 흰색, 파란색, 노란색, 녹색 등 다양한 색으로 물들어 장엄한 분위기를 자아낸다.

의자에 앉은 생도들 모두가 여기에 올 때까지 힘든 시험을 돌파해 좁은 문을 지난 자들이다.

모두가 의욕이 넘치는 얼굴이면서 긴장감이 공존하고 있다.

그들 사이에 열일곱 살이 된 베르네르가 있었다.

"역시나 분위기가 다른걸……."

오늘은 신입생들에게 영예로운 순간이자, 출발점이기도 하다.

이미 좁은 문을 지난 그들이지만, 지금부터는 똑같이 좁은 문을 지난 자들이 학우이자 경쟁자가 된다.

신입생 중에서 영예로운 기사가 되는 자는 1할 정도로, 다른 자들은 기사의 아래 직책을 받는다.

마법기사란 성녀와 함께 마녀에 맞서 싸우는 인류의 창이자 방패. 싸우는 자들이 모두 동경하는 용사다.

따라서 누구나 간단히 될 수는 없고, 현역 병사 중에서 3할 가까이가 한때 기사를 꿈꾸었다가 좌절한 자들이다.

나아가 그중에서도 한정된 몇 명만이 성녀의 옆자리를 허락받는 근위기사가 된다.

베르네르의 목표는 그것이었다.

그날, 성녀에게—— 엘리제에게 구원받은 이후로 언젠가 함께 싸울 날을 꿈꾸며 살았다.

재회를 약속하는 펜던트를 몸에서 떼놓은 적은 한 번도 없다.

그 꿈의 무대에, 지금 드디어 도착했다.

과거에는 모든 것에 절망했었다. 모든 것을 저주하고 싶었다.

성녀는 그런 자신을 구원하고, 끌어안아 주었다.

어둠으로 뒤덮인 인생에 빛을 주었다.

그때 결심했다. 더는 무슨 일이 있어도 어둠에 굴하지 않겠다고. 성녀가 가르쳐 준 빛의 길을 따라가겠다고.

그런 베르네르를 보면서 같은 마을의 친구인 소녀 ……에테르나는 복잡한 표정을 지었다.

"기쁜 것 같네, 베르…….”

"그렇게 보여? 나도 참 한심하군……. 겨우 입구에 선 건데 말이야. 정신을 바짝 차려야겠어. 그래. 이런 걸로 만족하면 안 돼. 그 사람과 같은 무대에 서기 위해서라도. 나는 여기서 강해져야 해."

에테르나는 베르네르가 열네 살 때 도착한 마을에 살던 소녀다.

아름다운 은색 머리 소녀이며, 마을에서는 제일가는 미소녀로 평판이 자자했다.

그건 절대로 과장한 표현이 아니다. 가난한 마을이라서 머리카락과 피부를 관리하지 못해 타고난 미모가 흐려지고 말았지만, 원판 자체는 성녀 엘리제에도 뒤지지 않으리라.

그런 에테르나가 신경을 쓰는 사람은 3년 동안 함께 지내며 성장한 베르네르다.

연애 감정……인지는 잘 모르겠다.

하지만 에테르나가 살던 마을에서는 나이가 비슷하고 친한 남녀가 자연스럽게 부부가 되는 게 당연했고, 그래서 에테르나도 언젠가는 베르네르와 그렇게 되지 않을까 하고 막연하게 생각했다.

그리고 그건 딱히 싫은 일이 아니었다.

하지만 베르네르는 더 먼 곳을 바라봤고, 그 눈에는 항상 다른 여성만이 들어왔다.

"사람이…… 많네."

"사방이 라이벌이란 건가."

기사가 되려는 자는 적지 않다.

하지만 최근에는 과거와 비교해도 기사를 지망하는 사람이 많아졌다.

그 이유는 역대 최고의 성녀로 추앙받는 성녀 엘리제다.

성녀가 마물과의 전장에서 구한 신병이, 다시금 몸과 마음을 단련하고자 마법학교의 문을 두드렸다.

성녀가 얼굴과 다리와 마음에 남은 상처를 치유한 소녀가 활의 명수가 되어 은혜를 갚고자 찾아왔다.

그리고 모든 것에 절망했던, 어둠이 깃든 소년이 빛을 동경하여 청년이 되어 입학했다.

기타 수많은, 직간접을 불문하고 성녀에게 구원받은 자들. 혹은 그 모습을 멀리서 본 자들.

그러한 젊은이들이 속속 마법학교를 찾아서, 최근 몇 년 동안에는 전례를 찾아보기 어려울 정도로 인재가 풍성한 시대를 맞이했다.

　"지금부터 성녀 엘리제 님께서 신입생 일동에게 한 말씀 하시겠습니다."

　그리고 그 시대를 낳은 역대 최고의 성녀가 단상에 올랐다.

　그 모습에 모두가 넋을 잃는다.

　무릎에 닿는 찬란한 금발. 티 없이 뽀얀 피부. 보석같은 눈.

　새하얀 드레스는 그녀만을 위해 존재하는 것처럼 잘 어울리고, 머리를 장식한 하얀 꽃이 매력을 더 두드러지게 한다.

　노화라고 하는 열화를 내던진 영원한 열네 살 소녀는 젊은 생기가 넘치고, 베르네르가 과거에 만났을 때 그대로의 모습이었다.

　기적 앞에서는 시간조차 머리를 조아린다. 시간의 흐름조차 그녀를 쇠하게 할 수 없다.

　그 사실을 목격한 것처럼, 신입생들은 그저 그 모습에 시선이 쏠려 있었다.

　"여러분, 어려운 시험을 통과하고, 좁은 문을 지나 여기까지 잘 오셨습니다. 먼저 그 노력에 진심으로 찬사를 보내고자 합니다."

　방울이 울리는 듯 고운 목소리가 신입생들의 고막을 흔든다.

　그러나 다음에 그 입에서 나온 것은 예상하지 못했던 말이었다.

　"그러나 여러분의 꿈을 깨는 말이지만, 기사란 여러분이 생각하듯 영예로운 것이 아닙니다. 기사란 최전선에서 싸우는 자들. 항상 생명의 위협이 따르고, 대다수는 1년을 버티지 못하고 죽음을 맞이합니다. 그리고 잔혹하게도, 한두 사람이 명예롭게 전사할지라도…… 대세는 바뀌지 않습니다. '명예로운 죽음'으로 추앙받는 것의 태반은, 아무런 성과도 낼 수 없는…… '명예'만이 남는 죽음입니다."

놀랍게도 기사들이 지켜야 할 성녀가, 기사를 부정한 것이다.

너희가 생각하는 만큼, 기사는 찬란한 직업이 아니라고.

힘들고, 죽음의 위험이 넘친다는 현실을 들이댄다.

그리고 그 죽음조차 헛되다는 사실을 감추지 않고 고백했다.

"그러니까 이 길을 걷기 전에 다시 돌이켜 보세요. 정말로 그래도 괜찮은지를. '성녀'라는 타인을 지키기 위해 목숨을 버려도 되는지를. 저는 그런 일로 목숨을 잃는 것보다, 가족을 지키며 살기를 원합니다. 저를 지키기 위해 희생되어도 될 생명은 이 세상 어디에도 없어요."

기사란 성녀의 방패이자 창이며, 그리고 대신 죽는 자이다.

기사란 성녀를 살리기 위해 존재한다.

성녀가 만반의 상태로 마녀와 싸우고, 토벌하기 위해 버리는 카드가 기사다.

용감한 자라고, 전사의 긍지라고, 명예로운 죽음이라고, 아무리 미사여구를 늘어놓아도 그 본질은 바뀌지 않는다.

기사는 산 제물이다. 기사란 대신 죽는 자이다. 그 사실을, 다른 누구도 아닌 성녀 자신이 단언했다.

그 모습을 본 베르네르는 정말이지 그때와 달라지지 않았다고 느끼고…… 웃었다.

잘 안다. 결심했다.

그래도 좋다고 여겼으니까, 여기 있는 것이다.

성녀라면 대신 죽을 자가 많을수록 좋을 텐데도, 본인은 그것을 바람직하게 여기지 않는다.

그러니까 이렇게 기사 지망생들을 멀리하려고 하고…… 그러다가 기사가 한 명도 남지 않더라도, 혼자서 마녀와 싸우리라.

그런 성녀이니까, 지키고 싶어지는 것이다.

그건 이 자리에 있는 모두의 공통된 마음일 것이다.

"마물을 물리치는 것만이 싸움은 아닙니다. 가족을 지키고, 아이를 낳아 기른다. 그것도 훌륭한 싸움입니다. 그것만으로 당신들의 삶은, 저보다도 훨씬 가치가 있습니다. 부디 다시 생각해 주세요. 정말로 여기가…… 당신들의 생명을 쓸 곳인지를."

엘리제의, 마치 신입생들을 쫓아내려고 하는 듯한 이례적인 환영사가 끝났다.

하지만 그 말을 듣고 갈등하는 자는 없다. 자리를 뜨는 자도 없다.

모두가 이미 각오했다. 굳게 결의했다.

한 사람이 죽어도 대세에 영향을 주지 않고, '명예로운 죽음'으로서 다른 모두와 똑같이 취급된다.

하지만 그게 어떻다는 것이냐. 그렇다면 다른 모두의 일부로서 성녀와 함께 싸울 뿐이다.

결과적으로 엘리제의 스피치는 에테르나를 포함한 아주 일부의 생도를 곤혹스럽게 하고…… 다른 모두의 결의를 한층 활활 타오르게 했다.

제3화 베르네르의 폭주

하아~ 진짜 못 해 먹겠네.

쟤들은 자살 희망자라도 되나?

내 말을 요약하자면 '기꺼이 죽으러 가지 않아도 어차피 너희는 엑스트라 취급이니까 죽든 살든 큰 차이는 없다' 는 뜻이다.

주인공 파티가 적과 싸우는 배경에서 '으악.' 이라거나 '끄악.' 이라거나 '강해! 너무 강해!' 라거나 '주, 죽겠어!' 같은 소리나 하면서 적당히 죽는 무명 병사 같은 거라고, 진짜.

그렇다면 고향에 가서 농사나 짓고, 덤으로 부모님께 효도도 하고, 결혼해서 아이라도 낳아 기르는 게 훨씬 더 세상에 공헌할 수 있다고 점잖게 말한 건데, 한 사람도 안 나갔다.

기사란 쉽게 말해 성녀를 살리기 위한 인간 방패인데, 애초에 나는 그런 게 필요 없다고.

나는 하늘을 날 수 있는데? 너희는 어떻게 나를 지킬 건데?

날지 못하는 너희가 오히려 방해된다 이거야.

아, 기분 꿀꿀하네. 내가 생각해도 나는 쓰레기지만, 일단 BB탄 정도의 작은 양심은 있다.

나를 위해 잘 모르는 사람이 헛되이 죽는다면…… 뭐, 응, 아주 조금은 찜찜할……지도 모른다.

아, 미안. 뻥이야. 사실은 아무 느낌도 안 들어.

TV에서 다른 지역에 사는 얼굴도 모르는 누군가가 사고로 죽었다는 뉴스를 보고 '아, 불쌍해라.'라고 생각해도, 몇 초 뒤에는 그이름조차 떠올리지 않고, 뉴스를 봤다는 것조차 다음 날에는 잊을지도 모른다.

안타깝게도 나는 엑스트라 기사나 병사의 죽음은 그 정도로만인식한다.

그렇기에 더욱 개죽음이 된다. 이런 녀석의 인간 방패가 되어서죽다니, 진짜 인생 낭비잖아.

하지만 꿀꿀한 기분으로 있을 수는 없다. 앞으로도 학교에서 이런저런 이벤트가 줄지어 기다리고 있다.

뭐, 그 태반은 방치해도 우리의 주인공 베르네르가 알아서 뚝딱해결하고 서브 히로인 호감도가 팍팍 올라서 홀딱 반할 테지만, 몇 가지 방치할 수 없는 이벤트가 있다.

그건 선택지에 따라서 히로인이나 엑스트라가 죽고, 불행해지는 이벤트다.

애초에 올바른 선택지를 골라도 엑스트라는 쉽게 죽는다.

베르네르가 올바른 선택만 고를 정도로 진짜 유능하다면 괜찮겠지만, 몇 가지는 초심자를 농락하는 '보통은 그런 거 안 고르잖아.' 같은 것도 있고, 한 번 게임을 깨고 나서 두 번째로 플레이해야 뜨는…… 처음에는 아예 표시되지 않는 선택지도 있다.

1회차 플레이 때는 무조건 죽는 히로인도 있으니까 말이지, 이 게임은.

　너 말하는 거야, 에테르나. 1회차는 아무리 애써도 최종 보스로 변하고 말이야.

　뭐, 에테르나는 2회차에서 트루 엔딩 루트에 진입해도 죽지만. 얘 너무 불쌍하지 않아?

　그 밖에도 메인 루트가 아닌 데서 반드시 죽는 히로인도 있다. 마녀라든지, 마녀라든가, 마녀 같은.

　그것 말고도 마법학교에는 '파라' 라고 하는 왕가슴 미녀 교사가 있는데, 이 사람도 1회차에서 확정으로 죽는다.

　이 파라 선생은 어째서인지 에테르나를 암살하려고 하는데, 1회차에서는 베르네르가 이에 맞서고, 전투 후에는 태도가 돌변하더니 사죄하며 절벽에 몸을 던져 죽는다.

　그리고 2회차에서는 이 싸움에 에테르나를 데려갈 수 있는데(1회차 때는 표적이 된 에테르나가 위험하다고 데려가지 않는다), 에테르나의 힘으로 사실 파라 선생은 마녀에게 조종당한 피해자임이 판명되고, 에테르나의 성녀 파워로 세뇌에서 해방된다.

　덤으로 이 이벤트로 에테르나가 진짜 성녀라는 사실이 더 일찍 판명되고, 엘리제 심판 이벤트도 앞당겨져서 에테르나가 어둠에 물드는 것을 피할 수 있는 셈이다.

　즉, 이 이벤트는 파라 선생의 생존과 에테르나의 타락을 막는 중요 이벤트이다.

　그나저나 이 시점에서 에테르나를 암살하려고 한 것을 보면, 마녀는 엘리제가 가짜 성녀임을 눈치챈 거군.

뭐, 성녀와 대칭을 이루는 존재가 마녀니까 보통은 눈치채겠지. 그러지 않아도 눈치챌 거라고.

아무튼 나는 이미 가짜로 들통났다고 생각해도 좋다.

다음은 파라 선생의 세뇌에서 해방된 뒤로 앞당겨지는 이벤트인데, 이건 딱히 걱정하지 않아도 되겠지.

애초에 엘리제의 내용물이 나라서 나쁜 짓은 별로 안 했다.

오히려 에테르나에게 성녀의 자리를 돌려주기 위해 명성을 쌓고 있으니까, 에테르나의 마을이 습격당하는 일과 어둠에 물드는 이벤트는 발생하지 않을 것이다.

뭐, 일단 습격하는 바보는 지금 시점에서 조사하고 있지만.

아무튼 파라 선생이 에테르나를 암살하려고 하는 타이밍은 알고 있다.

나는 그 이벤트에 끼어들어서 파라 선생이 조종당했다는 사실을 말하면 된다.

크하하, 이겼구나. 씻고 오마.

욕실에서 냉정하게 생각해 봤더니 은근히 위험한 상황이었다.

'베르네르와 에테르나가 맺어지게 해서 해피 엔딩을 보자' 차트에 사실은 중대한 결함이 있다는 사실을, 나는 문득 깨닫고 만 것이다.

그건 바로 내가 딱히 마법학교 생도도 뭐도 아니라는 사실이다.

즉, 실시간으로 감시할 수 없다. 이벤트의 태반은 그 학교에서 발생하는데, 그 중요한 무대인 학교에 내가 없다.

그건 당연하다. 마법학교는 성녀를 섬기는 기사를 육성하는 곳이다. 그곳에 (가짜지만) 성녀 본인이 입학할 리가 없다.

그렇다면 학업은 어떻게 하냐고 생각할지도 모르지만, 그건 유명한 교사와의 일대일 교육으로 해결한다.

뭐, 일대일 교육은 아니네. 난 혼자고 교사는 많으니까.

성녀란 이 세계에서 왕의 자식들보다 훨씬 신분이 높은 존재다.

예언자라는 수상쩍은 일을 하는 녀석이 있고, 그 녀석이 성녀의 탄생을 예언하면 높으신 분들이 우르르 달려가 그 아이를 부모에게서 억지로……가 아니라, 부모를 설득해서 데려오는 것이다.

그때 돈도 많이 주니까, 태반의 부모는 그냥 아이를 넘겨준다.

박정한 걸지도 모르지만, 이 세계에서는 입을 줄이려고 친자식을 버리거나 파는 짓도 당연하게 하니까 거금을 주면 대부분 고개를 끄덕인다.

그래서 엘리제의 부모가 어디 있고, 지금 뭘 하는지는 모른다.

공식 설정에 따르면 아무 죄책감 없이 방탕하게 살았다고 한다.

그 아이에 그 부모네…….

그렇게 거두어진 성녀는 성녀를 육성하기 위한 성에서 애지중지 키워진다.

장소는 딱 강대국과 강대국의 국경 근처. 왜 이렇게 성가신 짓을 하냐면, 어느 한 나라에서 성녀를 소유하는 것을 방지하기 위한 것이라고 한다.

그리고 각국에서 선발한 기사와 교사, 일상에서 시중을 두는 하인들을 보내서 키우는 것이다.

누구든 부모를 대신하게 하라고 말하고 싶지만, 성녀란 이 세계에서 일종의 신앙 대상이므로, '성녀의 힘을 지닌 인간의 아이가 태어났다' 가 아니라, '인간의 몸에 성녀가 강림했다' 고 본다.

그러므로 실질적으로 성녀의 발언권과 권력은 국왕을 웃돈다.

그런 내가 입학할 수도 없으니까, 가능한 것은 시찰이란 명목으로 타이밍을 봐서 마법학교에 가는 것밖에 없다.

그리고 이어지는 두 번째 문제.

이벤트의 타이밍은 대충 알지만, 정확한 날짜는 모른다.

『영원의 산화』에도 일단 날짜 시스템이 있다. 그것도 편리하게 현대식으로 ○년 ○월 ○일 ○요일로 표시된다.

이봐, 스태프! 너무 대충 만들었잖아!

일단 요일은 이 세계의 속성인 빙(얼음), 화(불), 수(물), 풍(바람), 뇌(번개), 토(흙), 광(빛)으로 일주일이 되지만, 다른 점은 그걸로 끝이다.

빙요일이 현실에서 말하는 월요일 포지션이고, 화, 수, 토는 그대로. 목요일 대신 풍요일이 들어가고, 금요일 대신 뇌요일. 일요일 포지션이 광요일이다.

혼자 왕따인 어둠은 울어도 된다.

어둠 속성은 말이지…… 마녀가 쓴다는 이미지가 강해서 기본적으로 따돌림당하는 경향이 있다.

그리고 날짜와 요일도 있다면 이벤트 타이밍을 알 수 있겠다고 생각하겠지만…… 이벤트 날짜는 베르네르의 행동에 따라 조금씩 달라진다.

예를 들어 예전 플레이 때 5월 2일에 발생한 이벤트가 다음 플레이 때는 5월 4일에 발생하는 일도 있다.

왜 이런 일이 생기냐면, 애초에 『영원의 산화』가 정해진 시간 동안 학교에서 생활하면서 베르네르를 단련하고 이벤트를 진행해 나가는 타입의 게임이기 때문이다.

그러므로 쓸데없는 일로 시간을 소비하면 이벤트 발생도 대폭 늦어지거나 한다.

즉…… 모르는 것이다.

나는 파라 선생이 에테르나를 습격하는 이벤트에 끼어들어서 파라 선생의 죽음을 막을 작정이지만, 그 이벤트가 언제 일어날지 모른다.

최악의 경우, 베르네르가 자주 단련만 하는 바람에 진행이 하나도 되지 않고, 이벤트가 발생하지 않을지도 모른다.

이 게임은 아침, 점심, 저녁, 밤, 심야로 총 다섯 번으로 나뉘어 자유행동이 이루어지는데, 그때 자주 단련이나 학습, 히로인과의 교류 등이 가능하다. 물론 뭘 골라도 시간이 흘러간다.

그리고 끝없이 자주 단련만 해서 아무와도 교류하지 않은 채 졸업하는 황당무계한 외톨이 루트로 플레이하는 것도 가능하다.

뭐, 아무리 그래도 그런 개그 플레이는 안 할 테지만.

참고로 내가 엘리제가 됐으니까 어쩌면 파라 선생을 죽게 내버려 둬도 에테르나의 타락 이벤트는 평범하게 피할 수 있을지도 모른다.

애초에 에테르나가 어둠에 물든 원인은 엘리제니까.

파라 선생의 이벤트는 기껏해야 그 원인이 되는 엘리제를 일찍 퇴장시키는 것으로, 파라 선생의 생사 자체는 에테르나의 타락과 아무런 관계도 없다.

하지만 파라 선생은 게임에서 중요한 이벤트 플래그였다. 혹시 모르니까 살리고 싶다.

게다가 그런 이유를 제외하더라도, 그 왕가슴은 죽게 내버려두기 아깝다.

파라 선생은 갈색 머리가 살짝 곱슬한, 24세 미인 교사다.

얼굴 생김새는 조금 날카로운 느낌이고, 가슴 사이즈는 F컵인 다이너마이트 보디!를 보유하신 분이다.

내 눈요기를 위해서라도 살리고 싶은 사람이다. 아니, 꼭 살린다.

뭐, 이벤트 발생 타이밍을 모르더라도 어떻게든 할 방법이 있다.

간단히 말해서, 조사하면 되는 것이다.

마법학교로 시찰하러 가서 교사들과 이야기하고 베르네르와 에테르나에 관해 들으면 된다.

『영원의 산화』를 몇 번이나 플레이해서 모든 루트를 제패한 나라면 주위 평판과 수업 태도, 주위 사람들이 이름을 얼마나 아는지, 최근 무슨 일이 있었는지 등으로 현재 이벤트가 얼마나 진행됐는지 알 수 있다. 각 히로인의 호감도 역시 공략 사이트를 보지 않아도 수치로 가늠할 수 있다.

좋아. 이거라면 여유야. 이겼어. 다시 씻고 오자.

큰일이다…… 큰일이야…….

몸을 한번 푹 담그고 나서 시찰을 빙자해 마법학교에 가고, 교사들에게 이야기를 들은 결과, 나는 내 생각이 어설펐음을 통감했다.

믿기지 않는 일이 지금, 일어나고 있다.

우선 각 히로인이 베르네르에게 보이는 호감도. 무려 에테르나를 제외하면 전부 0. 에테르나도 초기치 그대로.

다음으로 이벤트 진행 플래그. 하나도 없다.

서브 히로인들은 베르네르의 이름도 모른다.

마지막으로 베르네르. 아침엔 자주 단련, 점심엔 자주 단련, 저녁에도 자주 단련, 밤과 심야에도 자주 단련.

이, 이 녀석…… 설마! 설마 이럴 수가! 믿을 수 없어!

이 녀석은 놀랍게도! 이벤트를 하나도 진행하지 않았어! 히로인도 대화한 적도 없어!

자유행동을 전부 자주 단련에 썼잖아!!

이 세계의 베르네르는 개그 노선으로 플레이 중이다!!

자자자자, 잠깐만. 잠깐 기다려 봐. 저기, 잠깐 너 말이야.

야, 베르네르. 너 말이야. 넌 모르겠지만 『영원의 산화』는 미소녀 게임이라고. 연애 게임이라고.

전투 같은 요소도 있지만 그건 덤이고, 어디까지나 여자랑 연애하는 게 메인이라고.

나로서는 무조건 에테르나 루트에 진입했으면 좋겠고, 애초에 그것 말고는 인정하지 않지만. 그런데 넌 아무하고도 플래그가 없는 걸 넘어서서 대화조차 안 한 건 뭔데?

너 말이야. 미소녀 게임의 남자 주인공이 아무하고도 대화하지 않고 자주 단련&자주 단련만 하는 건 무슨 심보냐고.

이대로 가다간 외톨이 루트밖에 없잖아.

엔딩 컷에서 우락부락해진 베르네르가 수많은 남자에게 둘러싸여 '여자는 내 패도에 필요 없다!' 라고 엉뚱한 소리나 하고 끝나는, 별칭 『보디빌드 ⇧ 엔딩』으로 가려고 하잖아.

참고로 엔딩에 도달하는 시간이 가장 짧아서 RTA(리얼 타임 어택) 완주자들이 많은 루트로, 영상으로도 자주 볼 수 있어서 나도 폭소했다.

하지만 너, 이건 좀 아니지. 진짜 아니야.

왜 이 세계에서 『보디빌드 ⇧ 엔딩』을 목표로 삼냐고, 베르네르.

뭐야? 네 안에는 RTA 신자가 있어? 나처럼 뭔가 이상한 게 들어가서 다시 태어난 거야? 그래서 최단 시간 클리어를 노리는 거야?

아무튼 이대로 가다간 큰일이 나는 건 확실하다.

베르네르가 아무것도 안 하면 이야기를 해결하고 자시고 할 수 없다.

아…… 내키지는 않지만. 죽도록 싫지만…….

왜 이러는지 직접 물어보러 갈 수밖에 없겠는걸…….

베르네르에게는 '꿈'이 있다.

그날 만난 성녀의 곁에 서는 것이다.

모든 것에 절망했던 자신에게 빛을 준 성녀. 그녀가 자신을 어둠에서 구원해 주었다.

그래서 그녀와 똑같은 길을 걷고 싶었다.

성녀의 길은 '빛의 길'! 그것을 따라가는 것이 은혜를 갚는 일이라고 믿은 것이다.

그러기 위해서는 샛길로 빠질 수 없다. 쓸데없는 일에 시간을 할애할 여유는 없다.

아침에도, 점심에도, 저녁에도, 밤에도, 심야에도. 주어진 모든 시간을, 끝없는 자기 단련에 쏟을 뿐이다.

"1405! 1406! 1407! 1408! 1409! 1410!"

학교에서 배정받은 방에서, 삼단 침대 위에 다리를 걸치고 매달려 상체를 반복해서 일으킴으로써 강인한 근육을 만든다.

기사의 자본은 육체다. 검을 휘두를 때도 힘없는 아이와 근육질 남자는 속도와 힘이 다르다. 근육은 배신하지 않는다.

참고로 현재 이 방에는 베르네르 혼자만 있다.

이곳은 공동으로 쓰는 방이지만, 다른 생도는 친구와 놀거나 우정을 다지는 데 시간을 쓰고 있다.

"1411! 1412! 1413! 1414! 1415! 1416!"

시간은 유한하다. 그 유한한 시간 속에서 자신은 기초 체력을 다지고, 검술과 마법 훈련, 기타 등등을 수행해야 한다.

강하게, 더 강해지지 않으면 그 사람의 옆에 설 수 없다.

에테르나는 '조금은 다른 일에도 관심을 줘.' 라고 어이없어했지만, 이것이 자신이 목표로 하는 길이다.

단련에 몰두하고 있을 때, 문을 가볍게 똑똑 두드리는 소리가 들렸다.

누구지? 에테르나일까? 아니, 에테르나는 더 대놓고 문을 두드린다.

베르네르는 하는 수 없이 자주 단련을 중단하고 수건으로 땀을 닦은 다음 탱크톱을 입었다.

그리고 문을 열고…… 굳었다.

"저기…… 오랜만이에요. 저를 기억하나요?"

흐어어어어어어어어어억?!

베르네르는 속으로 외쳤다.

문 앞에는 재회할 때를 꿈꾸던 성녀가 있었다.

이게 무슨 일이냐고 생각했다. 베르네르는 현재 제복 바지에 탱크톱만 걸친 차림이다.

설마 문 너머에 성녀가 있을 줄은 몰라서 이런 차림으로 나왔는데, 이럴 줄 알았다면 더 단정한 옷차림으로 맞이했을 것이다.

"에, 엘리제 님…… 무, 물론이죠! 하루도 잊은 적이 없습니다!"

쩔쩔매면서 어떻게든 말을 꺼낸다.

너무 긴장한 나머지 목소리가 이상하지 않을까? 아니, 이상할 것이다.

자주 단련 때문에 땀내가 나지 않을까? 아니, 나겠지. 틀렸다. 죽는다.

베르네르의 마음은 재회한 기쁨과 이런 모습으로 만났다는 혼란에 지배당하고 있었다.

"어, 어어, 어째서 엘리제 님이 이런 곳에……?!"

"오늘은 시찰하러 방문했는데…… 이야기를 듣다가 그날 본 소년이 여기 있다는 사실을 알아서, 지금은 어떻게 지내는지 궁금해졌거든요. 불편했나요?"

"그, 그럴 리가 없습니다!"

불편하지 않다. 오히려 환영한다.

그러나 문제는 한창 자주 단련을 하던 중에 찾아왔다는 것이다.

만약 오는 줄 알았다면 단정한 차림으로 맞이했을 텐데.

아, 아까랑 똑같은 생각을 했네. 그렇게 생각하고, 베르네르는 자신이 혼란에 빠진 것을 자각했다.

"그렇다면 다행이네요. 그나저나 그 뒤로 '힘'은 어떻죠? 폭주하는 일이 없었으면 좋겠는데요."

"아, 네. 엘리제 님 덕택에 쭉 얌전합니다. 요새는 조금이나마 제어할 수 있게 되어서…… 정말이지, 전부 당신 덕분입니다. 당신이 있기에, 지금의 내가 있습니다."

베르네르는 그렇게 말하고 소녀를 내려다봤다.

예전에 봤을 때와 체격이 비슷하다. 소녀는 그때와 변함없고, 베르네르 자신은 성장했다.

그래도 변함없이 사랑스럽다. 아니, 오히려 예전보다 그 마음이 강해졌다.

다시금 생각한다. 아아, 나는 이 사람을 위해 여기 왔노라고.

"그렇군요……. 지금의 당신을 볼 수 있었던 것만으로도, 오늘 여기 온 의미가 있어요."

엘리제는 조용히 미소를 짓고, 조금 걱정하는 눈치로 베르네르를 쳐다봤다.

"그나저나 들은 이야기에 따르면, 평소 단련만 하고 친구를 전혀 사귀지 않는다고 하는데요. 조금 더 주위와 교우관계를 다지는 게 좋다고 봐요. 사람은 혼자 강해지는 데 한계가 있으니까요."

"혼자 강해지는 데는 한계가 있다……."

베르네르는 정신을 번쩍 차리고, 자기 손을 봤다.

그 말이 옳다고 생각한다. 자기 혼자만 보는 남자가 어떻게 다른 사람을 지킬 수 있을까.

애초에 자신은 이 성녀가 혼자 싸우게 하지 않으려고…… 함께 싸우려고 여기 온 게 아니던가.

그런데 이대로 가다간 협조성이 없는 남자가 한 명 완성될 뿐이다. 그런 자신이 성녀와 함께 싸울 수 있을 리가 없다.

"맞는 말이야. 나는 똑바로 걷는 줄 알면서 또 엉뚱한 길로 갈 뻔했어."

베르네르는 자신의 실수를 순순히 인정하고, 주먹을 쥐었다.

또 길을 바로잡아 주었다.

예전에도 자신이 어둠으로 가려고 했을 때, 이분은 빛이 비치는 길을 알려주었다.

그리고 또, 이번에도…… 올바른 길을 제시해 주었다.

베르네르는 조용한 감동을 곱씹으며 생각한다.

역시 이분이야말로 자신의 '빛'이다. 아무리 어둠이 속삭여도 마땅히 가야 할 길을 가르쳐 준다.

혼자만 아는 강함으로는 아무것도 지킬 수 없다.

자신만을 위해 단련한 근육으로는 아무도 구할 수 없다.

그래서는 그저 보기 흉한 근육 자랑이다.

"아…… 그 펜던트. 아직 하고 있군요."

"네. 이건 제게 소중한, 약속의 증표니까요."

베르네르는 소중하게 펜던트를 꼭 쥐고, 몸을 숙여 엘리제와 시선을 맞췄다.

갑작스럽게 찾아온, 예기치 못한 재회.

하지만 그 덕분에 확실하게 이해할 수 있었다. 자신에게 소중한 것. 자신이 지키고 싶은 것을.

그러나 그걸 말할 수는 없다. 지금은 아직…….

지금처럼 약한 자신은 말할 자격이 없다. 자신은 엘리제에게 어울리지 않는다는 사실을 잘 아니까.

그래서 그 대신, 맹세를 말했다.

"엘리제 님. 나는…… 그날 당신에게 구원받은 마음과 생명을, 가장 소중한 것을 지키는 데 쓰겠습니다. 나는 지금보다 강해지겠습니다. 강해져서…… 내 성녀를, 지키겠습니다."

"네……. 꼭 그러세요. 당신이라면 꿈을 이룰 수 있을 거예요. 아…… 슬슬 다른 분이 방에 돌아오겠네요. 저는 이만…….."

"네. 언젠가 또 뵙겠습니다…… 엘리제 님."

웃으며 말하고, 엘리제는 떠나갔다.

그 뒷모습을 보면서, 베르네르는 생각한다.

내 성녀는 찾아냈다. 아니, 애초에 찾아볼 필요도 없었다.

왜냐하면 그날 이미 만났으니까.

──나는 반드시 당신을 지키는 남자가 되겠다.

그렇게 다시금 결의를 다짐으로써, 남자는 더욱 강해졌다.

제4화 루트 개척

아, 이건 꿈이네.

처음에 눈을 뜨고, 그렇게 생각했다.

나는 어느새 드러누운 전생(이라고 해도 될까?)의 나를 내려다보듯 부유하고 있었다.

시야는 뿌옇고, 물속에 있는 것처럼 움직이기 불편하다.

내가 쓰레기 가짜 성녀가 되고 어느덧 12년. 슬슬 어느 쪽이 진짜 나인지 모를 지경이다.

어쩌면 처음부터 이게 꿈이고, 나는 처음부터 엘리제였을지도 모른다는 생각마저 든다.

아무튼 이전 꿈을 마저 꿀 수 있다면 내가 볼 것은 하나뿐이다.

『엘리제』의 인터넷 평가가 어떤지를 알고 싶다. 지난번에는 중간에서 더 보지 못했으니까 말이지.

그런고로 이번에도 전생의 나를 움직여 보실까.

먼저 PC를 켜고, 검색창에 『영원의 산화』를 입력.

그러나 어째서인지 얇은 책 사이트가 여러 군데 표시됐다.

아차. 검색어 후보로 뜬 『영원의 산화 동인지 촉수』로 검색해 버렸네.

이런 검색어가 뜬 시점에서 내가 평소 뭘 보는지 눈에 훤히 보이는군. 취향이 들켰어!

참고로 내 원픽은 에테르나 촉수능욕이다.

뭐라고 할까…… 사실은…… 청순한 여자애가…… '촉수 마니아'라면…… 알겠지?

더럽혀서는 안 되는 신성한 느낌이 나는 아이를 촉수가 푹찍푹찍, 인간이라면 절대로 불가능할 느낌으로 능욕하잖아? 그거에 흥분하는 거지!

그런고로 바로 검색해 보자. 저 세계의 내게는 없지만, 꿈속의 나는 마이 주니어가 있으니까 오랜만에 남자의 의식을 하는 것도 좋지 않을까.

그리고 즐겨 찾는 사이트를 바로 열었는데…….

『엘리제 님 VS 촉수』.

?!

『엘리제 촉수 위기일발』.

?!

『촉수로 태어난 내가 엘리제 님에게 봉사받는 책』.

?!

사이트를 열자 눈에 들어온 것은 촉수에 휘감겨 적나라한 모습이 된 금발 미소녀를 그린 표지였다.

………………

──좋아. 나는 아무것도 안 봤어.

봐서는 안 되는 것을 보고 만 내 성욕이 한순간에 수그러들고, 페이지를 슬쩍 닫았다.

나는 아무것도 안 봤고, 아무것도 몰라. 오케이?

조금 샛길로 빠졌지만, 이번에야말로 『엘리제』의 평판을 조사하고자 검색하려고 한다.

하지만 문득, 페이지 상단에 걸린 한 뉴스가 눈에 들어왔다.

그곳에는 『발매 4년 만에 히든 루트 발견!』이라고 떠 있는데, 섬네일은 아무리 봐도 엘리제였다.

다만 내가 아는 본편의 모습이 아니라, 열네 살 때 성장이 멈춘 나 in 엘리제였다.

이게 뭐지 싶어서 클릭해 본다.

그러자 『영원의 산화』의 RTA 스트리밍 영상이 떴다.

『【생방송】영원의 산화 RTA 플레이 2 【코멘트 있음】』이라는 제목으로 올라온 영상인데, 엄청나게 많은 재생 횟수를 자랑하고 있다.

생방송이라고 적었지만, 이 영상은 10시간 전에 투고된 것 같으니까 실제로는 생방송을 녹화한 누군가가 다시 업로드한 것이리라. 있단 말이지. 이렇게 무단으로 녹화해서 올리는 바보가.

뭐, 아무튼 봐 보실까.

영상의 내용은 흔한 RTA다.

이 게임을 가장 빨리 깨는 방법은 아무튼 아무하고도 대화하지 않고 오로지 자주 단련만 해서 시간을 낭비하는 것이다.

이렇게 함으로써 강제 이벤트와 강제 전투 말고는 전부 훈련으로 날릴 수 있다.

베르네르는 불쌍하게도 히로인과 대화하는 일 없이 쭉 근육 단련만 하고 있었다.

화면에 뜨는 코멘트는 『근육 울끈불끈 마초 변태』라거나 『히로인 호감도 떡락ㅋㅋㅋ』이라거나 『ㅋㅋㅋ』 같은 게 대부분이다.

하지만 게임 시간으로 17일째 밤을 맞이했을 때, 분위기가 엉뚱한 방향으로 바뀌었다.

누군가 문을 두드리고, 베르네르가 이를 맞이하는 이벤트가 발생한 것이다.

『어? 이게 뭐지…… 망했나? 어? 여기서? 뭔가 실수했나? 이상하네요. 히로인 호감도는 안 올렸으니까 아무도 안 올 텐데요. 음. 이건 다시 달려야 할까요?』

스트리머가 곤혹스러워하는 소리가 나고, 코멘트 화면에서는 『망함?』, 『이게 뭐야?』, 『모르는 이벤트다』라며 똑같이 곤혹스럽게 여기는 코멘트가 떴다.

그리고 문을 열고―― 그 앞에 비공략 히로인 엘리제가 있다는 사실에 모두가 놀랐다.

코멘트 화면에 일제히 『?!』가 뜨고, 스트리머가 지르는 소리가 울려 퍼진다.

『아이에에에에에?! 뭐? 어? 저기, 너, 어? 진짜? 엘리제? 왜?!』

혼란에 빠진 시청자와 스트리머 앞에서 엘리제와 베르네르의 대화가 이어지고, 그 내용에서 엘리제가 자주 단련만 하고 친구를 사귀지 않는 베르네르를 걱정해서 왔다는 사실을 알 수 있었다.

그리고 마지막에 베르네르가 지닌 펜던트 이야기가 나오고, 대화에서 선택지가 뜨면서 베르네르가 『약속의 증표니까요.』라고 대답했다.

그러자 방울이 울리는 듯한 소리와 함께 화면 오른쪽 아래에 SD 엘리제의 얼굴이 나타나더니, 그곳에 『+1』 표시가 떴다.

이건 호감도가 상승한 것을 알려주는 사인으로, 호감도 설정은…… 공략할 수 있는 캐릭터만 있다.

『웨에에에에에에이?! 엘리제 님 호감도 올랐어어어어?! 어? 이거 오르는 거야?! 이 게임에 엘리제 루트 있어? 난 처음 봤는데?!』

스트리머는 이것이 RTA 생방송인 것도 잊은 것처럼 혼란에 빠졌는데, 그건 코멘트 화면도 마찬가지였다.

화면에서 엄청나게 많은 코멘트가 뜨고, 『이게 말이 되냐 너ㅋㅋㅋ』, 『이거 핵 썼지?』, 『어? 레알?』, 『L님의 호감도 오르는 거 처음 봤음』, 『호감도 설정 있었구나…….』, 『이런 조건을 누가 알아ㅋㅋㅋㅋ』 같은 코멘트가 우수수 쏟아져 나온다.

나는 영상을 멈추고 엘리제를 소개한 페이지로 넘어갔다.

그러자 그 내용이 예전과 조금 달라졌다.

지난번에는 『비공략 캐릭터』였던 부분이 지금은 『발매 후 4년 동안 비공략 캐릭터로 인식됐지만, 어느 RTA 영상에서 공략 가능 캐릭터라는 사실이 밝혀졌다』로 바뀌었다.

그것을 제외한 다른 내용은 예전에 봤을 때와 달라진 게 없어서, 지난번에 중간까지 봤던 『본편에서의 활약』 부분으로 스크롤을 내렸다.

【본편에서의 활약】

· 엘리제 루트

4년의 세월이 지나 발견됐다.

엘리제 루트에 진입하는 방법은 『CG 회수 100% 상태로』, 『2회차 플레이 없이 처음부터 다시 시작해서』 게임 개시 전에 자동으로 입수하는 액세서리 『추억의 펜던트』를 게임 시작 때부터 한 번도 빼는 일 없이, 마법학교에 입학하고 17일째 되는 밤까지 모든 자유행동을 자주 단련에 소비하는 것이다.

(정확하게는 모든 히로인의 호감도를 올리지 않기).

그렇게 하면 17일째 밤에 낮은 확률로 친구를 사귀지 않는 주인공을 걱정한 엘리제가 주인공의 방을 찾아와 호감도를 올릴 수 있게 된다.

(이 이벤트를 보지 않으면 뭘 해도 공략 가능 캐릭터가 되지 않고, 호감도 자체가 일절 표시되지 않는다).

사람들이 검증해 본 결과, 엘리제가 방을 찾아올 확률은 0.3% 전후라는 데이터가 나왔다.

근육 단련만 하면 왠지 모르게 확률이 올라간다는 정보도 있지만, 이 부분은 미검증.

그러므로 17일째 저녁까진 자주 단련을 하며 지내고, 밤에 자주 단련을 실행하기 전 데이터를 저장한 다음, 이후로는 로드를 반복하자.

엘리제 루트에서의 활약상은 이 루트가 발견되고 시간이 얼마 지나지 않아서 불명.

내용 추가 · 수정 요망.

이게 무슨 일이래…….

베르네르의 방을 찾아간 것은 확실히 내가 한 일이다.

호감도…… '뭐, 내가 준 펜던트를 아직 가지고 있다고? 이 자식, 좋은 녀석인걸.' 이라고 기분이 좋아진 건 사실이지만…… 내가 공략 캐릭터? 하하하, 말도 안 돼.

애초에 말이다. 어째서인지 모두 잊은 것처럼 보이지만, 엘리제는 원래 이 게임의 어그로 캐릭터이고, 나아가 이 엘리제는 내용물이 나이고 겉만 성녀라고.

그 이전에 겉도 가짜니까 진짜 요소가 하나도 없다고. 너희는 그런 걸 공략하고 싶냐?

그나저나 내용물이 나인 이상, 베르네르와 앗−! 할 가능성은 없다. 그건 확실하다.

게임이 그래도 되냐고 생각하겠지만…… 뭐, 포기해 달라고.

애초에 내가 싫어. 그런 지옥 전개를 누가 좋아하는데.

TS물은 좋아하지만…… 암컷 타락 전개를 좋아하지만…… 응. 내가 하는 건 무리야.

어이쿠. 눈앞이 하얘지는걸. 슬슬 꿈에서 깰 시간이네.

그런고로 깼습니다…….

아아, 진짜 소름 돋는 꿈을 꿨어. 뭐냐고, 내가 공략 대상? 장난하냐?

침대에서 일어나 가볍게 기지개를 켰다.

뭐라고 할까…… 역시 이쪽이 현실임을 실감한다.

저쪽보다 이쪽이 압도적으로 현실감이 더 크다.

저쪽에선 뭔가 둥실둥실한 느낌이라서 현실감이 별로 없다.

그나저나 내가 공략 가능 캐릭터라니, 웃기네.

없어. 그런 일은, 있을 수 없어.

자, 기분을 바꾸고 어제 일을 되짚어 볼까.

아무튼 외톨이 루트에 들어가려고 했던 베르네르는 그걸로 궤도를 수정할 수 있었다고 보면 되겠지.

생명과 마음을 가장 소중한 것에 쓰겠다고 닭살 돋는 소리를 했으니까, 그건 에테르나를 두고 한 말일 게 분명하다.

애초에 에테르나 말고 다른 히로인과 접한 적이 없으니까 그것 말고는 선택지가 없다.

자기 성녀를 지키겠다고 했으니까, 일단 에테르나는 잘 의식하고 있는 셈이다.

어허, 밝히긴. 청춘일세.

나일 가능성은…… 없을 거야…… 없어. 응. 없겠지.

나라면 그렇게 빙빙 돌려서 말하지 않을 거니까.

'내 성녀를 지키겠다'가 아니라 '너를 지키겠어'가 되겠지.

다만 결국 처음 목적은 하나도 달성하지 못했다는 것이 문제다.

파라 선생이 언제 행동할지는 여전히 모르고, 이벤트 진행 상태도 거의 초기 단계. 이래서는 어떤 이벤트가 언제 발생할지 예측할 수 없다.

아니, 그걸 어떻게 예상할 수 있겠냐고. 외톨이 루트는 내용물이 RTA 신자가 아닌 이상 기본적으로 안 하는 개그 플레이인걸?

아, 진짜 엉망진창이야.

역시 내가 마법학교에 없는 게 문제겠네.

주 무대가 마법학교인데 나는 그 학교에 없다. 그래서 이벤트 발생 타이밍도 모른다.

그러나 내가 바라는 에테르나 루트에서 아무도 본 적이 없는 해피 엔딩으로 가려면 이벤트 발생 타이밍을 파악하고 내 선에서 유도할 필요가 있다.

그 밖에도 파라 선생을 비롯해 죽으면 아까운 미녀, 미소녀가 그 학교에 많지만, 몇 명은 방치하면 죽으니까 말이지…… 이 게임에선.

아니, 이 미소녀 게임, 너무 살벌하잖아.

이걸 어쩐다…….

………….

아, 아니지. 그렇구나. 딱히 어렵게 생각할 필요는 없어.

생도가 아니니까 가까이서 이벤트 발생 타이밍을 가늠할 수 없다면, 내가 생도가 되면 되잖아.

그렇게 하면 예전에 설명한 파라 선생의 에테르나 암살 미수 사건도 방지하기 쉬워진다.

예전에 말했듯 '성녀를 지키는 기사를 육성하는 학교'에 성녀(가짜) 본인이 들어가는 건 전대미문이지만, 그걸 따진다면 이미 현시점에서도 진짜 성녀인 에테르나가 입학하는 전대미문의 사태가 벌어진 것이다.

그렇다면 이참에 전대미문이 하나 더 늘어나도 문제없겠지.

게다가 지금의 나는 권력자다. 반대 의견은 강권과 세 치 혀로 잘 대처하면 된다.

본편에서도 그랬지 않나.

엘리제(진짜)는 성녀의 권위만 믿고 마법학교에 제멋대로 개입해서 온갖 말썽을 일으켰다.

학교에서 일어나는 사건의 절반 이상은 엘리제(진짜)가 원인이나 다름없다.

편입 이유는 뭐라고 할까?

뭐 나이로 봐서 학교생활을 동경했다거나, 학교라면 생도 모두가 경호원 같은 거니까 가장 안전하다거나, 그렇게 적당히 둘러대면 되겠지.

좋아. 정해졌으면 바로…….

어? 누가 문을 두드리는걸. 누구야? 한창 분위기 좋을 때.

"들어오세요."

"실례합니다. 엘리제 님, 잠시 시간을 내주실 수 있는지요."

들어온 사람은 내 호위를 맡은 미녀였다.

검은 머리를 포니테일 모양으로 묶은 키가 큰 여성으로, 나이는 20세.

작년에 마법학교를 수석으로 졸업하고 내 근위기사가 된 엘리트다.

계급장이 달린 기사의 옷을 멋지게 잘 차려입었다.

이름은 레일라 스콧. 사실 본편에서 공략할 수 있는 히로인이다.

참고로 귀족 출신이라서 나와 베르네르와 다르게 패밀리네임 (성)이 있다.

베르네르, 에테르나, 나는 타고난 귀족이 아니라서 없지만, 이 사람처럼 패밀리네임이 있는 캐릭터도 이 게임에 몇 명 있다.

그 신분상 본편에서도 엘리제(진짜)를 호위하는데, 예전부터 너무 오만방자하고 난폭한 엘리제에게 반감이 있고, 자신의 마법과 검은 이런 걸 위해 연마한 게 아니라는 불만을 품고 있었다.

그리고 특정 이벤트를 계기로 근위기사를 그만두고 베르네르의 편으로 돌아서며, 마침내 겉으로 드러낼 수 없는 엘리제의 악행에 대한 증거를 대량으로 가져와 엘리제(진짜)를 심판하는 이벤트의 공로자가 된다.

즉, 언젠가 나를 배신하고 가짜 성녀를 추방하는 역할이 있는 여자다.

나는 엘리제(진짜)와 하는 일이 완전히 다르고 어그로를 많이 쌓지 않았지만, 그래도 성녀가 아닌 자가 성녀를 사칭한 시점에서 어차피 유죄다.

그동안의 공적과 관계없이 가짜라는 사실이 판명된 시점에서 바로 칼에 맞아 죽어도 불평할 수 없다.

이 세계에서 성녀의 이름에는 그만한 무게가 있다.

그렇지만 언젠가 에테르나에게 성녀의 자리를 돌려준다는 점에서 내 목적과 일치한다.

배신해도 아무 문제도 없다. 괜찮다…… 해라.

하지만 지금은 아직 하지 마.

"성녀님께서 아실 일은 아니라고 보지만…… 마법학교 교사인 파라 도레미가 생도 몇 명을 인질로 잡고 현재 학교 지하에서 농성 중입니다."

응? 그런 이벤트가 있었나?

이상하네……. 일단 모든 루트를 망라했을 텐데, 그런 이벤트는 몰라.

파라 선생, 뭐 잘못 먹었어? 네가 일으키는 건 암살 미수 사건이지 인질극이 아니잖아.

"인질로 잡힌 생도는 누구죠!"

"1학년 베르네르, 에테르나. 그리고 1학년 피오라, 존. 2학년 타다노, 카즈아, 와세. 모두 일곱 명이라고 합니다."

흠. 베르네르와 에테르나 말고는 다 모르는 이름이네. 아무래도 좋아.

들어본 적도 없고, 공략 캐릭터도 아니네.

그러나 베르네르와 에테르나는 큰일인데. 성녀 암살에 체크메이트가 걸린 거잖아.

오히려 왜 아직 살려뒀는지 신기하다.

"그러나 금방 구출될 겁니다. 안심하시길."

"요구는 뭐죠?"

아니, 레일라 씨. 안심하라고 말하기 전에 먼저 상대의 요구를 말하라고.

뭔가 요구하는 게 있으니까 인질을 잡은 거잖아? 그게 가장 중요한 부분이니까 생략하지 마셔.

그러니까 댁은 팬들이 부르는 애칭이 '빡콧'인 거야.

이 빡대가리 엘리트 양반.

"아뇨…… 그건, 아실 필요가."

됐으니까 말해.

그 판단은 내가 듣고 할 테니까. 현장에서 멋대로 판단해서 정보를 폐기하지 마.

"파라 도레미의 요구는…… 호위 없이, 엘리제 님 혼자서……지하로 오는 것……입니다."

아하. 그런 거였어?

마침 잘됐네. 이벤트가 제 발로 굴러들어왔구나, 끼얏호!

좋아. 그러면 바로 가자.

어? 아니, 말리지 마. 넌 왜 막는 거야.

제5화 한 폭의 그림

똑똑똑. 안녕하세요. 불러서 왔습니다. 나 등장.

모두가 혐오하는, 어그로 집중 쓰레기장 아이돌 엘리제예요~.

파라 선생에게 파티 초대권을 받아서 마법학교 지하로 왔답니다.

참고로 여기까지 오는 데 시간을 꽤 잡아먹었는데, 그 이유는 나를 말리려고 드는 호위들을 뿌리치느라 애먹었기 때문이다.

특히 빡콧. 안색이 싹 바뀌고 애걸복걸하면서 진심으로 나를 막으려고 드니까 웃기네.

아니, 본인이 성실한 건 알지만, 게임 속 모습을 아니까 그 격차가 참.

게임에서 레일라 스콧은 겉으로만 엘리제에게 순종적이고, 이럴 때는 사실 '죽으면 좋겠는데(부디 조심하세요).' 라고 솔직하게 보내는 캐릭터였다.

그렇게 쌀쌀맞은 그녀가 걱정해 준다면 내 성녀 연기에 홀랑 속은 거겠지.

그만큼 나중에 있을 반동이 무섭지만.

나는 인간이란 처음부터 철저하게 상대를 미워했을 때보다 오히려 좋게 여기던 상대에 대한 호감이 뒤집혔을 때가 가장 증오가 심하다고 생각한다.

사랑한 나머지 증오가 더 커지는 느낌.

그만큼 지금은 충성심을 드러내는 레일라가 내 정체를 알고 얼마나 변모할지, 조금 예상하기 어렵다.

다만 화산이 터지듯 분노할 것만큼은 예상할 수 있으므로……응. 레일라에 관해선 '언젠가 나를 추방할 아이' 정도로 각오해 두는 것이 정신적으로 부담이 덜하겠지.

그런고로 호위들이 방해했지만, 이쪽은 노력하지 않고 게임 속 최강급 보스로 군림한 가짜 성녀야. 그게 훈련한 결과물이 지금의 나인 셈이니까 뿌리치는 것도 이지 모드랍니다.

애초에 나는 하늘을 날 수 있으니까 말이지. 바람 마법과 빛 마법으로 슥삭슥삭 적당히 해 봤더니 날 수 있었는데, 왜 그렇게 해서 날 수 있는지는 사실 나도 잘 모른다.

그리고 이 세계에는 비행 마법이 없으니까, 아무도 날 쫓아오지 못한다는 말씀.

이거 『공중날기』 최강설 나오나? 아, 날아오르는 사이에 버프 쌓지 마. 번개도 안 돼.

아무튼 나는 하늘을 날아서 마법학교로 직행하고, 그대로 지하실로 쳐들어갔다.

자, 내가 왔다 왕가슴! 그 가슴 좀 만지자, 짜샤!

아, 기왕이면 인질도 풀어줘.

"안 돼, 엘리제 님! 함정입니다!"

뭔가 베르네르가 아우성치고 있다.

하아, 쓸모없어라……. 너, 주인공이 말이야……. 왜 붙잡힌 건데…….

파라 선생이 죽일 마음이었으면 이것도 배드 엔딩이잖아.

근육 단련만 하니까 그렇게 되는 거야. 극심하게 반성해.

그나저나 온몸이 밧줄로 꽁꽁 묶인 모습이 조금 웃기다. 아차. 나도 모르게 웃음이…….

"진짜로 오다니…… 성녀님은 소문보다 훨씬 착한…… 아니 멍청한가 보네."

네. 멍청합니다.

그건 부정하지 않지만 착한 건 아니야.

내가 할 소리는 아니지만, 나처럼 이기적으로 생각하는 녀석은 별로 없을걸.

인질들을 구하러 온 것도 간단히 말해 내가 해피 엔딩을 보고 속이 개운해지고 싶어서 그런 거다. 단순히 내 속이 답답한 게 싫은 거다.

너도 그걸 착각하면 못써.

까놓고 말해서 나는 그저 내가 만족할 수 있는 시나리오를 보고 싶어서 이 세계를 마구 주무르는 것으로…… 극단적으로 말해 베르네르나 다른 사람들의 의사는 아무래도 좋다 이거야.

"후반은 부정하지 않겠어요. 그러나 착하다는 말은 과대평가로군요. 저는 그저 제가 그러고 싶으니까 할 뿐…… 자신을 위해 움직이는 것에 불과해요."

"하…… 여유롭네. 하지만 이걸 보고도 그럴 수 있을까?!"

파라 선생이 팔을 높이 쳐들자 동시에 가슴이 출렁거렸다.

오오…… 박력 죽인다. 그야말로 다이너마이트 가슴.

F컵은 폼이 아니야. 와, 침이 흐를 것 같아.

"어때? 이 마물들의 규모가! 이 지하실은 일부 생도를 위해 마련 된, 특설 투기장이야! 대형 마물과의 싸움을 위해 준비됐지! 그리 고 지금 여기에는 마물 30마리가 있어! 게다가 도망칠 곳은 없고! 제아무리 성녀라도 이 상황을 뒤집을 수단은 없다고!"

응? 아…… 뭔가 꺼냈어?

가슴밖에 안 봤는데.

하는 수 없이 주위를 둘러보자 정말로 시야에 온통 잔챙이 마물 들이 득실댔다.

어, 숫자는…… 뭐, 아무래도 좋나. 단순히 잔챙이를 끌어모은 거니까.

"공격해!"

아, 잠깐만. 아직 그걸 물리칠 멋들어진 기술 이름을 생각하지 않았다고.

어, 어디 보자……. 에라 모르겠다. 적당히 말하자.

자, 빛 마법을 꽝!

"A picture is worth a thousand words. [한 폭의 그림은 천 마디 말 보다 가치가 있다]"

필살! 적당히 외국어 격언을 써서 왠지 중2스러운 느낌이 넘쳐 나는 필살기처럼 만들기!

나를 중심으로 빛이 퍼지고, 우르르 몰려오던 마물을 남김없이 재로 만들었다.

기분 째진다!!

이거라고요, 이거. 역시 이세계 환생이라고 하면 내가 무적!

잔챙이를 손쉽게 해치우는 이 쾌감. 참을 수 없네요.

"그, 그럴 수가…… 무슨 말도 안 되는! 여기 있는 마물은 전부…… 근위기사도 고전하는 마물이라고! 그걸 일격에…… 말도 안 돼! 아무리 성녀라도 이런 건!"

"괴, 굉장해……."

"이것이…… 성녀……."

순서대로 파라 선생, 베르네르, 에테르나가 한 말이다.

응응. 더 말해도 돼. 정말 기분 좋아.

세상의 오리지널 주인공들의 기분을 잘 알겠다. 이건 마약이다.

모 만화의 악역도 말했다.

승리하는 순간의 쾌감만이! 동료들이 부럽게 보는 눈빛만이 내 마음을 채워준다!

나는 싸우는 걸 좋아하는 게 아니야! 승리하는 걸 좋아하는 거라고!

하지만 에테르나…… 성녀는 너야. 나는 그냥 가짜고.

자, 승부는 났을까? 파라 선생? 그러면 슬슬 여러분이 고대하던 심판 타임에 전념하고 싶은데요, 어쩔까?

뭘, 죽이진 않아. 가슴을 조금 만질 뿐이라고. 그헤헤헤.

"히익……!"

내 사악한 시선을 눈치챘는지 파라 선생이 겁먹은 것처럼 뒷걸음질 쳤다.

너무 무서워하지 마……. 괜찮아, 괜찮다고. 후헤헤헤.

내가 만족할 때까지 조금 만지기만 할 거니까 말이야.

"그, 그렇군요……. 보험을 준비하길 잘했어요……."

그러나 파라 선생은 끈질기게도 손을 딱 울렸다.

그러자 방구석에 숨어 있었던 소형 마물이 에테르나와 베르네르의 뒤에 착지해 두 팔을 칼날로 바꿔 두 사람의 목에 들이댔다.

어? 더 있었어? 너무 잔챙이라서 몰랐네.

"보면 알겠지? 자상하신 성녀님. 저항하면 두 사람의 목숨은 없어. 협상하자고…… 네가 얌전히 찔려 준다면, 인질을 모두 무사히 해방해 주겠다고 약속하겠어."

파라 선생은 그렇게 말하며 나이프를 꺼내고, 그 가슴을 출렁거렸다.

아하. 그러셔? 죽이지 않고 인질로 잡은 건 이걸 위해서였나.

그나저나 실제로 조금 곤란한걸. 두 사람이 죽으면 이야기가 끝장난다.

그야 베르네르의 암흑 파워(웃음)를 흡수한 지금이라면 나라도 애써서 마녀를 이길 수 있을 테고, 마물도 섬멸할 수 있을 테니까 세계를 구할 수 있지만…… 가짜 성녀가 세계를 구하고 주인공과 히로인은 죽었습니다……라면 도저히 해피 엔딩이 될 수 없는 데다가 주객전도인 거잖아.

그랬다간 애초에 내가 뭘 위해서 여기 있지? 같은 게 되니까.

아니, 그나저나 이거…… 설마 이 녀석은 정말로 내가 진짜 성녀라고 착각한 거야?

이보셔. 게임에선 똑똑하게 에테르나가 진짜 성녀라고 간파했으면서, 그 완전 유능한 파라 선생은 어디 갔냐고.

뭐, 파라 선생의 매력은 가슴이니까, 다소 무능해도 귀엽지만.

"자, 어쩔 거지?"

"안 돼, 엘리제 님! 우리는 신경 쓰지 마세요!"

"맞아! 당신은 죽어선 안 되는 사람이야!"

"그만두세요…… 부디! 제발!"

"도망쳐!"

뭔가 파라 선생의 목소리에 섞여서 인질들이 아우성치고 있다.

차례대로 파라 선생, 베르네르, 에테르나, 엑스트라A와 B의 대사인데, 여기서 죽으면 가장 난리가 나는 건 에테르나, 너거든?

오히려 나는 죽어도 되는 녀석이거든?

뭐, 교환 조건도 안 되겠네. 이럴 때의 대답은 하나다.

좋아! 해보라고…… 이 엘리제에게!

"후, 후후후…… 참 놀랍군. 진짜 멍청하구나."

파라 선생은 승리를 확신한 듯 나이프를 손에 쥐고 조금씩 다가온다.

나이프에는 마녀의 어둠 파워도 더해진 것 같지만, 솔직히 아무래도 좋다.

왕가슴이 내게 조금씩 다가온다.

"안 돼!"

시끄러워, 베르네르.

나는 지금 가슴을 보느라 바쁘다고.

뭐, 미리 폭로하자면 내 소중이보다 왜소한 저 나이프로는 나를 죽일 수 없다 이거야.

내 엄청난 마력을 이용한 자동 회복 마법을 이미 내 몸에 걸었다.

이것으로 상처가 나더라도 곧바로 재생한다.

그리고 예전에 베르네르에게 흡수한 어둠의 힘(웃음)은 숙주를 억지로 살리려고 하니까, 나는 쉽게 죽지 않는다.

나는 가짜 성녀! 너희와는 뭐든지 달라!

내 몸에 나이프 신권은 통하지 않는다! 후하하하하하!

그나저나 파라 선생이 순진해서 다행이야.

덕분에 완전히 속아서 어슬렁어슬렁 다가와 준다.

이제는 내게 나이프를 찌른 순간에 죽은 척하고, 방심한 마물을 먼저 쏜 다음에 파라 선생에게 벌을 주면 된다.

아픔은 번개 마법을 응용해서 전기 신호를 이래저래 건드린 것으로 통각을 마비시켜서 느끼지 않는다. 완벽한 작전이다.

"한 가지…… 반드시 모두를 해방하겠다고 약속할 수 있나요?"

"그래. 약속은 지킬게. 나도 관계가 없는 생도를 죽이면 찜찜하니까."

"그렇다면 상관없어요. 하세요."

좋아. 구두 약속이지만, 아무튼 인질의 안전도 확보할 수 있다.

뭐, 파라 선생은 사실 조종당했을 뿐 원래는 착한 사람이고 의리가 있으니까 이 약속은 진짜겠지.

하지만 그 정이 네 목숨을 가져갈 거다, 이 멍청한 것!

"우오오오오오오!!"

어? 내가 찔리기 직전에 베르네르가 갑자기 자기 힘으로 밧줄을 끊었다.

어둠의 힘…… 아, 아니네. 저건 그냥 완력이야…….

그대로 마물의 머리를 잡고 파라 선생에게 슈우우우웃!

앗, 파라 선생이 날아갔다! 고오오오올!

어라……?

저기, 파라 선생? 저기요. 여보세요?

틀렸다……. 눈이 뒤집혔다…….

아무튼 가슴이나 주물러 볼까.

◇

그날은 뭔가 이상했다.

필기 성적이 부족한 자들을 위한 특별 수업……. 그 말을 들은 베르네르는 학교 지하로 호출됐다.

필기 성적이 나쁜 것은 안타깝게도 사실이었다.

마법학교에 입학한 뒤로 육체만 단련한 베르네르의 필기 성적은 썩 좋지 않았다.

그 밖에는 에테르나와 처음 대면하는 생도가 다섯 명 모였다.

의외로 에테르나도 필기 성적이 좋지 않다.

애초에 얼마 전만 해도 글자를 읽고 쓸 줄 몰랐다…… 그럴 필요성이 없는 가난한 마을 출신이니까 어쩔 수 없다.

이 세계의 문맹률은 어느 나라건 높은 편이다.

그러한 것을 배우는 건 부유층이나 귀족이며, 농민은 글자를 배울 필요성이 없기 때문이다.

따라서 에테르나도 여기 올 때까지는 글자를 본 적도 없었다.

오히려 단기간에 그럭저럭 글자를 읽고 쓸 수 있게 됐으니까, 에테르나는 머리가 좋은 편이겠지.

하지만 아무리 그래도 그것만으로 메꿀 수는 없어서, 에테르나의 필기 성적은 지독했다.

같이 모인 다른 생도들도 비슷한 수준이겠지.

모두가 패밀리네임이 없으니까 베르네르와 비슷한 출신임을 짐작할 수 있다.

이 학교 자체가 처음부터 귀족 출신이 유리한 구조다……. 애초에 가난한 마을 출신이 오는 것 자체를 상정하지 않는다.

그러한 마을 출신 중에서 기사를 동경하는 자가 없는 건 아니지만, 그들은 입학시험을 돌파할 수조차 없다.

왜냐하면 경쟁자의 태반은 어릴 적부터 공부하고, 훈련받은 귀족 아이들이다. 기반이 압도적으로 다르다.

그러한 의미에서 기반도 없이 이 좁은 문을 통과한 베르네르와 에테르나는 그 시점에서 매우 우수하지만, 그래도 역시 다른 사람들과의 차이는 컸다.

그래서 그것을 보충하기 위한 특별 수업은 오히려 반가운 일이고, 바라는 바였다.

베르네르는 그럴 시간이 있으면 검이든 마법이든 기초 단련이든 좋으니까 실기를 다지고 싶었지만, 기왕 나온 말이니까 가자고 한 에테르나에게 끌려왔다.

하지만 기묘하다는 생각이 들었다.

지금부터 하는 것은 필기 특별 수업이라고 들었다.

하지만 모인 곳은 반대로 일부 성적 우수자가 대형 마물을 상대로 목숨을 걸고 훈련하는 지하 투기장 시설이었다.

어째서 고작 일곱 명의 필기 교육을 위해 이런 장소를 준비하지?

이건 딱 봐도 이상하다. 모두가 그렇게 생각했지만…… 여기 온 시점에서 이미 늦었던 것 같다.

"특별 수업에 잘 왔어요. 곧바로 얌전히 있어 줘야겠어요."

그 수업을 담당하기로 한 여교사…… 파라는 입을 열자마자 그렇게 말하고 손가락을 딱 울렸다.

그 소리와 동시에 문이 닫히고, 실내 여기저기서 마물이 걸어 나왔다.

"서, 선생님! 이건 대체 무슨 짓입니까?!"

모인 생도 중 한 사람이 외쳤다.

그 이름은 존. 원래는 작은 마을 출신의 일반 병사였지만, 어느 날 마물 군세에 습격당해 이젠 틀렸다고 생각했을 때 성녀에게 구원받은 경험이 있다.

그때 자신도 성녀의 곁에서 싸우고 싶다며 맹렬하게 공부하고, 20세가 되어 이 학교에 들어온 남자다.

마법학교는 17세부터 입학할 수 있지만, 연령 상한은 두지 않는다.

그러므로 20세를 넘어서 입학하는 자도 드물지는 않다.

"너는 분명…… 존이었나? 미안해. 딱히 너는 아무래도 좋지만, 한 사람만 부르면 이상하게 여겨서 오지 않을 것 같았으니까…… 성적이 비슷한 애들도 모을 수밖에 없었어. 뭐, 너는 말려든 거야. 안됐구나."

"대체 무슨……."

"내 목적은 처음부터 한 사람…… 베르네르, 너뿐이야. 너만 인질로 잡으면 됐어."

파라는 그렇게 말하고 베르네르를 봤다.

인질이라고 했다. 하지만 무엇을 위한, 누구에 대한 인질인지, 베르네르는 모른다.

애초에 베르네르는 귀족이고 뭐고 아니다. 인질로 잡아도 돈을 뜯어낼 수 없다.

"어제, 네 방을 성녀……엘리제가 찾아간 걸 알아. 왜 성녀가 너 같은 생도를 신경 쓰는지 모르겠지만…… 아무튼, 성녀는 너를 눈여겨보고 있어."

"설마……."

"그 설마가 맞아. 너는 성녀를 위한 인질이야."

무슨 황당한 소리를 하냐고 생각했다.

그 말대로 엘리제는 어제 베르네르의 방을 찾아왔다.

하지만 그건 그녀가 자상해서 그런 것이지, 자신만이 특별한 건 아니다.

아마도 누구에게나 그럴 것이다.

자신은 아직 평범한 일개 생도에 불과하다.

그렇다면 그런 남자를 위해 성녀가 올 리가…….

(아니야! 안 돼! 올 거야! 그분은 누가 됐든 가벼이 여기지 않아! 인질이 누구든, 올 거야!)

엘리제는 박애 정신이 투철한 성녀이다.

과거에 모든 것을 사랑한다고 말했다고도 하며, 그것을 증명하듯이 빈부를 가리지 않고 손이 닿는 범위에서 사람들을 구원했다.

그 귀에 자기 때문에 누군가가 인질로 잡혔다는 소식이 들어가기라도 하면 어떻게 될지…….

올 것이다……. 인질이 누구든 상관없이. 이름도 모를 타인일지라도 올 것이다.

(제발…… 오지 마……. 나 따위를 위해서, 부디, 그 몸을 위험에 빠트리지 마…….)

소원은 이루어지지 않는다.

구해야 할 존재가 있고, 그것이 자기 손이 닿는 곳에 있다.

그렇다면 구하러 온다. 그렇기에 엘리제는 성녀인 것이다.

결론부터 말하자면, 베르네르는 전혀 걱정할 필요가 없었다.

정말로 엘리제는 베르네르의 소원이 허무할 정도로 혼자 이 지하로 찾아오고 말았다.

그런 엘리제에게, 파라는 강력한 마물을 보낸다.

엘리제를 포위한 마물은 그 시설에 들어가는 크기라고는 해도 하나같이 강력했다.

바포메트, 키메라, 바실리스크, 그리폰, 드래곤도 있다.

하나같이 이 마법학교를 우수한 성적으로 졸업한 마법기사가 여럿이서 달라붙어야 해치울 수 있는 괴물들…… 그것이 일제히 덤벼들고…….

"A picture is worth a thousand words. [한 폭의 그림은 천 마디 말보다 가치가 있다]"

엘리제가 뭔가, 알아들을 수 없는 말을 입에 담았다.

그와 동시에 그녀를 중심으로 빛이 퍼지고, 그 빛이 사라졌을 때는 마물이 한 마리도 남지 않았다.

무슨 일이 일어났는지 이해하는 데 몇 초 시간이 걸렸다. 그만큼 압도적이었다.

——싹 쓸어버린 것이다.

지하실이라는 한 폭의 그림에서, 불필요한 잡음을 제거했다.

순식간에 파라의 여유가 사라지고, 공포에 질려 뒷걸음질 쳤다.

마물들은 딱히 약하지 않았을 것이다. 그런데 전혀 적수가 되지 않았다.

부정한 마물은 성녀에게 손가락 하나 댈 수조차 없다는 현실만이 남았다.

역대 최고의 성녀 엘리제…… 그 전설은 베르네르도 여러 번 접했다.

혹자가 말하길, 전대 성녀가 죽을 뻔했던 마물을 손도 대지 않고 멸했다.

혹자가 말하길, 천 마리 마물 군세를 10여 초 만에 전멸시켰다.

혹자가 말하길…… 마녀조차 성녀를 두려워해 직접 대결을 피해 도망 다니고 있다.

소문이란 어느 정도 과장되고, 부풀려서 전해지는 법이다.

하지만 엘리제의 소문은 다르다. 오히려 반대…… 말로는 전부 전할 수 없다.

그것에는 천 마디 말보다도 확실한, 한 폭의 그림만이 있었다.

"괴, 굉장해……."

"이것이…… 성녀……."

베르네르와 에테르나는 무심코 진부한 소감을 말했다.

하지만 정말로 그것밖에 말할 수 없었다. 그녀를 어떻게 표현해도 이 광경을 올바르게 설명할 수 없다.

오히려 올바르게 설명하려고 할수록, 그 표현이 진부해진다.

이해할 수 있는 범주라면 '무엇이 어떻게', '어떤 식으로', '그러니까 굉장하다'라고 설명할 수 있다.

하지만 이 광경은 그런 수준을 뛰어넘었다. '아무튼 굉장하다'말고는 어떻게 설명해야 좋을지 모르겠다.

그 뒤로 파라가 베르네르와 에테르나를 다시 인질로 삼는 상황이 발생했지만, 베르네르는 이를 자기 힘으로 극복하고, 파라는 무사히 제압됐다.

쓰러진 파라의 가슴에 엘리제가 손을 올렸을 때, 베르네르는 그 가슴팍에 뭔가 검은 아지랑이 같은 것이 있는 것을 깨달았다.

(저건 뭐지……? 나랑 똑같아……?!)

검은 아지랑이의 정체는 모른다.

하지만 엘리제는 그것이 뭔지 아는 것이리라.

그리고 엘리제는 그대로 검은 아지랑이를 뽑아내고…… 이것이 이번 사건의 원흉임을 고백했다.

제6화 오해

그것을 말로 빗대자면, 쌍둥이 산. 아니, 마시멜로.

봉긋 솟은 산이면서도 만지면 흔들리고, 형태가 바뀌는 부드러움을 겸비했다.

가슴의 탄력…… 손에 딱 달라붙는 촉감. 그리고 손이 파고들 정도의 볼륨.

나는 지금 파라 선생의 훌륭한 가슴을 움켜잡고 있었다. 와, 행복해.

파라 선생이 일으킨 인질극은 설마 했던 베르네르의 근육 파워로 막을 내리고 말았다.

이 전개는 뭐야? 나는 모르는데?

원래대로라면 파라 선생과의 전투는 에테르나가 없으면 베르네르의 다크 포스(웃음)로 물리치고, 에테르나가 있으면 성녀 파워로 격파하는 흐름이다.

어느 쪽이든 간에 주인공과 히로인이 자신이 지닌 힘을 깨닫는 이벤트가 되어야 했다.

그런데 뜻밖에도! 이번엔 『근육』!

머슬 파워로 밧줄을 뜯고 마물을 던져 분쇄! 옥쇄! 대갈채! 아니

누구 취향이야?

『영원의 산화』에는 이런 개그 이벤트가 가끔 있어서 곤란하다.

그건 그렇고…… 뭐, 덕분에 편히 가슴을 만졌으니까 결과적으로 잘됐다고 치자.

자, 다시 본론으로 돌아가서.

이대로 가슴을 즐기고 싶지만, 일단 그것 말고도 주무르는 이유가 있다.

물론 가슴을 만지는 게 주목적이고 이쪽은 덤 같은 거지만, 일단은 처리해 둬야지.

파라 선생의 몸에는 마녀가 심은, 나는 잘 모르는 어둠의 아지랑이 같은 게 있는데, 그것이 그녀를 조종하고 있다.

그런 게 있으니까 나는 그 아지랑이를 빼낸다는 대의명분으로 이 훌륭한 가슴을 주무를 수 있는 것이다.

검은 아지랑이, 완전 유능.

하지만 기왕이면 분산해서 사타구니 쪽에도 달라고. 이 게임이 전연령 대상 게임이 아니라 야겜이었으면 절대로 그랬을 거다.

그리고 베르네르의 빅 매그넘을 파이어! 하는 식으로만 치료할 수 있는 바람직한 전개가 됐을 게 분명하다.

제길. 검은 아지랑이가 더 잘했으면 그런 장면을 봤을 텐데. 이 무능한 자식.

아무튼 '여기군요(번뜩).' 같은 느낌으로 말한 다음 내 안에 있는 다크 에너지(웃음)를 써서 파라 선생의 몸 안에 있던 아지랑이를 억지로 붙잡는다.

마녀의 힘에는 성녀의 힘만이 통한다. 따라서 이 아지랑이를 다루는 데도 에테르나가 필수고, 그렇기에 에테르나가 불참하는 1회차 플레이 때는 파라 선생이 무조건 죽는 것이다.

하지만 그게 아니란 말이지. 사실은 성녀의 힘이 아니더라도 구할 수 있어.

그것이 바로 똑같은 마녀의 힘이다. 마녀에게는 성녀의 힘 말고도 마녀의 힘도 통한다.

참고로 이걸 제외하면 진짜 무적. 도시 하나가 통째로 날아가는 위력의 일제 마법 공격을 맞아도 상처 하나 안 난다.

뭐, 어쩌면 사실 한계가 있을지도 모르고, 그야말로 핵미사일을 날리면 죽을지도 모르지만, 이 세계에 그딴 위험한 물건은 없다.

그러므로 이 세계에서 쓰는 힘 중에서는 『성녀 파워』와 『마녀 파워』만 통하는 것이다.

왜 두 가지만 유효하냐면, 마녀 파워와 성녀 파워는 본질적으로 같…… 어이쿠, 이건 스포일러네. 이 사실을 이런 초반에 내놓으면 안 되지. 큰일 날 뻔했네.

뭐, 아무튼 마녀 파워를 쓰면 파라 선생을 구할 수 있는 셈이다.

자, 영차! 하나 낚았다!

내가 손을 떼자 파라 선생의 안에서 기생하던 아지랑이가 내 손에 잡혀 있었다.

그것을 그대로 움켜쥐어서 없애자 빛의 입자가 되어 분해된다.

"저기…… 성녀님. 그건!"

머뭇거리는 기색으로 인질로 잡혔던 사람 중 한 명이 내게 말을 걸었다.

응? 넌 누구야? 게임에서는 본 적이 없지만 귀여운걸.

그렇게 생각했는데, 자세히 보니 3년 전쯤에 상처를 고쳐 준 여자애다.

아, 그랬지. 기억이 났다. 그때 그 귀여운 여자애야.

보아하니 무사히 미소녀로 성장한 것 같아서 정말 기쁘다.

예뻐졌다고 말했더니 어째서인지 감동했다.

"하, 한 번밖에 보지 않은 저를…… 기억해, 주셨군요."

뭐, 너처럼 귀여운 애는 안 잊어.

그래서? 아, 맞다. 아지랑이 말이지?

이것이 파라 선생을 조종한 것의 정체야. 파라 선생은 단순한 피해자니까 너무 원망하지 마.

그녀가 죄를 지은 건 사실이다. 하지만 그 가슴을 봐서 용서해 주길 바란다. 나는 그런 식으로 가르쳐 주었다.

"성녀님…… 오랜만입니다. 저는 예전에 성녀님께서 구해주신 병사로, 존이라고 합니다. 저기…… 파라 선생님은 본인의 의지로 그런 게 아니란 뜻입니까!"

앙? 넌 또 누구야. 멍청하긴, 남자를 기억할까 봐?

그렇게 말해도 되지만…… 이 자리엔 다른 사람의 눈도 있으니까 아무 말 없이 고개를 끄덕여 얼버무렸다.

음. 나도 참 소심하네.

그런 말을 주고받고 있을 때, 탁탁탁탁 하고 누군가가 계단을 내려왔다.

그리고 지하실 문을 박차고 돌입한 것은 빠콧과 유쾌한 근위기사 일행이다.

"엘리제 님, 무사하십니까!"

오냐, 무사해. 이미 다 끝났어.

그렇게 말하자 빠콧은 내게 달려오더니 눈물을 글썽였다.

"다행입니다…… 정말로…… 무사하셔서. 엘리제 님, 부디……부디 앞으로는 이러지 말아 주세요."

아, 걱정해 준 거야? 왠지 귀여운 구석이 있잖아.

하지만 그만큼 나중 일을 생각하면 괴롭다.

배신 자체는 딱히 상관없다. 오히려 꼭 그래야 한다고 나는 생각한다.

그녀는 어릴 적부터 성녀를 섬기기 위해 육성된 슈퍼 엘리트다. 즉, 성녀를 섬기기 위해 지금껏 살아왔다고 해도 과언이 아니다.

그렇다면 섬겨야 할 진짜 성녀는 에테르나인데, 현재는 완전 가짜를 섬기는 셈이다.

나도 게임 플레이 때는 '이젠 됐어. 참지 마! 그딴 쓰레기는 얼른 버려!' 라고 소리쳤을 정도다.

그러니까 마지막에는 내 곁을 떠나 에테르나를 섬기면 좋겠지만, 그때 이런 소리 저런 소리를 다 들을지도 모른다는 생각에 은근히 정신적으로 힘들다.

뭐, 진짜 성녀가 밝혀질 때까지 사이좋게 지내자.

응, 빠콧이라고 부르면 불쌍하니까 앞으로는 멀쩡하게 레일라라고 불러야지.

그렇게 생각했을 때, 레일라는 바닥에 쓰러진 파라를 발견하고 증오로 표정을 일그러뜨리며 검을 뽑았다.

"네 이놈! 잘도 엘리제 님을…… 이 학교의 수치! 재판을 기다릴 필요는 없다! 지금 여기서 내가 처단해 주마!"

야, 빡콧?!

나는 허둥지둥 마력을 팔에 두르고 파라 선생에게 날아드는 검을 막았다.

큰일 날 뻔했네. 내가 아니었으면 팔 싹둑 코스였어.

"엘리제 님, 무슨?! 아니, 파, 팔은! 팔은 괜찮으십니까?!"

문제없어. 여유.

애초에 지금 상처가 생기면 가짜 성녀라는 사실이 들통난다.

마녀가 성녀와 마녀 파워 말고는 피해를 안 보는 것처럼, 사실 성녀도 앞서 두 가지 파워가 아니면 피해를 보지 않는다.

파라 선생의 경우에는 마녀 파워를 실어서 성녀에게 상처를 내도 전혀 이상하지 않겠지만, 평범한 검에 내가 다치면 진짜 위험하다.

여담으로 게임에서 엘리제가 가짜 성녀임이 들키는 이벤트 때도, 엘리제가 상처를 입은 것이 결정타가 된다.

동요하는 빡콧에게 '저는 마녀와 성녀의 힘 말고는 상처를 입지 않아요.' 라고 말해서 안심시켜 주었다. 뻥이지만!

그리고 '그 사람은 조종당한 피해자니까 용서해.' 라고 말하자 권위자의 말을 들은 모두는 미심쩍은 내색을 하면서도 파라 선생을 구속하는 선에서 그쳤다.

그 뒤로 나는 빡콧에 질질 끌려가는 느낌으로 강제 연행되고, 베르네르 일행과 대화도 못 한 채로 성으로 귀환하게 됐다.

◇

에테르나에게는 아무에게도 말할 수 없는 비밀이 있다.

어릴 적부터…… 에테르나는 어찌 된 영문인지 상처가 생기지 않았다.

아니, 정확하게는 스스로 상처를 낸 것을 제외하면 상처가 나지 않았다.

처음에는 기분 탓으로 여겼다. 깊이 생각하지 않았다.

하지만 명확하게 이상하다고 느낀 건, 숲속에서 야생 곰이 습격했을 때였다.

날카로운 발톱에 찢겼다. 뾰족한 이빨과 강인한 턱으로 물렸다.

그런데도…… 아프지 않았다. 옷은 다소 찢어졌지만, 몸에는 상처가 하나도 없었다.

베르네르를 따라가는 형태로 마법학교에 입학한 것은 그를 걱정해서만이 아니었다.

무엇보다도, 자신이 대체 무엇인지 알고 싶었다.

마법학교라면 그 지식이 있을 것으로 믿었다.

그리고 에테르나는 수업 중에 알게 된다……『마녀와 성녀는, 서로의 힘이 아니면 일절 상처가 나지 않는다』.

이건 스스로 상처를 내지 않는 이상 상처가 나지 않는 자신의 체질과도 비슷하다고 느꼈다.

그렇다면 자신은 성녀일까?

하지만 성녀는 이미 있다. 그것도 역대 최고로 불리는 성녀, 엘리제가.

수업에서 들은 그 활약은 하나같이 믿기지 않을 정도였다. 혼자서 천 마리 마물을 쓸어버렸다거나, 마을을 통과하기만 했는데도 그 마을의 부상자와 병자가 전부 치료됐다거나, 걷기만 했는데 황야가 꽃밭이 됐다거나…… 아무튼 일화가 끊이질 않았다.

성녀는 같은 시대에 두 사람이 나타나지 않는다. 그렇다면 하나는 성녀가 아니라는 뜻이다.

하지만 역대 최고로 추앙받는 엘리제가 가짜일 가능성이 있을까? 아니다. 그런 일은 있을 수 없다.

나아가 에테르나를 불안하게 하는 건, 당대의 마녀가 어디 있는지 모르고, 이름과 얼굴도 알려지지 않았다는 점이다.

세간에서는 엘리제를 두려워해 도망쳐 다니고 있다고 하지만…… 정말 그럴까?

어쩌면…… 어쩌면 말이지만. 마녀가, 자신이 마녀임을 모르고 있다면?

마녀와 성녀의 특성을 지닌 사람이 두 사람 있다면, 둘 중 하나는 성녀이고 나머지 하나는 마녀일 것이다.

엘리제는 마녀가 아니다. 절대로 그럴 리가 없다.

마녀가 마물의 군세를 매일 쓸어버릴까? 사람들을 매일 구할까? 그래서 무슨 이득이 있지?

없다……. 아무것도 없다. 그저 자신이 불리해질 뿐이다.

에테르나는 불안에 깔려 뭉개질 것 같았다.

설마 그럴까. 그럴 리가 없다고 믿고 싶다.

하지만 어쩔 수 없이 생각하고 만다……. '내가 마녀가 아닐까.' ……하고.

그 불안은 엘리제 본인을 보면서 더욱 커졌다.

거대한 마물 무리를 한순간에 멸하는 힘. 누구나 시선을 빼앗기는 미모.

그야말로 『성녀』란 두 글자를 그대로 인간의 형태로 만든 듯한 존재였다.

자신과의 차이를 완전히 드러냈다.

그래도 아주 조금은…… 엘리제가 가짜일 가능성도 있었다.

그저 마력이 아주 강력한, 평범한 인간일 가능성이 있었다.

그런 일은 있을 수 없다고 생각하면서도, 에테르나는 자신이 마녀가 아니라고 생각하고 싶어서 그 가능성을 마음속으로 빌고 있었다.

하지만 역시 그것도 아니었다.

엘리제는 에테르나가 알아차리지 못한, 파라의 몸을 잠식한 마녀의 힘을 감지하고 끄집어냈다.

그것도 모자라 그것에 조종당했다는 사실도 간파했다.

처음에 그녀가 파라의 가슴에 손을 대고 애무하듯이 손가락을 움직였을 때는 그런 취미가 있는지 알았지만, 완전히 헛짚었다.

엘리제는 그런 의도가 눈곱만큼도 없었다.

그저 파라를 구하는 방법을 온 힘을 다해 찾았을 뿐. 어리석음을 드러낸 것은 에테르나였다.

"당신은…… 예전에 폴 마을에서 만났죠? 그때보다 훨씬 예뻐져서, 잠시 알아보지 못했어요."

"하, 한 번밖에 보지 않은 저를…… 기억해, 주셨군요."

"잊을 리가 있나요."

"이, 이런 영광이……."

"그리고 이 아지랑이가 뭔지 물어봤죠? 이것이 파라 선생을 조종한 것…… 마녀의 힘이에요. 파라 선생은 이용당한 피해자에 불과해요."

"피, 피해자……. 하지만 선생님이 저지른 짓은…… 이 나라, 아니 세계 전체에 대한 반역과도 같아요. 성녀님을 죽이려고 하다니, 용서받을 수 없어요."

"파라 선생이 죄를 지은 건 사실이에요. 그러나 부디 용서해 주세요. 용서하는 마음이 중요하다고, 저는 그렇게 생각한답니다."

이야기 도중에 엘리제는 아무렇지도 않게 검은 아지랑이를 완전히 소멸시키고, 성녀의 힘을 똑똑히 드러냈다.

마녀의 힘을 없앨 수 있는 건 성녀, 또는 마녀 본인뿐.

일반인은 절대로 불가능하다.

이 시점에서 엘리제가 일반인일 가능성은 에테르나의 마음속에서 한없이 작아졌다.

거기에 마무리 일격을 가한 것은 달려온 근위기사가 파라에게 검을 휘두른 때였다.

엘리제는 이를 두려워하지 않고 놀랍게도 맨손으로 막았는데…… 상처 하나 나지 않았다.

"엘리제 님, 무슨?! 아니, 파, 팔은! 팔은 괜찮으십니까?!"

"걱정하지 마세요. 저는 마녀와 성녀의 힘이 아니면 상처를 입지 않으니까요……. 당신도 알잖아요?"

에테르나는 자기 자신에게 실망했다.

엘리제가 가짜가 아니라는 사실에 실망한, 자기 자신에게 실망했다.

아아…… 이분은 진짜다. 엘리제는 의심할 여지 없이, 진짜 성녀다.

마녀의 힘을 간파하고, 소멸시키고, 조종당한 자를 구하고…… 그리고 검에 맞아도 생채기 하나 나지 않는다.

강하고, 아름답고…… 자상하다.

자신이 하찮은 생각을 하고, 천박한 기대를 가슴에 품는 동안에 그녀는 자연스럽게, 당연하다는 듯이 사람을 구했다.

고작 일곱 명의 사람을 구하고자 자신의 목숨조차 주저하지 않고 내놓았다.

이것이…… 진짜. 자신과는 전혀 다르다. 외모도, 힘도…… 인격도.

그 뒤로 엘리제는 근위기사에게 끌려가듯이 귀환했지만, 에테르나는 이미 그것을 볼 여유가 없었다.

알고 말았다. 자신이 무엇인지를. 어떤 존재인지를.

성녀와 마녀밖에 지니지 않는 특성이 있는 사람이 두 명 있다면,

하나는 성녀이고 하나는 마녀이다.

엘리제가 가짜일 가능성은 없고, 나아가 마녀일 가능성은 한없이 없다.

진짜 성녀는 이미 있었다. 그렇다면 똑같은 특성을 지닌 자신은? 여기에 있는 에테르나는 대체 무엇이지?

당대의 마녀는 아무도 목격한 적이 없다. 얼굴과 이름도 알려지지 않았다.

그리고 여기에 마녀와 똑같은 특성을 지닌 자신이 있다.

(아아…… 그랬구나…….)

에테르나는 휘청거리며 자기 방으로 향한다.

세상의 모든 것이 어둡게 보이고, 자신이 끔찍하게 추한 무언가로 여겨졌다.

아니, '실제로 그런 것이리라.

왜냐하면 자신은…….

(나는…… 마녀……였구나…….)

──마녀, 이니까.

제7화 현실세계의 관찰자들

파라 선생의 생도 인질극 이벤트로부터 하룻밤이 지났다.

그 뒤로 파라 선생은 뭔가 엄숙한 재판소 같은 데로 끌려갔지만, 내가 '이 사람은 죄가 없습니다.' 라고 말했으니까 사형에 처하는 일은 없을 것이다.

내가 아무 말도 안 했으면 조종당했든 말든 상관없이 다짜고짜 사형 판결이 나왔을 것이다.

무슨 법률이 그렇냐고 생각할 수도 있지만, 이 세계에서 성녀를 해치려고 한 것은 그만큼 위험한 일인 듯하다. 뭐, 나는 가짜지만.

이거, 가짜라고 들키면 나도 사형대로 보내지겠는걸.

그리고 성으로 돌아온 뒤로는 근위기사와 교사 여러분에게 성대하게 잔소리를 들었다.

뭐, 그 마음은 이해한다. 이 사람들의 입장에서 보면 호위 대상이 나처럼 여기저기 싸돌아다니다가 죽기라도 하면 책임을 져야할 테고, 직장을 잃고 무능하다는 비난도 받겠지.

그러니까 장난하지 말라는 이야기가 되는 건 어쩔 수 없다.

하지만 뭐, 일단은 그렇게 됐을 때를 대비해 내 방 테이블의 열쇠로 잠근 서랍에 내가 사실은 가짜라는 성대한 폭로와 남은 자들에게는 아무런 잘못이 없다는 유서를 남겼다.

유비무환이라고 하니까.

외국의 비슷한 격언을 들자면, '최선을 바란다면 최악에 대비하라.' 가 있다.

아, 이건 좀 멋진데. 다음 기술 이름으로 써먹어야지.

아무튼 어떻게든 초반의 고비는 넘길 수 있었다.

이때부터는 한동안 평화롭다. 히로인의 개별 이벤트가 있거나, 사랑싸움이 있거나, 엇갈리는 이벤트가 있거나 하지만, 그 부분은 딱히 패스해도 상관없다.

베르네르가 뭘 잘못 먹었는지 『보디빌드↕엔딩』으로 가려고 했을 때는 진짜 허둥댔지만, 지금 생각해 보면 이것도 딱히 나쁘지 않다.

모든 서브 히로인을 무시했다면, 반대로 히로인 후보가 에테르나밖에 없다는 뜻이다.

그리고 『보디빌드↕엔딩』으로는 가지 말라고 당부했으니까, 다시 말해 필연적 소거법으로 에테르나 루트 확정이나 다름없다.

물론 나는 있을 수 없다. 나는 동성애자가 아니다. 알겠지?

하지만 만에 하나라도…… 억에 하나라도, 상대가 호의를 드러내더라도 그냥 차버리면 끝이다.

함께 걷지 않겠냐고 해도 필살 '(공상 속)친구들한테 소문이 나면 창피하니까' 로 거절한다.

아, 처음엔 어떻게 되나 싶었는데 내 신들린 조정으로 어느새 만사 올 오케이. 역시 나는 천재 아닐까?

다만 뭐…… 응. 애초에 『보디빌드↑엔딩』으로 가려고 했던 녀석이니까.

뭐가 삐끗해서 루트에서 벗어날지 모를 일이다.

게다가 전에도 말했지만, 히로인으로 선택받지 않으면 죽는 서브 히로인도 있으니까 역시 내가 가까이서 플래그를 관리해 해피엔딩으로 이끌어 주는 게 최선일 것 같다.

즉, 나 자신이 편입하는 것. 이것이 가장 편한 방법이다.

뭐, 스포일러를 하자면. 마녀는 사실 마법학교 지하에 있다.

파라 선생이 나를 유인한 장소보다 훨씬 아래다. 교사들도 거의 모르는 지하 던전 같은 곳에서 숨어 지낸다.

뭐, 학교를 무대로 한 게임의 정석이지.

왜 그런 곳에 있는지를 게임 밖 관찰자 시점에서 심심하게 설명하자면, 애초에 이 게임은 마법학교 말고 다른 맵을 거의 준비하지 않았기 때문이다.

설정상 이 세계는 『피오리』라고 하며, 이야기의 무대가 되는 대륙은 『지아르디노 대륙』인데, 기본적으로 마법학교 밖으로 무대가 바뀌는 일은 없다.

물론 데이트 같은 외출 이벤트가 있고, 학교 밖으로 나갈 일도 있다. 하지만 그럴 때는 대체로 배경으로 시내나 밤하늘이 나올 뿐, 플레이어가 이동할 수 있는 범위는 교내로 한정된다.

나아가 이 게임은 마녀를 토벌하기 위해 정보와 복선을 수집해나가며 마녀에게 도달하는 셈인데…… 필연적으로 플레이어가 입수하는 정보는 교내로 한정된다.

만약 마녀가 마법학교와 관계가 없는 이웃 나라 작은 마을 오두막 지하에 있다면 플레이어는 절대로 갈 수 없을 것이다.

그러한 사정도 있어서, 마녀는 반드시 학교 내부에 배치할 수밖에 없는 것이다.

그런고로 나는 마법학교에 갈 필요가 있으니 빨리 처리해 달라고 레일라에게 부탁해 봤다.

그게 근위기사가 할 일이야? 라고 생각할지도 모르지만, 그래 보여도 레일라는 문무 양면으로 뭐든지 잘하는 슈퍼 우먼이다.

편집 수속도 그 손에 걸리면 뚝딱뚝딱 끝난다.

그렇게 완전 유능한 레일라를 빡콧이라고 부르는 건 불쌍하니까 그만두자.

"안 됩니다."

야, 빡콧!

이유를 물어보지도 않고 단칼에 자르다니 대단하다.

그러나 이 전개는 나도 예상했다.

아까도 말했듯, 호위 대상이 어슬렁어슬렁 싸돌아다니다가 깜빡 죽기라도 하면 매우 곤란한 것이다.

설령 호위 대상이 끔찍하게 미워서 속으로 '죽으면 좋을 텐데.'라고 생각해도, 죽었다간 본인의 엘리트 경력에 흠집이 난다.

참고로 마음의 소리는 레일라 루트에 진입하면 들을 수 있다.

다른 루트에서는 배신 이벤트가 발생하기 직전까지 엘리제의 충실한 부하라는 얼굴을 철저하게 유지하지만, 레일라 루트에서는 본인 시점으로 하루하루의 고생을 볼 수 있다.

그때 레일라가 겉으로는 엘리제에게 충실히 따르면서 속으로는 유쾌한 폭언을 퍼붓는 것이다.

즉, 그녀는 다른 루트에서는 고지식한 기사 캐릭터이면서 레일라 루트에서는 재밌는 본모습을 보여주는, 두 번 즐길 수 있는 히로인이다.

그런 그녀니까 플레이어 사이에서 인기가 많고, 팬들이 빡콧이라는 애칭으로 사랑해 준 것이다.

그렇게 사실은 유쾌한 덜렁이인 빡콧을 회유하기 위해, 나는 주특기인 세 치 혀를 놀렸다.

◇

레일라 스콧은 명문 귀족인 스콧 후작가의 장녀이다.

스콧 가문은 대대로 성녀를 수호한 명예로운 기사 일족이다.

레일라도 그것을 제일가는 긍지로 여겼고, 언젠가 자신도 위대한 조상들처럼 성녀를 섬길 것으로 생각했다.

처음 원동력은 유치한 동경이었다. 어릴 적 저택에 초대한 음유시인이 하프의 선율에 실어 노래한, 먼 옛날의 성녀와 이를 수호하는 위대한 기사의 이야기…… 그것에 끌려서, 이야기에 등장하는 기사처럼 되기를 간절히 빌었다.

그래서 검을 배우고, 기량을 갈고닦았다. 그리고 레일라에게는 그 꿈에 걸맞은 재능이 있었다.

마법학교에 입학하기 전부터 그 기량은 이미 현역 기사인 아버지를 능가했고, 마법학교에 입학한 뒤에도 그 실력을 키워 나갔다.

성적은 항상 1등을 유지하고, 매년 개최되는 투기대회에서도 타의 추종을 불허하는 부동의 우승을 장식했다.

그리고 레일라가 20세가 됐을 때.

부모 형제의 기대에 걸맞게 알프레아 마법기사 육성기관을 수석으로 졸업하고, 어엿하게 성녀의 근위기사 자리를 꿰찼다.

레일라는 여자라서 가문을 이어받을 수는 없었지만, 그 대신에 그보다 중요한 사명을 받았다.

기사를 꿈꾸는 자라면 누구나 선망하는, 스콧 가문의 당주 자리보다도 훨씬 가치가 있는 지위를 자기 힘으로 손에 넣은 것이다.

현실은 꿈을 따라잡고, 레일라는 과거 동경했던 성녀의 기사가 됐다.

그러려고 검술을 갈고닦았다. 줄곧 만날 그날만을 꿈꿨다.

성녀님은 대체 어떤 분일까? 역시 아름다운 분일까? 아니면 어여쁜 분일까?

분명 이야기 속 공주님처럼 예쁠 것이다. 그렇게 생각했다.

여담으로…… 레일라는 실제로 자기 나라 공주님을 본 적도 있지만, 그쪽은 상상한 공주님과 동떨어져서 기억에서 지웠다. 야, 빠콧!

당대의 성녀 엘리제의 평판은 자주 접했다.

민중을 위해서 스스로 마물의 군세와 싸우고, 작은 마을에도 발걸음하고, 모든 것을 사랑하듯이 손을 내민다.

사람들이 말하는, 『완벽한 성녀』.

그 평판은…… 전혀 올바르지 않았다. 아니, 실물 앞에서는 평판도 빛을 잃었다.

"당신이 새롭게 근위기사가 된 분이로군요!"

근위기사에 취임한 날에 아버지의 안내를 받아 들어간 성녀의 방에는…… 정말로 성녀가 있었다.

그것 말고는 달리 표현할 말을 찾지 못했다.

순수함…… 청결함…… 신성함…… 그런 것이 한데 어우러져서 인간의 형태를 만들었다.

어떤 이야기보다도 확실하게 전해지는 현실로서, 성녀가 그 자리에 있었다.

어떤 음유시인이라도 말로는 풀어낼 수 없는 이야기를 초월하는 현실이 그곳에 있었다.

한눈에 반했다. 이분을 섬긴다고 생각하니 흥분과 감동으로 가슴이 뛰었다.

엘리제를 섬기게 된 뒤로, 그저 기적을 보는 일상이었다.

모든 마물 군세를 문제없이 무찌르고, 부상자와 병자를 모두 치유한다.

그곳에 엘리제가 있기만 해도 마치 세계의 명도가 올라간 것처럼 모두가 밝아지고, 얼굴에 웃음이 넘쳤다.

태양은 가만히 있기만 해도 온 세상을 비춘다.

그것과 똑같은 것처럼, 엘리제는 진정 빛이었다. 있기만 해도 세상에 빛이 넘쳤다.

그런 그녀이기에……. 그렇다. 이런 전개도 어렴풋이 예상할 수 있었다.

"레일라. 저는 그 마법학교에 생도로서 잠입하려고 해요."

"안 됩니다."

알고 있었다. 그렇게 말할 줄 알았다.

마법학교 안에 마녀의 손길이 닿고, 생도가 위험에 처했다.

그 사실을 안 엘리제가 움직이지 않을 리가 없다.

어제도 함정임을 알면서 인질범――파라의 요구대로 혼자 찾아가려고 한 소녀니까.

"레일라. 저라고 해서 아무 이유도 없이 잠입하려고 생각한 건 아니에요. 파라 선생은 마녀에게 조종당했어요. 하지만 생각해 보세요……. 그분은 어디서 조종당한 걸까요? 당신도 졸업생이라면 알 테지만, 파라 선생은 대부분 교사 기숙사에서 침식을 해결하고, 집에도 안 들어갈 정도로 일에 열성인 분이에요."

"서……설마……."

설마――벌써 눈치채신 건가?

그렇게 생각하고, 레일라는 안색이 파랗게 질렸다.

아아, 그만두세요. 부디 더 말하지 마세요.

그것을 말해 버리면, 막을 수 없게 되니까.

위험한 것을 알면서도 당신께서 마법학교에 가는 것을 승인할 수밖에 없어지니까.

"레일라, 당신은 총명해요. 이미 답에 이르렀을 테죠. 마녀는, 그 학교 어딘가에 잠복했을 가능성이 매우 커요."

역시 답에 이르렀는가……라고 생각했다.

레일라는 고뇌가 얼굴에 드러나지 않도록 애썼다.

알고 있었다. 학교 밖으로 거의 안 나가는 파라가 마녀와 접촉해서 조종당했다면, 마녀가 있는 곳은 필연적으로 학교 어딘가가 된다.

그리고…… 이 총명한 성녀가 그 사실을 알아채지 못할 리가 없다는 것도 알고 있었다.

"그렇게 많은 마물을…… 그것도 밖에서 가져왔다고 하는 건 어색해요. 학교 여러분은 그걸 모를 정도로 어리석지 않겠죠. 그렇다고 해서 수업이나 훈련에 쓰기엔 너무 많고, 위험해요. 그러나 마녀가 학교 안에 있다면…… 딱히 어려운 일은 아니에요. 작은 도마뱀, 쥐, 새…… 그런 걸 반입해도 눈치챌 사람은 없고, 눈치채더라도 이상하게 느낄 사람은 없어요. 그리고 그런 동물을 마녀의 힘으로 마물로 만들면 손쉽게 학교 안에서 그만한 마물 무리를 만들 수 있죠."

그렇다. 맞는 말이다.

이러한 사실이 있는 이상, 마녀는 마법학교 안에 잠복했을 가능성이 크다고 생각할 수밖에 없다.

그 가능성이 제시된 이상, 레일라는 이미 엘리제가 마법학교에 가는 것을 거부할 수 없다.

성녀가 성녀의 사명을 다하려고 하는 것이다. 누구든 그것을 막을 수 없고, 막아선 안 된다.

"그러니까 제가 가야만 해요. 이해해 주세요…… 레일라."

"당신께서, 그렇게 말씀하신다면⋯⋯."

하지만 레일라는 무서웠다.

정말 무서워서 어쩔 수 없었다.

이 사랑스러운 주군을 잃는 것을 진심으로 두려워했다.

왜냐하면 역대 성녀는⋯⋯.

한 사람도 예외 없이, 마녀를 토벌한 다음에⋯⋯ 그 생명을 잃었으니까.

"그렇다면 하다못해⋯⋯ 저도 함께 데려가 주십시오."

지금은 억지로 쥐어짜듯 그렇게 말할 수밖에 없었다.

그리고 이튿날, 알프레아 마법기사 육성기관── 통칭 마법학교가 발칵 뒤집혔다.

누구도 예측하지 못했던, 설마 했던 성녀의 편입⋯⋯ 이를 계기로 마법학교를 중심으로 한 세계를 좌우하는 이야기가 시작되려고 했다.

또 꿈을 꿨다. 세 번째나 되면 슬슬 익숙해지는 법이다.

나는 다시 남자였던 시절의 나로 돌아가 좁은 아파트 방에 드러누워 있었다.

시점은 여전히 3인칭이지만, 이번에도 빙의해 봤다.

기분 탓인지 예전보다도 몸을 움직이기 어려운 것 같지만, 아무래도 좋다.

자, 이 꿈은 어차피 오래가지 않을 테니까 후다닥 그걸 보실까.

슬립 모드였던 PC를 켜고 먼저 영상을 검색해 본다.

그러자 나온다. 또 나온다. 『엘리제 루트』 실시간 플레이 영상이.

그중에서도 가장 재생이 많은 것을 적당히 클릭해서 열었다.

영상은 마침 마법학교에서 발생한 인질극 이벤트에 진입한 참인지 파라 선생이 내놓은 마물과의 전투 장면으로 돌입했다.

적은 화면을 가득 채우는 마물이고, 플레이어가 조작하는 것은 엘리제 한 명.

그러나 적당히 행동을 결정하기만 해도 마물이 픽픽 쓰러진다.

참고로 전투 BGM은 공통 사양이 아니라, 처음 듣는 것이었다.

이거 설마 전용 BGM인가? 참 호화로운걸.

『완전 짱세ㅋㅋㅋ』

『일격으로 HP가 싹 날아가ㅋㅋㅋㅋ』

『잠깐만ㅋ 이거 에테르나 루트에서 막판에 나오는 보스 몬스터잖아ㅋㅋㅋ』

『내가 이 녀석을 잡으려고 얼마나 고생했는데ㅋㅋㅋㅋ』

『내 트라우마가…….』

『엘리제 님 너무 강하잖아ㅋㅋㅋ』

『무쌍ㅋ』

『드래곤 순삭ㅋㅋㅋ』.

『대미지 자릿수가 이상해ㅋㅋㅋ』

『믿을 수 있어……? 얘는 성녀가 아니야…….』

『야, 이건 최종 보스의 떨거지잖아ㅋㅋㅋ 왜 잡몹 취급ㅋㅋㅋㅋ』

『적이 공격해도 대미지가 안 떠ㅋㅋㅋ』

『성녀는 성녀 자신의 힘이나 마녀의 힘이 아니면 대미지를 안 받으니까…….』

『마물은 마녀의 힘을 받은 종복이니까 경감되더라도 성녀에게 대미지를 줄 수 있을 텐데…….』

『이 녀석의 공격은 레벨99 베르네르도 HP 30퍼가 깎이는데ㅋ』

『확실히 앤 성녀가 아니야……. 이런 괴물 같은 성녀가 있을까 보냐!ㅋ』

『이젠 전부 애 혼자면 되지 않을까?』

그야말로 무쌍을 찍는 싸움에, 코멘트 화면은 ㅋㅋㅋ으로 도배되고 있었다.

으헤, 나를 게임으로 수치화하면 이렇게 강하구나.

괜히 재능 몬스터인 엘리제의 몸으로 매일같이 마법 연습만 한 게 아니군.

코멘트 반응으로 봐서는 다른 루트에서 엘리제가 전투에 참전하는 일이 없는 걸까?

아마도 이벤트에서 적을 물리치기만 하고, 실제로 전투에 참여하는 일은 없는 타입인 거겠지.

그 뒤에는 내가 아는 대로 이벤트가 진행되고, 엘리제가 검을 팔로 막는 장면이 나왔다.

『아, 나도 첫 플레이 때는 상처가 안 나서 완전히 속았어.』

『성녀라서 상처를 안 입는 줄 알았더니, 설마 했던 스테이터스 빨이란 말이지.』

『확실히 이거면 대미지를 안 입어.』

『빡콧, 눈치채ㅋ 걔는 성녀의 특성이 아니라 단순히 스테이터스가 쩔어서 공격이 안 통하는 거라고ㅋ』

뭐랄까…… 이렇게 내 행동을 객관적으로 보는 건 신선한걸.

그리고 이벤트가 끝나고, 엘리제가 사라진다.

그 뒤에는 평범하게 학교생활을 보내는 장면이 이어졌지만, 마침내 게임 속에서 이틀이 지난 아침에 다시 코멘트 화면이 소란스러워졌다.

그 원인은…… 으헤……. 마법학교 제복을 입고 베르네르의 교실 교단에 엘리제가 선 이벤트 CG가 떴기 때문이다.

『엘님 편입 떴드아!』

『우오오오오오오오오!』

『처음 봤어…….』

『제복도 아름답사옵니다!』

『제복 엘님도 있었냐ㅋ』

『4년이나 아무도 발견하지 못한 루트인데 CG 한 장에 힘을 너무 쏟아서 웃김.』

『이벤트 CG 100%란 무엇이었는가.』

『100%(단, 100%라고는 하지 않는다).』

『L님 루트 들어갔더니 CG 룸의 개방이 지금껏 100%/100%였던 게 100%/150%가 되던데.』

『↑ 제작진 너무 성격 더러운 거 아니야……?』

이걸로 영상은 끝났다. 다음 파트는 아직 업로드되지 않았다.

그나저나…… 역시나 그렇다고 할까, 저쪽 행동이 완전히 이쪽 게임에 반영됐네.

뭐, 이건 꿈이니까 정말로 원래 세계에서 그렇게 됐는지는 모르겠지만…… 이건 단순한 꿈도 아니겠지.

아무리 그래도 세 번이나 계속해서 연동됐다면 꿈이라고 보기 어렵다.

아무튼 다음은 언제나 보는 캐릭터 해설 페이지다. 어떤 느낌이 됐을까?

흠…… 중간까지는 똑같군. 하나도 안 바뀌었어.

하지만 중간 문장이 지워지고, 클릭해서 스크롤을 펼치게 하는 스포일러 방지 사양으로 바뀌어 있었다.

【엘리제의 정체】

엘리제는 진짜 성녀가 아니다.

갓난아기 시절에 착오가 있어서 에테르나와 신분이 뒤바뀐 일반인이며, 당연하게도 엘리제 본인에게는 마녀를 무찌를 힘이 없었다.

나이를 먹지 않는 이유는 주인공이 제어할 수 있도록 흡수한 마녀의 힘 때문이며, 이것으로 외모가 변하지 않게 됐다.

하지만 실제로는 이것이 원인으로 수명이 줄어들었다.

마녀의 힘을 정화할 수 있는 이유는 단순히 이때 얻은 힘으로 마녀의 힘을 쓸 수 있게 됐기 때문이며, 검을 맨손으로 막은 것은 단순히 방대한 마력으로 방어한 것이다.

그러나 너무나도 완성된 성녀의 행동거지에서 엘리제를 가짜라고 의심하는 자는 마녀를 포함해서 아무도 없었다.

하지만 엘리제 본인은 그 사실을 아는 듯, 언젠가 진짜 성녀인 에테르나에게 성녀의 자리를 돌려주기 위해 매진하고 있음을 드러내고 있다.

【본편에서의 활약】

· 엘리제 루트

4년의 세월이 지나 발견됐다.

엘리제 루트에 진입하는 방법은 『CG 회수 100% 상태로』, 『2회차 플레이 없이 처음부터 다시 시작해서』 게임 개시 전에 자동으로 입수하는 액세서리 『추억의 펜던트』를 게임 시작 때부터 한 번도 빼는 일 없이, 마법학교에 입학하고 17일째 되는 밤까지 모든 자유행동을 자주 단련에 소비하는 것이다.

(정확하게는 모든 히로인의 호감도를 올리지 않기).

그렇게 하면 17일째 밤에 낮은 확률로 친구를 사귀지 않는 주인공을 걱정한 엘리제가 주인공의 방을 찾아와 호감도를 올릴 수 있게 된다.

(이 이벤트를 보지 않으면 뭘 해도 공략 가능 캐릭터가 되지 않고, 호감도 자체가 표시되지 않는다).

사람들이 검증해 본 결과, 엘리제가 방을 찾아올 확률은 0.3% 전후라는 데이터가 나왔다.

근육 단련만 하면 왠지 모르게 확률이 올라간다는 정보도 있지만, 이 부분은 미검증.

그러므로 17일째 저녁까진 자주 단련을 하며 지내고, 밤에 자주 단련을 실행하기 전 데이터를 저장한 다음, 이후로는 로드를 반복하자.

그 뒤에는 18일째에 파라가 주인공과 에테르나, 피오라, 존(그리고 엑스트라 몇 명)을 인질로 잡는 이벤트가 발생한다.

그리고 파라에게 호위 없이 오도록 요구받아 그대로 진짜 혼자 가고 만다.

여기서 엘리제를 해치우려고 파라가 내놓은 마물들과 전투가 벌어지는데, 놀랍게도 이건 엘리제를 조작하는 이벤트 배틀이다.

이 전투에서 처음으로 플레이어 앞에 수치로 드러나는 엄청난 전투력은 꼭 보자.

다른 루트의 이벤트에서도 압도적인 힘을 보여줬지만, 이런 스테이터스라면 납득할 수 있다.

원래는 2회차에서 겨우 잡는 레벨의 몬스터 30마리와 연전을 벌이는데, 이걸 전부 일방적으로 쓸어버린다.

아무리 실수해도 질 일이 없다.

그리고 이 이벤트를 깨면 이틀 뒤에 놀랍게도 편입생으로서 마법학교에 온다.

내용 추가 · 수정 요망.

여기가 끝인가. 예전과 비교하면 많이 바뀌었군.

그만큼 플레이어 사이에서 중요도가 커졌다는 거겠지만.

시험 삼아 이미지 검색을 돌리자 예전보다도 엘리제의 일러스트가 압도적으로 많아졌다.

내가 아는 엘리제라면 있을 수 없는 일이다.

물론 개변 전에도 엘리제(진짜)의 일러스트가 있었지만, 별로 많지 않았고…… 무엇보다 흠씬 두들겨 맞는 것들이 대부분이었다.

그때 달린 코멘트는 『쓰렉리제 꼴좋다ㅋㅋㅋ』라든가 『잘한다 더 해라』라든지, 그런 것밖에 없었다.

실수로라도 이토록 귀엽게 그려지는 캐릭터가 아니다.

2차 창작도 꽤 많군.

원래 『영원의 산화』는 2차 창작물이 많았지만…… 본 적도 없는 엘리제 히로인계 2차 창작이 부쩍 늘어났다.

아무튼 2차 창작 사이트의 업데이트 순서에서 가장 최근으로 뜨는 걸 잠깐 볼까.

제목은…… 흐응? 『조화의 수호자』? 어떤 느낌이려나.

조화의 수호자 〈글 : 신룡암왕〉

〈〈 앞으로 목차 ──

── 1 ── 모든 것의 시작

내 이름은 신룡암왕.

평범한 고등학생이다. 나는 잘 모르겠지만, 여자들이 나를 보면 꺅꺅 소리를 지르는 미남인 것 같다.

스포츠 만능, 성적도 항상 1등이고, 괴롭힘을 당하는 아이를 도와주고 괴롭히는 녀석을 혼내주는 것밖에 안 하지만, 그래도 나는 모두의 인기인이다.

정신을 차렸을 때··· 나는 어느새 낯선 평원에 서 있었다··· 틀림없이 영원의 산화 세계다.

그렇다면 나는――이 세계의 망할 운명을 깨부수고 엘리제를 지키기 위해 싸우자.

그래서 나는 죽기 살기로 수행했다. 그리고 세계의 그 누구보다도 강해졌다.

강해진 나는 곧장 성녀의 성으로 갔다.

그러자 "넌 누구냐?!" 성가신 기사가 앞길을 가로막아서, 나는 그것들을 물리치고 나아갔다.

"으악." 병사들은 내가 손을 흔들기만 해도 날아갔다. 거참. 봐줬는데도 이 정도인가.

다음으로 국왕이 왔지만 나는 알고 있다 이 녀석이 저지른 악행과 세계의 진실을. 이 녀석은 여기서 죽어야 한다.

"닥쳐."라고 말한 나는 국왕의 목을 쳤다.

그리고 나는 엘리제의 방에 들어갔다. "누구세요!" 엘리제는 말했다.

"나는 너를 지키러 온 것이다." 그렇게 말하고 나는 엘리제의 머리를 쓰다듬었다.

"나를 지키러 · · · · · ·?/////(왜 이렇게 가슴이 두근거리는 뭘까? 사랑?)." 어째서인지 엘리제는 얼굴을 붉혔다. 왜 그럴까???

이것이 나와 그녀의 만남——영원히 지는 꽃의 세계에 온 나는 대체 무엇을 생각하고 · · ·무엇을 이루는가 · · ·.

나는 말없이 창을 닫았다.

어…… 뭔데? 이 녀석이 생각하는 나는 처음 보는 위험한 불법 침입자가 머리를 한번 쓰다듬었다고 경계심도 없이 반하는 그런 녀석이야?

아니야. 그건 진짜 아니야. 더군다나 쓴 사람과 주인공 이름이 똑같다니, 넌…….

그나저나 왜 1인칭인데 엘리제 대사에 마음의 소리가 나오는데? 독심술이라도 할 줄 알아?

뭐랄까, 이제는 다른 창작 소설을 볼 마음이 사라졌다.

『영원의 산화』에 관한 게시판에 가자 엘리제에 관해서 이것저것 떠들며 성황을 이뤘다.

『엘리제 님 진짜 성녀』라든지 『진짜보다 진짜』라든지, 『편입 때까지 진행했어』라든가…… 으음.

오해하도록 연기한 건 나지만, 아무리 그래도 이런 걸 보면 속이 복잡해진다.

하지만 뭐, 어쩔 수 없지.

게시판에 출몰해서 진실을 가르쳐 줘도 정신 나간 놈으로 생각할 테니까…… 그대로 겉만 가짜 성녀인 녀석에게 속아 달라고.

하지만 땔감으로 쓰진 마. 소름 돋으니까.

그나저나 이 녀석들은 진짜 이래도 좋은 거야?

그 가짜 성녀, 내용물은 쓰레기라고.

그런 녀석의 루트에 들어가도 좋을 게 하나도 없다니까.

무조건 막판에 기대를 배신당할 거야. 기대를 흠씬 두들겨서 걸어차 쓰레기통에 처넣을걸.

내가 하는 말이니까 확실해. 관둬. 관두라고.

그러자 또 시야가 하얘졌다.

아까만 해도 앉아 있었는데 어느새 부유해서 자신을 내려다보고 있고 말이지. 꿈이라곤 해도 시야 전환이 너무 뜬금없잖아.

하아…… 하는 수 없지. 그러면 슬슬 일어나 보실까.

제8화 현실은 이상을 초월했다

안녕하세요!

오늘도 룰루랄라, 모두가 혐오하는, 우뚝 선 쓰레기 산, 가짜 성녀, 엘리제예요!

질색하는 여러분께 애정을 빵☆ 당신의 하트를 관통해 줄게☆ 우웩!!

아차…… 흥이 나서 해 봤는데, 내가 해도 너무 징그러워서 올라올 뻔했네……. 익숙하지 않은 일은 하는 게 아니야.

그나저나 아침에 일어난 기세로도 안 하는 게 좋겠네, 이건.

만에 하나 누가 보기라도 했다간 자살할 거야.

그렇지만 내 방에는 물론 아무도 없다.

잠들 때는 언제나 방에 배리어를 치고 자니까, 호위라도 내가 취침 중인 방에는 들어올 수 없다.

물론 방음도 철저하게 했다.

왜냐고? 당연하지. 아무리 여자인 척해도 내용물은 나야.

그리고 제아무리 나라도 잘 때는 연기할 수 없다. 즉, 나 자신은 잘 때 터무니없이 꼴사나운 모습을 보였는지 알 수 없는 것이다.

최악의 경우, 잠꼬대로 '야, 빨아.'라든가 '가슴, 가슴.' 같은 소리를 할 가능성도 있다.

그러므로 만약 그렇게 되더라도 아무도 듣지 못하게 배리어를 치는 것은 최우선으로. 빙의한 지 며칠 만에 완전히 습득했다.

먼저 거울 확인. 마법으로 항시 머리카락과 피부, 기타 등등을 최고의 상태로 유지하고 있지만, 더욱 예쁘게 보이도록 마법으로 자연스럽게 꾸민다.

구체적으로는 머리카락이 빛을 반사해서 일반적으로는 있을 수 없을 만큼 빛나게 한다거나, 일명 천사의 고리를 만든다거나, 얼굴과 피부도 평상시보다 왠지 빛나게 보이게 한다거나 하는 식으로.

내용물이 나인 만큼 겉모습으로 속여야 하는 셈인데, 그 겉모습을 꾸미는 것도 쉽지 않아.

성녀 연기를 계속한 지 12년째이지만 솔직히 귀찮고, 언제 실수할지 모르니까. 솔직히 후다닥 에테르나에게 성녀의 자리를 돌려주고 이야기에서 퇴장하고 싶다.

그리고 욕심을 내자면 아무도 없는 산속이나 숲속에 작은 로그 하우스를 짓고, 그곳에서 자연에 둘러싸여 탱자탱자 여생을 보내고 싶다.

하지만 그건 미래의 이야기. 먼저 내가 바라는 해피 엔딩을 보기 위해서라도 치밀하고 완벽한 예정을 세우자.

우선 메인 루트가 아니면 죽는 히로인. 이건 마법학교에 세 사람 있다.

그중 한 사람이 마녀니까, 이 녀석은 아무래도 좋다. 적이니까.

문제는 나머지 두 사람이다.

첫 번째는 병약한 소녀인데, 이건 내가 있으면 그냥 어떻게든 할 수 있다.

자랑은 아니지만 내 회복 마법은 어지간한 약보다 효과가 좋고, 지금껏 고치지 못한 병도 없다.

그러므로 이쪽은 이미 해결한 셈이야.

두 번째는 '아이나 폭스'라고 하는 서브 히로인. 빨간 머리 트윈 테일 소녀로, 옛 자작가 출신이다.

그러나 본편이 시작하는 시점에서 집안이 망하는데, 그 원인이 엘리제다.

아이나의 부모는 자꾸 횡포를 부리는 엘리제에게 충언하지만, 그것이 엘리제의 성질을 건드려서 집안이 망하고 만다.

그리고 엘리제가 이것저것 손을 쓰고 집요하고 끈질기게 괴롭힌 결과, 부모 형제 모두가 죽음으로 몰리고, 지인의 집으로 도망치게 한 아이나만이 살아남고 말았다.

진짜 쓰레기 같은 짓만 하네, 엘리제(진짜)…….

당연히 아이나는 엘리제를 원망하고, 암살하고자 마법학교에 입학한다.

우수한 성적을 거둬 근위기사가 되면 암살할 기회가 찾아올 것으로 생각했기 때문이다.

그러나 엘리제는 마법학교에 과도하게 개입하기 시작했고, 학교에 자주 모습을 드러내게 됐다.

그래서 조바심이 난 거겠지. 아이나는 때를 기다리지 못하고 엘리제를 죽이려고 덤벼든다.

참고로 이때 겁먹은 엘리제가 돼지 멱 따는 비명을 지르는 바람에 잘 웃었다.

결국 이 습격은 엘리제의 근위기사인 레일라에게 진압당하고, 아이나는 그대로 어디론가 끌려갔다가 훗날 처형됐다는 사실이 밝혀진다.

그러나 이 사건은 나중에 파문을 낳는다.

우선 레일라는 자신이 습격을 막는 바람에 유능한 소녀를 간접적으로 죽게 했다는 사실에 마음이 병든다.

그리고 이때 아이나의 검은 엘리제의 팔에 확실하게 상처를 남겼다.

이것으로 절대로 상처가 생길 리 없는 성녀가 상처를 입었다는 사실이 남고, 엘리제가 가짜라는 사실이 발각된다.

그때부터는 연쇄하듯이 레일라가 지금껏 엘리제가 저지른 악행의 증거를 모아 배신하고, 아이나가 남긴 상처가 결정타가 되어 엘리제는 민중 앞에서 가짜라는 정체가 폭로되는 것이다.

즉, 아이나는 엘리제 심판 이벤트의 공로자다.

하지만…… 아이나의 메인 루트가 아니면 그걸로 끝이다.

엘리제를 습격한 생도일 뿐, 딱히 조명받는 일 없이 사라진다.

아이나의 메인 루트에서는 중간까지 흐름이 같지만, 놀랍게도 엘리제 습격에 베르네르가 가세해 레일라와의 전투에 돌입한다.

그리고 승리함으로써 아이나는 죽는 일 없이 엘리제에게 상처를 남긴다.

그 뒤로 한동안 성녀를 습격한 일로 아이나와 베르네르는 사랑의 도피행 이벤트로 진입하는데, 곧이어 레일라가 엘리제를 배신하고 악행의 증거를 들이대 엘리제가 심판받는다.

　그리고 이 세계에서는…… 애초에 습격하긴 할까?

　나는 딱히 폭스 가문을 망하게 하지 않았으니까 기억하는 바로는 원한을 살 이유가 없다.

　뭐, 어쩌면 세계의 수정력으로 '잘 모르겠어도 네가 미워!' 라고 돌격할지도 모르지만, 그건 나라도 어쩔 도리가 없다.

　돌격해도 나라면 상처 없이 대처할 수 있고, 사로잡은 뒤에도 사형에 처하지 않게 말하면 되겠지.

　즉, 이쪽도 거의 해결했다고 봐도 되지 않을까?

　다음은…… 뭔가 조심해야 할 일이 있던가.

　굳이 말하자면 마녀 관련 이벤트인가.

　에테르나가 진짜 성녀임을 눈치챈 듯한 마녀가 여러모로 뒤에서 손을 쓰고, 마녀가 이것저것 하는 이벤트에서는 엑스트라가 죽는다.

　다만…… 아무래도 이 세계에서는 마녀가 진짜 성녀를 눈치채지 못한 것 같단 말이지.

　파라 선생은 언제든지 에테르나를 죽일 상황까지 갔는데도 에테르나를 인질로만 삼고 가짜인 나를 죽이려고 들었으니까.

　혹시…… 마녀는 내가 생각하는 것보다 똑똑하지 않은 걸까?

　보통 진짜 성녀와 쓰레기 in 가짜 성녀를 착각하려나?

　일반인이라면 또 모를까, 너는 성녀와 대칭을 이루는 마녀일 텐데. 왜 모르는 거야?

아니 뭐, 모른다면 나로선 잘된 일이지만.

그래서 마녀는…… 까놓고 말해서 지금 바로 없앨 수 있다.

마녀가 잠복한 위치도 아니까, 나라면 힘으로 밀어붙여서 이길 수 있을 거란 말이지.

내 안에 있는 어둠 파워를 실으면 경감되어도 마녀에게 피해를 줄 수 있고, 반대로 마녀의 공격은 내가 막을 수 있을 것이다.

어디까지나 게임 쪽 정보지만, 마녀는 레벨 70인 베르네르 혼자서 호각으로 싸울 수 있단 말이지.

참고로 에테르나가 파티에 있으면 레벨 40대라도 여유롭다.

그리고…… 그 꿈에서 본 나는 레벨 99인 베르네르보다 훨씬 강한 것 같고, 실제로 레벨 99 베르네르가 고전할 법한 마물이라도 나는 물리칠 수 있으며, 마력으로 배리어를 치면 피해를 보지 않는다.

즉, 나와 마녀가 싸우면 내가 마녀에게 하는 공격은 '경감되지만, 힘으로 밀어붙여서 먹힌다'. 마녀가 내게 하는 공격은 '효과는 끝내주지만, 실력 차이로 인해 먹히지 않는다'가 되는 셈으로, 패배할 요소를 찾아볼 수 없다.

예를 들자면 레벨 99 불 타입과 레벨 5 물 타입이 싸우는 듯한 거니까.

하지만 지금은 그럴 수 없다. 그럴 수 없는 이유가 있다.

하더라도 에테르나의 해피 엔딩을 지켜본 다음에 해야 한다.

뭐, 마녀가 나오면 쫓아내는 정도로만 하자.

아무튼 당장 급한 예정은 정해졌다.

우선 병약 히로인을 찾아서 회복 마법을 걸자.

아이나 폭스는 레일라에게 조사를 부탁하든지 하고, 그다음은 상대가 어떻게 나올지 기다린다. 올 테면 와 보라고.

좋아. 생각 끝. 그러면 배리어를 해제해 보실까.

"안녕히 주무셨습니까, 엘리제 님."

문을 두드리고 방에 들어온 사람은 호위로서 마법학교까지 따라온 레일라다.

오늘도 반듯하고 늠름하다.

누구야? 이 미인을 빡콧이라고 부른 녀석은. 나야.

빡콧을 거느리고 교실로 이동한다.

그러자 주위가 술렁거리고, 생도와 교사가 멈춰서 나를 보고 있었다.

후하하하하하. 왕이 된 기분인걸. 물렀거라. 평민 주제에 머리를 들다니 건방지구나.

아, 이 학교 생도는 태반이 귀족이었지. 오히려 평민은 패밀리네임도 없는 나잖아.

물러나겠습니다. 너무 건방졌죠?

그나저나 이건 정말로 조금 기분이 좋은걸.

마치 내가 무척 높으신 사람이 된 듯한 착각이 든다.

어릴 적부터 이런 환경에 놓인 엘리제(진짜)가 거만해진 것도 어쩔 수 없을지도 모른다.

하지만 뭐, 그 녀석의 쓰레기 짓은 옹호할 수 없지만.

하지만 이런 생각이 든단 말이지. 만약 에테르나가 처음부터 성녀로 자랐다면 과연 그토록 마음씨 착한 성녀가 됐을까?

만약 그랬다면 엘리제(진짜)처럼 오만방자한 에테르나가 됐을지도……라고 말이지.

인간은 누구나 처음에는 백지상태다. 어떻게 바뀔지는 주위에 달렸다. 색칠 하나만 다르게 해도 전부 바뀐다.

그런 의미에서…… 엘리제(진짜)도 피해자였을지도 몰라.

나? 나는 있잖아. 처음부터 이미 새까매. 그러니까 빙의 환생해도 하나도 안 변해.

검은색은 뭘 섞어도 까맣다고.

좋아. 교실 앞에 도착.

이제는 들어가기만 하면 되는데, 뭔가 교실 앞에 누군가가 무릎을 꿇고 있어서 들어갈 수 없다. 이 아저씨는 누구야?

"엘리제 님의 앞길을 가로막다니……."

빡콧이 앞에 나서려고 하지만, 서둘러서 손으로 제지했다.

야, 그만해 빡콧. 그건 오만방자한 악역이나 하는 짓이잖아.

그 뭐냐, 추종자가 '감히 ○○ 님이 가시는 길에 나타났겠다!'라고 말하면서 칼부림하는 그거.

너는 나를 권력을 휘두르는 악당으로 만들 셈이야?

"아아…… 가까이서 보니 더 아름답군요. 기다리고 있었습니다……. 당신을 우리 학교에 맞이하는 날이 올 줄이야……."

아니, 그러니까 넌 누구냐고.

다시 자세히 관찰하지만, 누군지 통 모르겠다.

그 이전에 남자는 기억하지 않는다 이거야.

나이는…… 20대 후반 정도일까? 얼굴은 부아가 치밀 정도로 핸섬한 기생오라비.

눈매는 가늘고, 콧대는 높고, 얼굴 윤곽은 다소 위아래로 갸름하게 보인다.

검은 머리는 뒤쪽으로 묶어서 넘겼고, 앞머리는 올백. 한 가닥 정도만 이마로 내렸다.

그리고 세계관을 무시한 현대풍 안경을 써서 지식인 같은 분위기를 자아냈다.

처음에는 우호적이다가 나중에 배신하는 인간의 얼굴이다.

어, 이 녀석이 누구더라? 게임에 있었던 것 같기도 한데…….

하는 수 없다. 이럴 때는 유능한 빡콧에게 물어보는 게 답이다.

시선을 돌리자 내 의도를 헤아린 빡콧이 헛기침했다.

"그는 이 학교의 교사입니다. 이름은 서플리 먼트."

아, 생각났다. 적 캐릭터인가. 그래. 이런 게 있었지.

이 녀석은 서플리 먼트. 캐릭터를 만든 사람이 이름을 생각하기 귀찮아서 우연히 근처에 서플리먼트(건강식품)가 있어서 그렇게 명명한 듯한 캐릭터다.

팬들의 통칭은 변태안경남. 나이는 25세.

어느 루트에서도 적으로 등장해 베르네르의 앞길을 가로막고, 날아가는 소악당 캐릭터.

이 녀석은 열광적인 성녀 신자로, 성녀에게 멋대로 환상을 들이댄다.

물론 엘리제(진짜)는 이 녀석의 숭배 대상이 아니고, 이 녀석은 이른 시점에서 엘리제(진짜)가 성녀가 아니라고 간파했다.

그 이유는 '이딴 게 성녀일 리가 없다' 는 일방적인 단정에 따른 것이다.

뭐, 정답이지만.

이 녀석이 행동에 나서는 것은 엘리제(진짜)가 심판당한 뒤로, '역시 진짜 성녀는 따로 있었다.' 라며 환희한 그는 자신만의 진짜 성녀를 찾기 시작한다.

그리고 그 시점에서 가장 호감도가 높은 히로인을 스토킹, 유괴해서 자신의 이상을 강요하는 죽어라 민폐인 놈이다.

그러나 이 녀석이 생각하는 이상적인 성녀는 이 녀석의 머릿속에나 존재한다.

누구를 유괴하든 이 녀석은 만족할 줄 모르고, 이상과 현실의 괴리 때문에 '성녀는 그런 소리를 하지 않아.' 라든가 '이런 건 내가 생각하는 성녀가 아니야.' 같은 소리를 하면서 히로인을 자기 취향에 맞게 조교하려다가 그 자리에 달려온 베르네르에게 두들겨 맞은 뒤 마지막에는 학교에서 추방당한다……는 것이 이 녀석의 게임 속 활약상이다.

참고로 이건 진짜 성녀인 에테르나 때도 변함이 없다.

결국 이 녀석이 생각하는 '이상적인 성녀' 는 어디에도 존재하지 않은 셈이다.

이딴 녀석이 교사라니 말세로군.

뭐…… 변변찮은 소악당이지만, 일단 경계해 볼까…….

이상한 짓을 하면 이야기에서 퇴장시키자.

◇

현실은 이상을 초월했다.

서플리 먼트는 성녀라는 우상에 열광적인 사랑을 바치는 성녀 숭배자이다.

그가 아직 어렸을 적, 세계는 지옥이었다.

어디를 가든 마물이 넘쳐나고, 사람이 죽고, 양심을 잃은 인간이 폭도로 변했다.

그는 마물에 대한 두려움보다 폭도의 추악함을 두려워했다.

이성을 잃은 인간은 짐승만도 못했다. 짐승 미만의 악마였다.

짐승이 인간을 공격해도, 그것에 악의는 없다.

먹기 위해서. 새끼를 지키기 위해서. 영역을 침범해서. 겁먹어서. 적으로 인식해서.

그러한 이유가 있다.

하지만 이성을 잃은 인간은 다르다. 이유도 없이 타인을 해치고, 즐긴다.

이성이 없는 인간은 악의를 지닌 짐승으로, 악의를 지닌 짐승은 악마다.

그 악마들이 서플리의 집을 습격했다.

가난한 남작가였던 먼트 가문은 일대를 다스리는 영주였지만, 폭도로 변한 다수의 민중에 저항할 힘은 없었다.

집은 부서지고, 하인들은 도망치고, 어린 서플리 앞에서 아버지와 형이 죽고, 어머니와 누나는 폭행당했다.

짐승…… 그렇다. 짐승이다. 그곳에는 인간이 없었다.

인간의 모습을 한 짐승밖에 없었다.

가까스로 혼자 피난한 서플리의 마음은 삐뚤어졌다.

그 사건은 가난하다고는 해도 귀족 출신인, 바깥의 더러움을 접하는 일 없이 자란 소년의 마음을 부수기 충분했다.

정의, 사랑, 자비, 절제, 다정함, 인정, 책임감, 용기……. 그렇듯 미덕으로 불리는 모든 것을 얄팍한 거짓으로 여기게 됐다.

인간은 쉽게 짐승이 된다. 짐승보다 못한 악마가 된다.

미덕을 간단히 내팽개치고, 본성을 드러내려고 한다.

지금은 웃는 얼굴이어도, 그 안에는 추악한 본성을 숨겼다.

그런 세계를 정상으로 돌린 것이 당시의 성녀였다.

성녀가 마녀를 토벌하고, 세계에 빛이 돌아왔다.

그러자 놀랍게도 그때까지 악마가 됐던 자들이 허겁지겁 이성의 가면을 도로 쓰고 인간으로 돌아왔다.

그 광경을 본 서플리는 생각했다. 본 적도 없는 성녀라는 존재에 감동했다.

아, 그렇구나! 성녀가 있으면 세계는 빛으로 가득해진다!

성녀야말로 빛이며, 사랑이며, 정의이며, 자비이며, 절제이며, 다정함이며, 인정이며, 책임감이며, 용기인 것이다!

성녀야말로 인간의 미덕이다!

어려서부터 마음이 삐뚤어진 소년은 삐뚤어진 자신만의 결론을 구축했다.

만난 적도, 본 적도 없는데도 성녀의 모습을 추상하고, 이상을 투영했다.

분명 그 누구보다도 아름다우리라. 아니, 절대로, 세상 누구보다도 존귀할 것이다.

외면도, 내면도, 이 세상 어떤 존재보다도 깨끗하고, 훌륭할 것이다.

세상에 이런 억지가 있을까. 이런 아집이 있을까.

그러나 그 오류를 바로잡을 자는 없었다.

아니, 이를 알아챈 자조차 없었다.

왜냐하면 그는 가면을 쓰는 방법을 잘 알았으니까.

서플리가 악마들에게 하나 배운 게 있다면, 그건 가면을 쓰는 방법이었다.

자신을 더 좋게 보이게 한다. 평화로운 인간으로 여기게 한다. 그는 그러한 가면을 썼다.

그리고 몇 년이 지나…… 이제껏 역사가 그랬듯, 마녀가 다시 나타났다.

오랫동안 항상 그랬다. 원리는 아무도 모르지만, 마녀와 성녀는 반드시 한 시대에 한 명씩 나타난다.

그리고 마녀를 토벌한 성녀는 시체조차 남기지 못하고 죽고, 몇 년이 지나면 새로운 마녀가 출현하는 것이다.

마녀와 성녀가 나타나는 타이밍은 동일하지 않다. 어느 시대건 반드시 마녀가 먼저고, 뒤늦게 성녀가 출현한다.

마녀가 토벌되고 다음 마녀가 나타날 때까지의 주기는 대략 5년.

고작 5년으로 평화가 무너진다.

그리고 그로부터 짧아도 15년 이상은 마녀의 시대가 계속되고, 이어서 뒤늦게 나타난 성녀가 마녀를 토벌해서 짧은 평화가 세계에 찾아온다.

왜냐하면 성녀는 마녀가 출현했을 때 탄생하기 때문이다.

마녀는 어째서인지 처음부터 어른인데, 성녀는 갓난아기다.

그 성녀가 성장할 때까지 마녀를 막을 자는 아무도 없으므로, 성녀가 자라는 데 필요한 15년 넘게 마녀의 천하가 계속되는 것이다.

마녀가 없이 평화로운 기간은 고작 5년이고, 그 뒤로 15년 넘게 마녀의 시대가 계속되며, 다시 5년 정도의 짧은 평화가 찾아온다. 이 세계는 오랫동안 그것을 반복했다.

그러나 예외는 있다. 그건 성녀가 마녀 토벌의 사명을 달성하지 못하고 죽었을 때다.

성녀는 자신의 힘이나 마녀의 힘이 아니면 상처가 나지 않지만, 반대로 그 힘만 있으면 죽일 수 있다.

자살한 성녀가 과거에 없었던 건 아니고, 마녀의 힘을 받은 종복인 마물에 의해 죽은 성녀도 있었다. 마녀와의 싸움에서 패배한 성녀도 있었다.

그때는 당연히 마녀가 지배하는 암흑기가 길어지고, 인간이 타락한다.

서플리가 구원받은 성녀의 전대…… 엘리제가 봤을 때 2대 전 성녀가 바로 그런 패턴이어서, 그 성녀는 마녀 토벌의 사명을 달성하지 못하고 마물에 의해 허망하게 목숨을 잃고 말았다.

그러한 사정이 있으니까 사람들은 성녀를 중요시하고, 무엇보다도 소중히 여긴다.

그러나 다음 대에선 반대로 예외가 발생했다.

새로운 성녀…… 엘리제는 역대 최고의 성녀였다.

고작 다섯 살 나이에 성녀의 소임을 자각했고, 열 살 무렵에는 활동을 시작했다.

마물을 물리치고, 사람들을 구하고, 전례를 찾아볼 수 없을 정도의 기세로 세계에서 어둠을 몰아냈다.

마녀는 어디론가 종적을 감추고, 눈에 띄게 세력을 잃었다.

듣자니 공포의 대상이어야 할 마녀가 오히려 엘리제를 두려워해 도망쳐 다닌다고 한다.

당대에는 마녀의 시대가 10년밖에 계속되지 않았고, 엘리제가 활동하기 시작한 뒤로 7년 동안 놀라우리만치 평화가 이어지고 있다.

서플리는 성녀의 용맹한 모습을 보고픈 마음에 자기 발로 마물이 모이는 곳에 가서 엘리제의 싸움을 지켜봤다.

──완벽했다.

그 자신의 빈약한 상상력을 훨씬 초월하는 현실을 목격했다.

서플리가 멋대로 상상한 '이상'은 산산조각이 나고, 비로소 그는 현실을 인식했다.

추하다고 여겼던 세계는 이토록 아름답고, 빛으로 가득하다.

인간이 악마로 보였다. 하지만 그게 아니다. 악마로만 보였던 자신의 '마음'이 진짜 어둠이었다.

어두운 집념을 담고서 현실을 외면했던 눈에 강한 빛이 깃들고, 마음속에 상쾌한 바람이 불어온다.

그곳에 이상밖에 보지 않던 남자는 이미 없었다.

빛이 비치는 길 위에, 올바르게 세계를 인식한 남자가 혼자 서 있었다.

"사정이 있어서 이 학교에서 여러분과 함께 배우게 됐습니다. 엘리제라고 합니다. 짧은 기간이지만, 여러분께 잘 부탁드려요."

마른하늘에 날벼락.

일상이란 구름을 가르고 예상을 초월한 날벼락이 떨어진 하늘은 맑고 푸르렀다.

설마 성녀가 편입하다니…… 너무나도 기쁜 사실에 서플리는 흥분하고, 환희했다.

이 자신이, 자신이! 그녀와 같은 공간에 있을 수 있다!

그리고 가까이서 본 현실은 역시나 그 이상을 손쉽게 밟고 넘어섰다.

"저기, 당신…… 몸이 조금 불편한 것 같은데……. 네, 이러면 괜찮을 거예요. 네? 보답이요? 그 말만으로도 충분해요. 제가 하고 싶어서 한 일이니까요."

복도에서 스쳐 지나간, 병약한 소녀의 병을 아무렇지도 않게 완치시켰다.

서플리도 그 생도를 안다. 필기는 둘째 치고, 실기 성적은 치명적으로 나쁜 생도다.

　심장에 병이 있다고 하는 듯, 조금만 격하게 움직여도 움직일 수 없게 된다고 한다.

　그런 약점을 안고서도 이 학교에 있는 시점에서 그 소녀가 얼마나 우수한지 의심할 여지가 없지만…… 그렇기에 더더욱 아쉽다.

　어지간한 회복 마법으로는 심장의 병을 치료할 수 없다. 그것을 완치하려면 귀한 약이 필요하다.

　만드라고라, 드래곤의 날개 가죽, 그리폰의 털.

　그렇게 희귀한 재료를 모아야만 만들 수 있는 약은 비싼 값을 넘어서 애초에 만드는 것조차 어려우니까 입수할 수 없다.

　재료를 구할 수 없는 약은 애초에 만들 수가 없다.

　서플리가 생각하기로, 그 소녀는 스스로 강해져서 그것을 모으려고 했을 것이다.

　생을 연장하기 위해 지푸라기라도 잡는 심정으로 강해지려고 하지만…… 안타깝게도 시간에 맞출 수 없다.

　아니, 설령 어엿한 기사가 되더라도 재료를 모으기는 어렵다.

　그랬을 텐데…… 대수롭지 않은 작은 병인 것처럼, 싱겁게 완치됐다.

　감동이 북받쳐 울음을 터뜨린 소녀를, 성녀가 자상하게 보듬어준다.

　키는 녹색 머리 소녀가 더 컸지만, 마치 어린아이를 자상하게 어르는 듯한 광경이다.

　존엄하다──그 말을 남기고, 남자의 정신은 재가 됐다.

…………

그가 정신을 차렸을 때, 그 자리에는 이미 성녀가 없었다.

서플리는 그것이 무척 아쉬웠지만, 그 이상의 감동이 마음을 지배하고 있었다.

아아…… 아아! 세계는 내가 생각했던 것보다 훨씬 아름답고, 빛으로 가득했다.

현실이 이상을 능가했다!

성녀가 어째서 이 학교에 왔는지는 모른다.

하지만 뭔가 중요한 이유가 있을 것이다.

그렇다면 온몸을 바쳐 지원하자. 온 힘을 다해 돕자.

서플리 먼트는 남들 모르게 그렇게 맹세하고, 황홀한 얼굴로 하늘을 우러러본다.

그 모습은 솔직히 말해서 무척 징그러워서, 복도를 걷는 생도들이 거리를 벌렸다.

제9화 가속하는 오해

병약소녀는 옷을 입으면 몸매가 잘 드러나지 않는 타입이었나. 감사감사.

지금도 남은 온기와 가슴의 감촉에 대한 감상에 젖으면서, 나는 복도를 걷고 있었다.

아무튼 첫 번째 문제는 해결했다.

근처를 어슬렁어슬렁 돌아다니고 있었더니 병약 서브 히로인을 발견해서, 묻지마 힐로 치료했다.

이 세계의 의사는 이 정도의 병을 치료하는 데 귀한 재료를 낭비하는 거야?

뭐, 그 덕분에 나는 좋은 걸 경험했지만.

내 멋쟁이 힐로 병을 고친 병약소녀가 울기 시작했을 때, 나는 기회라고 생각했다. 그래서 앗싸 좋구나 하고 끌어안았다.

그 뒤로는 머리를 쓰다듬어 주거나 하면서 달래는 척하고 만끽한 것이다. 이히히히.

"아, 엘리제 님."

오, 이게 누구야. 주인공 베르네르와 히로인 에테르나 아닌가.

오늘도 사이좋게 함께 걷는 게 보기 참 좋네요.

안심해. 나는 커플 폭발해라 같은 생각은 안 하니까.

왜냐하면 베르네르는 플레이어의 분신. 즉, 내 분신.

그러므로 베르네르가 에테르나와 꽁냥대는 건, 내가 에테르나와 꽁냥대는 것이다.

폭론이라고? 하지만 미소녀 게임이란 원래 그런 거잖아?

주인공에게 감정을 이입하고, 주인공을 통해 유사 연애를 즐기는 거 아니야?

그러니까 나는 베르네르를 질투하지 않고, 오히려 온 힘을 다해 돕는다.

해피 엔딩을 맞이해서 오래오래 행복하게 살아라 짜샤. 그리고 나를 존엄사시켜.

그나저나 에테르나 양. 왠지 기운이 없어? 왜 그러니? 걱정거리라도 있어?

무슨 일이 생기면 언제든지 상담을 받아 줄게.

"괘……괜찮아……요."

응~? 왠지 기운이 없는데 정말 괜찮아?

베르네르. 설마 방치한 거야? 이거.

너는 근육 단련만 하지 말고, 좋아하는 여자애의 마음 정도는 돌봐야 한다고.

"자주 단련은…… 계속하고 있지만, 지금은 그것만 하진 않습니다. 게다가 내가 좋아하는 건…… 아, 아닙니다. 그보다 궁금한 게 있는데, 어째서 엘리제 님께서 이 학교에 오셨습니까?"

오, 역시 궁금해? 궁금한 거야?

음, 어쩔까. 가르쳐 줄까?

아무렴 어때. 가르쳐 줄 테지만, 딴 데 가서 말하지 마.

그렇게 먼저 일러두고, 나는 이 학교에 마녀가 있을지도 모른다고 가르쳐 줬다.

뭐, 마녀에 관해서는 얘네도 관계가 있는 수준을 넘어서 완전 당사자니까 말이야.

이른 단계에서 알려줘서 경계하게 하는 게 좋겠지.

"마녀가……! 이 학교에?!"

당연히 놀라겠지.

그렇지만 섣불리 장소를 알려줬다간 무슨 짓을 저지를지 모르니까, 장소는 아직 모른다고 말해두었다.

사실은 이미 알지만.

마녀에게 조금씩 궁지에 몰리는 공포를 가르쳐 주겠어. 그헤헤.

자, 겁에 질린 얼굴을 내게 보여줘라.

평소 기가 세고 거만한 최종 보스형 악녀의 겁먹은 얼굴이나 울먹이는 얼굴은, 그것만 봐도 밥 세 공기는 뚝딱 해치울 수 있다.

"마녀……."

그런데 어찌 된 일인지 에테르나가 겁먹은 표정을 짓고 뒷걸음질 쳤다.

엉? 왜 네가 겁먹어?

아하, 그렇구나. 하긴 학교에 마녀가 있다는 소리를 들으면 무섭겠지.

하지만 걱정하지 마. 너희 평화는 내가 지킬게.

그래. 나는 마녀를 토벌해서 너희를 지키려고 여기 온 거니까(단호).

괜찮아, 걱정하지 마. 마녀 따윈 나한테 걸리면 한 방이니까.

"…………!"

그렇게 말하자 어찌 된 일인지 에테르나가 안색이 파래져서 도망쳤다.

어, 어라? 내가 뭔가 실수했나요?

도움을 청하듯 베르네르와 레일라를 봐도 두 사람 모두 영문을 모르겠다는 듯 고개를 갸우뚱했다.

어……? 영문을 모르겠어.

어째서인지 에테르나가 겁먹고 도망쳤습니다. 무슨 일인지 모르겠습니다.

아니, 응. 진짜 몰라. 대체 무슨 일이래?

나는 본편 엘리제와 다르게 괴롭히지도 않았고, 오히려 파라 선생에게 인질로 잡혔을 때는 구출하기도 했다.

이러면 호감도가 오르면 올랐지, 떨어지는 이유를 모르겠다.

일단 가능성으로 몇 가지 짚이는 건 있다.

예를 들면 내 이글거리는 성욕 MAX 시선을 알아채고 '뭐야 얘, 징그러워!' 라고 생각해서 도망쳤을지도 모른다.

나는 일단 성녀라는 가죽을 뒤집어썼지만, 기껏해야 연기다. 본성이 슬쩍 드러났을 가능성은 있다.

하지만 이건 그것과는 조금 다른 것 같다.

에테르나는 생리적 혐오감보다 자신이 해를 입는 것을 두려워하는 느낌으로 겁먹은 모습을 보였다.

에테르나가 그런 반응을 보일 이벤트는…… 있네.

이 게임의 최종 보스는 주인공이 택한 히로인에 따라 다소 달라진다. 대체로 마녀나 에테르나 중 하나가 최종 보스인데, 에테르나가 최종 보스가 되는 루트에서는 마녀와 싸워 보지도 않고 마녀가 죽는다.

그 이유는 베르네르가 없는 곳에서 에테르나가 수많은 기사와 함께 마녀를 토벌하기 때문인데, 그 루트에 진입하고 나서 에테르나와 이야기하면 저런 반응을 보인다.

하지만 그건 훨씬 나중 일이고, 지금 보일 반응이 아니다.

애초에 마녀는 아직 살아있다.

설마 내가 모르는 데서 이미 에테르나가 마녀를 해치웠나?

아니, 아니지. 그럴 리가. 애초에 무리야.

에테르나가 게임에서도 베르네르 없이 마녀를 물리치는 일이 있기는 하지만, 그건 이야기가 충분히 진행된 후반 일이고, 무엇보다 그때 에테르나는 인간 방패에 보호받으며 싸워서 기사의 태반이 죽는다.

그리고 루트와 선택지에 따라서는 레일라도 그때 같이 죽는다.

게다가 이 이벤트는 에테르나의 레벨이 40을 넘기지 않으면 발생하지 않는다.

즉, 에테르나가 레벨을 충분히 올리고 인간 방패를 데려가야 겨우 이기는 셈이다.

지금의 에테르나가 단독으로 이길 리가 없다. 도전해도 역습당해 죽고 끝난다.

왜 에테르나가 그 루트에서 겁먹은 태도를 보이는가.

그 이유는…… 아, 이걸 말해도 될까? 스포일러 요소인데.

아무렴 어때. 숨길 일도 아니니까 실토하자.

결론을 먼저 말하자면, 성녀=마녀다.

성녀와 마녀는 차이가 없다. 똑같은 존재다.

그래서 성녀와 마녀는 특성이 일치하고, 자기 힘에도 대미지를 받는다.

베르네르의 어둠 파워가 마녀에게 통하는 것도, 그 어둠 파워가 성녀 파워와 같은 것이기 때문이다.

그리고 성녀가 마녀를 해치우면 마녀의 안에 있는 원념 같은 무언가가 넘어와서 마녀를 죽인 성녀를 다음 마녀로 만든다.

이 원념 파워가 무엇인지는 공식 설정에서도 판명되지 않았지만, 초대 마녀의 영혼이라는 설이 유력하다.

정확하게 말하자면 마녀의 원념은 '자신을 죽인 자'에게 넘어가지만, 마녀를 죽일 자는 성녀밖에 없으므로 실질적으로 성녀 온리다.

그러니까 에테르나가 마녀를 토벌하는 루트에서는 에테르나가 마녀가 되고, 최종 보스로 바뀐다.

당대의 마녀도 사실은 에테르나의 전대 성녀의 말로다.

그래서 '마녀를 토벌한 성녀는 죽는다'는 잘못된 정보다.

진실은 '마녀를 토벌한 성녀는 종적을 감추고, 진실을 은폐하려는 일부 왕족에 의해 죽은 것으로 발표된다'.

　마녀가 토벌되고 다음 마녀가 탄생할 때까지 5년 정도 시간이 걸리는 건 성녀가 그만큼 버티기 때문에.

　참고로 자살할 수는 없다. 마녀는 자기 몸에 상처를 낼 수 있지만, 생존 본능 같은 것이 작용해서 아무리 애써서 자기 몸에 상처를 내도 죽지 않는 정도의 상처만 남는다.

　어둠의 힘에는 숙주를 살리려는 무언가가 있는 듯하다. 성녀는 자살할 수 있는데 말이지.

　숙주를 살리려는 것도, 숙주가 죽으면 곤란한 초대 마녀의 의지 때문이라는 고찰이 있다.

　그리고 마녀가 되면 본인도 억제할 수 없는 파괴 충동 같은 것에 휩쓸려, 본인의 의지와는 관계없이 타락한다.

　그리고 성녀의 죽음이나 마녀의 탄생을 세계가 감지하면 균형을 지키기 위해 세계에 가득한 마법의 근원 같은 파워(이름은 마나. 너무 뻔하다)가 '아, 망했다. 성녀가 마녀가 됐네.', '역시 이번에도 틀렸나.', '그러면 다음으로 가자.', '다음 성녀는 더 잘하겠지요.' 같은 느낌으로 성녀를 만든다.

　그래서 성녀는 무조건 마녀보다 늦게 나타나는 셈이다. 참 싫은 시스템이네.

　참고로 성녀가 아닌 사람이 마녀를 죽이면 원념 파워를 버티지 못하고 무조건 죽는다.

　강하고 자시고 상관없이, 애초에 원념을 받아들일 그릇이 안 되는 거겠지.

치트급인 나조차도 조금 받아들였다가 수명이 줄어들었으니까, 당연한 셈이다.

이 경우, 새로운 마녀가 탄생하지 않으므로 마녀와 성녀의 악순환을 막을 수 있다.

이것이 가능한 것이 우리의 주인공 베르네르로, 이걸 저지르면 주인공 사망 배드 엔딩으로 취급한다.

다만 이 배드 엔딩은 '이러니저러니 해도 마녀와 성녀의 악순환을 막을 수 있고, 에테르나도 생존하니까 해피 엔딩 아닐까?' 라는 말도 있다.

뭐, 내가 지금 바로 마녀를 해치우지 않는 것도 이런 이유다.

해치울 순 있지만, 그랬다간 내가 확정으로 저승행이다. 그러니까 지금은 안 한다.

아직 마물을 다 소탕하지 않았고, 방치하면 국가 단위로 멸망하는 이벤트도 있으니까 말이야…….

내가 마녀를 죽여서 저승길 동무로 삼아도 해피 엔딩이 될 것 같기는 하지만, 그 뒤로 베르네르와 에테르나의 평화로운 생활이 마물에 의해 파괴당하면 대체 뭘 위해 환생했는지 모를 것이다.

해피 엔딩으로 끝냈으면서 굳이 속편을 내서 다 망치는 건 별로 좋아하지 않아.

그러니까 내가 퇴장하는 건 불안 요소를 전부 치운 다음이다.

구체적으로는 마물을 전부 소탕한 다음이어야 한다.

뭐……? 마물도 필사적으로 산다고? 죄를 안 지은 마물도 있다고? 난 몰라.

그렇게 따지면 농가 여러분이 겨울마다 식육으로 만드는 가축 돼지가 더 죄가 없는걸.

본론으로 돌아와서, 에테르나가 마녀를 토벌한 루트라면 당연히 에테르나도 그 무시무시한 사실을 깨닫는다.

그리고 겉으로는 평소처럼 행동하면서도 마음속으로는 자신이 마녀가 되는 것을 두려워하다가 베르네르도 피해 다니게 된다.

마지막에는 자신이 마녀가 되기 전에……라는 심정으로 완전히 마녀가 된 척하고 베르네르의 손에 죽기를 희망하는데, 해당 루트에서는 베르네르가 택한 다른 히로인과 베르네르가 꽁냥대는 걸 구경하면서 죽는다.

심지어 '하다못해 베르네르에게 죽고 싶다.' 라는 희망조차 결국 이루지 못하곤 한다.

왜냐하면 대부분의 루트에서는 해당 루트의 히로인이 베르네르를 지키고자 에테르나의 숨통을 끊고 공멸하는 형태로 죽기 때문이다.

그리고 베르네르는 그 히로인의 마지막 말을 들으면서 싸늘해져 가는 히로인의 몸을 끌어안고 통곡한다……. 근처에서 죽은 에테르나를 방치하고.

그렇게 되지 않을 때도 결국에는 마지막 양심으로 베르네르를 저승길 동무로 삼는 것을 참고 불가능했을 터인 자살에 성공한다. 베르네르를 향한 사랑이 가능하게 했다나 뭐라나. 얘는 왜 이렇게 불쌍한 거야.

참고로 에테르나가 자살해서 마지막까지 생존할 수 있는 히로인은 병약소녀나 아이나 폭스 같은 '자기 루트가 아니면 반드시 죽는 히로인'이다.

이 게임에서는 드물게도 마지막까지 히로인이 살아남아서, 얼마 없는 힐링 루트이자 해피 엔딩이라고 할 수 있다.

그래서 말인데. 여기까지 해설해 놓고 뭐하지만 역시 왜 에테르나가 그런 반응을 보였는지 모르겠다.

마녀는 아직 살아있다. 에테르나는 마녀가 되지 않았다.

그런데 왜 저렇게, 자신이 마녀가 된 것처럼 반응한 걸까?

전혀 모르겠다. 진짜 모르겠다. 하나도 모르겠다. 아하, 모르겠네.

이건 보류해 두자…….

베르네르에게는 에테르나를 신경 써 달라고 당부하고, 한동안 상황을 지켜보자.

아이나 폭스도 현재로서는 나를 습격할 낌새가 없다.

그러므로 이쪽도 보류. 어쩌면 이대로 엑스트라 캐릭터로서 끝날지도 모른다.

그리고 다음 이벤트는…… 히로인마다 여러 가지가 있지만, 생사와 관계가 있는 건 없으니까 패스.

애초에 베르네르가 에테르나 말고 다른 히로인과 접점이 없다.

지독한 소리지만, 이 게임의 히로인은 태반이 베르네르와 엮이지 않으면 엑스트라 캐릭터 수준으로 떨어지는 대신 마지막까지 생존하니까, 오히려 지금 이대로가 더 좋을지도 모른다.

하계휴가 전에 있는 중간시험…… 이것도 신경 쓸 필요가 없다.

하계휴가…… 그 시점에서 호감도가 높은 히로인마다 개별 이벤트 있음. 무시해도 된다.

개학 후…… 1년에 두 번 있는 투기대회. 이때 마녀가 자객으로 보낸 마물이 습격하는 중간보스전 있음.

흠…… 아무튼 투기대회까지는 한동안 평화롭네.

아, 아니지. 잠깐만. 신경 써야 할 이벤트가 딱 하나 있었던 것 같은데.

학교에서 포획한 마물이 폭주하는 이벤트가 있었다.

이건 훈련용으로 사육하는 마물(즉, 기사들의 실전 훈련에서 죽이기 위해 기르는 셈이다. 불쌍해라.)이 지하에 있는 마녀의 힘을 받아 활성화되고, 교내에 풀려나는 것이다.

그래도 이 마물은 그냥 잔챙이니까 불쌍한 무명 엑스트라 두 명 정도가 죽는 선에서 금방 진압당한다.

덤으로 이때 베르네르가 애써서 마물을 해치우면 함께한 히로인의 호감도가 대폭 상승하는 보너스 이벤트다.

뭐, 엑스트라이긴 해도 무의미하게 죽는 건 불쌍하다.

이 이벤트가 발생하면 곧바로 구해주자.

엘리제가 편입한 이후, 학교는 매일이 축제 같은 분위기였다.

오늘은 성녀가 옆을 지나갔다거나, 모습을 봤다거나 하며 모두가 들뜬다.

그들은 원래 성녀의 곁에서 싸우길 희망하여 마법학교의 문을 두드린 자들이다.

아니, 더 정확하게 말하면 성녀가 아니라 당대의 성녀 엘리제의 곁에 서는 것을 바란 거니까, 그만큼 기쁨이 크다.

"오늘 엘리제 님께서 저에게 미소를 지어 줬어요."

"어머, 나한테는 인사해 주셨어."

"나는 격려하는 말씀을 들었어. 지금이라면 뭐든 잘할 수 있을 것 같아."

생도들이 이야기하고 있을 때, 그곳을 화제의 본인인 엘리제가 지나갔다.

바로 옆에 근위기사 레일라가 있어서 다가갈 수는 없지만, 그래도 엘리제는 생도들의 시선을 눈치챈 것이리라.

그들을 보고 얼굴에 웃음을 띠었다. 생도들은 얼굴이 빨개지고, 개중에는 졸도하는 자도 나타났다.

하지만 그런 축제 분위기 속에서 혼자 침울한 사람도 있었다. 에테르나.

자신은 마녀일지도 모른다. 아니다. 분명 마녀다.

그렇게 생각하는 바람에 줄곧 공포에 사로잡혔다.

엘리제는 마녀의 기운을 느끼고 이곳에 왔다고 했다.

언젠가 자신이 마녀라는 사실이 들킬까? 들키면 어떻게 될까?

그렇게 생각하고 잠을 못 이루는 나날이 계속됐다.

요새는 가끔 자신을 감시하는 듯한 엘리제의 시선도 느낀다.

기분을 풀려고 약한 마물을 상대로 전투 훈련을 해 보기도 했지만, 별로 달라지지 않았다.

그래도 자신에게 악의가 없다는 사실을 알리면 좋게 넘어가 줄지도 모른다는 희미한 희망도 있었다.

그렇다. 마녀라고 해도 딱히 나쁜 짓을 한 건 아니다.

즉, 나쁜 짓을 안 하면 된다. 그렇다면 용서해 줄 것이다.

파라 선생이 그렇게 된 이유는…… 잘 모르겠지만, 그건 뭔가 착오가 있었던 것이리라.

자신은 파라 선생에게 아무것도 안 했으니까.

그렇게 생각함으로써 에테르나는 조금씩 마음이 안정을 되찾기 시작했지만…… 곧바로 다음 시련이 찾아왔다.

"살려줘!"

"왜 교내에 마물이!"

교실에서 수업을 듣던 중, 밖에서 비명이 들렸다.

대체 무슨 일인지 생각하기도 전에 엘리제가 빠르게 뛰어나가고, 호위인 레일라가 뒤따른다.

뒤늦게 베르네르도 뛰고, 문을 열었다.

문 너머에서는…… 폭주한 마물이 막 생도를 습격하려던 참이었다.

예전에 지하실에서 본 마물과 비교하면 작고 약하지만, 헤아리기 어려울 정도로 많은 마물이 교내를 뛰어다니고 있다.

이대로 가다간 진압할 때까지 몇 명은 희생되리라.

하지만 그 예상을 가볍게 뒤집는 자가, 지금의 마법학교에 존재했다.

"Hope for the best, but prepare for the worst. [최선을 바란다면 최악에 대비하라]"

엘리제가 뭔가를 말하자마자 그 발밑을 중심으로 빛의 마법진이 전개됐다.

그건 한순간에 학교 전체를 뒤덮듯 퍼지고, 전교생과 교원이 빛에 감싸였다.

마물이 생도를 공격하지만…… 접촉한 순간, 오히려 마물이 날아가서 기절한다.

"빛의 방어 마법! 아니, 받은 힘을 상대에게 돌려주는 공격성도 갖췄다! 게다가 고스란히 돌려주는 것이 아니라, 2배…… 아니, 3배로?! 더군다나 반격당한 마물은 마비됐다……. 이건 번개 마법과의 복합! 무시무시한 복합 고등 마법! 그리고 그걸 이 속도로, 학교에 있는 모두에게 동시에!"

교단에 선 마법 담당 교사, 서플리 먼트 선생이 흥분하면서 소리쳐 지금 이게 무엇인지를 해설해 주었다. 이 선생님도 은근히 굉장한 사람 같다.

엘리제의 뛰어난 기량에 놀라면서, 에테르나는 복도에 있던 생도를 봤다.

"아, 아파…… 아파……."

아마도 어깨를 물린 것이리라.

피를 흘려서 창백해진 그 생도에게 엘리제가 다가가 마법을 걸어 치료한다.

"엘리제 님…… 이 소동은 설마……."

"네……. 아마도 그런 거겠죠. 마녀가 발산하는 독기의 영향으로 교내에 있던 마물이 활성화된 게 분명해요."

레일라의 물음에 엘리제가 대답했을 때, 에테르나는 어깨를 움찔 떨었다.

마녀가 발산하는 독기의 영향. 마물 활성화.

에테르나는 이 말에 짚이는 구석이 있었다.

아아, 어쩌면 이런 일이. 나는 최근 교내에서 기르는 마물에 다가간 적이 있다.

(아, 아아…… 나, 때문이야…… 내가 있으니까…….)

'악의가 없으면 괜찮다'…… 정말 어설픈 생각이었다.

악의가 있든 없든 상관없이, 마녀는 마녀인 것이다.

그렇다. 생각해 보면 알 수 있는 일이다. 역사 속에서 나쁘지 않았던 마녀가 한 명도 없었다고는 생각하기 어렵다.

그래도 모두가 마녀였다.

본인의 의지와는 관계없이…… 마녀가 있기만 해도 세계는 어둠으로 기우는 게 아닐까? 에테르나는 그렇게 생각했다.

엘리제가 있기만 해도 빛으로 가득 차는 것처럼. 그녀 자신이 빛이라고 해도 과언이 아닌 것과 마찬가지로.

자신이 있기만 해도, 그곳은 어둠이 된다. 내가 바로 어둠…….

(안 돼……. 다른 사람들을 더 해치기 전에 사라져야 해……. 내가…… 이 세상에서 사라져야 해…….)

힘없이 일어나 술에 취한 듯 비틀거리며 교실을 나선다.

평상시라면 누구나 눈치챌 정도로 이상한 상황이다.

하지만 아이러니하게도…… 엘리제가 보인 기적이 너무 강렬한 나머지. 모두가 그쪽에 시선을 빼앗긴 나머지.

아무도, 에테르나의 행동을 알아챈 사람이 없었다.

때로는 너무 강한 빛이 어둠보다도 사람들의 눈을 더 어둡게 하는 법이다.

제10화 착란

받들어라! 받들어라! 나는 천재다!

너희의 상처를 치료하는 마법은 이거다! 어······? 이게 아닌가?

마음속으로 신나게 회복 마법을 걸면서, 나는 무사히 이벤트를 넘어섰다는 성취감에 빠져 있었다.

마물 폭주 이벤트도 무사히 진압하고, 부상자는 생겼어도 사망자는 0명으로 이번 이벤트는 막을 내렸다.

죽지만 않으면 내 마법으로 치료할 수 있으니까. 아, 내 재능이 무서워.

이렇게 내가 엘리제가 되어서 아는 거지만, 엘리제는 진짜 버그 캐릭터라고 실감한다.

뭐, 게임 외적으로 발언하자면 중후반에 걸쳐 싸우는 적이니까 강할 수밖에 없을 테고, 더군다나 캐릭터의 성격상 노력할 리가 없으니까 '모처럼 하늘이 내린 재능을 썩힌 바보' 라는 방향성으로 설정할 수밖에 없었겠지.

뭐, 덕분에 나는 지금 이렇게 무쌍 플레이를 즐길 수 있는 거니까 불만은 없다.

"After rain comes fair weather. [비가 온 다음에는 날씨가 갠다]"

필살! 외국어 격언을 적당히 말하면 기술 이름 같아지는 그거! 제3탄!

내가 마법을 발동하자마자 하늘에서 빛의 입자가 빗발처럼 쏟아져 생도들의 상처를 치료한다.

한 사람 한 사람씩 회복하는 건 지루해서 해먹을 수 없으니까 말이지. 자, 전체 회복 딱.

건물 내부인데도 효과가 있냐고 생각할지도 모르지만 걱정하지 마시라. 이건 비가 아니라 비처럼 쏟아지는 회복 마법이다. 건물은 여유롭게 통과한다.

이것의 문제점은 범위에 있는 모든 것을 치료한다는 것이다. 부상자는 멀쩡해지고, 원래 멀쩡한 사람은 그날 하루 조금 기력이 생긴다.

다치지 않은 사람은 오늘 하루 잠시 지칠 줄 모르는 몸이 될 테지만, 포기해.

자, 다 끝났다. 변태안경남. 부상자는 더 없을 테지만, 일단 확인해 보라고.

나는 귀찮으니까 안 해. 이제부턴 너희 교사가 일해. 알았지?

"네! 맡겨 주십시오, 성녀님! 그나저나…… 아아, 참으로 훌륭하도다……. 그야말로 기적 같은 위업……."

기적이라. 안됐지만 이건 기적이 아니고 무식하게 마력을 쓴 거란 말이지.

뭐, 일부러 환상을 깰 필요는 없으니까. 지금은 아무 말도 하지 않는다.

자, 슬슬 교실로 돌아가서 일과인 에테르나 관찰이라도 할까.

다만 요새는 에테르나도 뭔가 이상한 느낌이 드는지 내 시선에 민감하단 말이지.

역시 엉덩이를 너무 본 걸까……

뭐, 그건 불쾌하겠지. 이해해, 이해해.

이렇게 말하는 나도 의외로 빈번하게 그런 시선을 느끼니까. 특히 저 변태안경남의.

나중에 너무 봐서 미안하다고 사과하자.

그래서…… 에테르나는 어디 있지? 어째서인지 교실에서 안 보이는데?

혹시 내 시선이 너무 징그러워서 도망쳤나?

야, 베르네르! 네 미래의 와이프가 어디 있는지 몰라?

"에테르나……? 그러고 보니, 정말 없군요……."

야, 짜샤! 네르베르!

실수했다. 베르네르!

넌 왜 안 보는데?! 현재 유일하게 너랑 교류하는 히로인님인데!

메인 루트의 파트너를 방치하고 대체 뭘 본 거야?!

'그러고 보니'? 너 진짜…… '그러고 보니'는 무슨…….

다른 공략 히로인도 없으면서 대체 뭘 한 거야!

"아, 엘리제 님. 제가 에테르나 양이 교실을 나가는 걸 봤어요."

있었네, 목격자. 잘했어!

이 귀여운 아이는 기억하고 있다.

연한 금발 세미롱 헤어인 이 아이의 이름은 피오라다.

옛날에 내가 얼굴과 다리의 상처를 치료하고, 지난번 유괴극 때도 있었던 아이야.

"저도 봤습니다. 뭔가 어두운 얼굴을 하고서 저쪽으로……."

앙? 넌 또 누구야. 멍청하긴, 남자를 기억할까 봐?

그렇게 말해도 되지만, 아무튼 적당히 웃어서 감사했다. 고마워, 엑스트라 A.

"존! 그게 진짜야?!"

"그래……. 뭔가 착잡한 표정이던데."

엑스트라 A의 이름은 존이라고 하는 듯하다.

왠지 베르네르와 그럭저럭 친해 보인다.

자세히 보니 이 녀석은 그때 인질들 중에 있었……던 것 같네. 아마도.

즉, 같이 인질로 잡힌 인연으로 친해진 건가.

"가 봐요. 걱정돼요."

피오라가 그렇게 말하고, 베르네르, 피오라, 엑스트라 A가 자리에서 일어섰다.

이 흐름이면 나도 따라가는 게 좋으려나.

역시 이집트인가…… 언제 출발하지? 나도 동행하마.

"엘리제 님께서 가신다면 저도 가겠습니다."

오, 레일라. 믿음직한걸.

평범하게 유능하니까 와 주면 고맙다.

"성녀님께서 가신다면 저도 가만히 있을 순 없군요……. 생도제군. 한동안 자습하게."

이어서 변태안경남도 동행할 의사를 내비쳤다. 필요 없어.

그나저나…… 끔찍한 파티다.

주역 베르네르와 공략 캐릭터인 레일라는 좋지만, 나머지가 지독하다.

게임에 등장하지 않는 피오라와 엑스트라 A, 소악당 중간보스 변태안경남.

그리고 마지막은 누구나 잘 아는 어그로 집중&심판 확정 캐릭터 엘리제=나.

개그로 짠 수준의 포진이다.

그런 개그 6인조로 에테르나를 찾아보지만, 역시나 행동이 늦었는지 에테르나는 어디에도 보이지 않았다.

"이쪽입니다. 희미하지만 마력 반응이 이어지고 있군요."

그렇게 자신만만하게 말하는 변태안경남.

오오, 변태 주제에 제법이잖아! 역시 스토커는 차원이 달라!

어떤 녀석이든지 특기 하나는 있는 법이네.

기본적으로 무식한 마력을 뻥 날리는 나는 마력 추적을 해본 적이 없다.

음…… 이 녀석, 사실은 유능한가?

변태안경남을 앞에 세우고 우리가 도착한 곳은 학교 밖에 있는 절벽이었다.

아래에는 거친 바다가 있는데, 얌전히 말해서 이런 데다가 학교를 세운 녀석은 제정신이 아니야.

아니, 정확하게 말하자면 절벽 위에 세운 게 아니라 학교 자체가 고지대에 있고, 거기서 조금 떨어진 곳에 절벽이 있는 것이다.

그리고 당장에라도 떨어질 것 같은 절벽 끄트머리에…… 낙하 방지용 울타리 너머에 에테르나가 서 있었다.

쟤는 대체 뭐 하는 거래.

딱 봐도 위험한 위치에 선 에테르나에게, 베르네르가 다급하게 소리친다.

"에테르나! 그런 데서 뭘 하는 거야!"

내 말이 그거야.

"오지 마!"

에테르나는 소리를 지르고, 절벽 끄트머리에 한쪽 발을 디뎠다.

위험한걸. 조금이라도 다가가면 뛰어내릴 듯하다.

뭐, 에테르나는 뛰어내려도 죽지 않지만 말이야.

그러므로 이럴 때는 침착하게 어째서 에테르나가 이렇게 뚱딴지 같은 짓을 하는지 물어보자.

"나는, 사라져야 해!"

"무슨 소리야?!"

에테르나와 베르네르의 부부 싸움 멘트를 들으면서 생각한다.

이런 일이 생길 플래그가 있었나?

일단 나는 모든 루트를 제패하고 공략 페이지도 봤지만, 이런 이벤트는 처음 본다.

다만 이 게임은…… 아무튼 작은 이벤트가 여기저기 숨겨져 있어서, 발매하고 4년이 지난 지금도 가끔 새로운 이벤트가 발굴될 때가 있단 말이지.

공략본도 있기는 하지만, 영 미묘하고.

어쩌다가 이렇게 됐지? 역시 베르네르가 근육 단련만 하고 방치해서 이렇게 된 거 아닐까?

"전부…… 전부, 내 탓이야! 파라 선생님이 이상해진 것도…… 이번 소동도……! 내가 있어서……!"

음음? 뭔가 이상한 소리를 하기 시작했는데.

파라 선생의 폭주와 이번 소동이 에테르나 탓?

미안. 무슨 뜻인지 모르겠어. 왜 그렇게 생각하게 됐는지 도통 이해할 수 없어.

파라 선생의 일은 마녀에게 조종당한 탓이라고 내가 딱 잘라 말했을 텐데.

마물 폭주도 마녀 탓이다. 에테르나는 아무 관계도 없다.

아무튼 일단 진정시키자. 보다시피 에테르나는 착란 중이다.

"진정하세요. 당신은 지금 착란 중이에요. 우선 이쪽으로 오고 나서……."

"오지 마세요!"

어떻게든 달래려고 하지만, 어째서인지 오히려 흥분시켰다.

이 반응은…… 혹시 내가 원인인가?

역시 내 시선이 너무 불쾌했나?! 엉덩이를 빤히 보는 건 역시 아니었나?

"숨기지 마세요, 엘리제 님……. 전, 이미 다 알아요……."

뜨끔! 크, 큰일이다……. 내가 가짜 성녀라는 사실이 들켰어?!

내용물이 우뚝 선 쓰레기 산인 게 들켰어?!

아니 뭐, 당연히 들키겠지. 왜냐하면 에테르나가 진짜 성녀니까. 다쳐야 할 때 다치지 않는다거나 하면 그걸로 '진짜는 나잖아! 저건 가짜잖아!' 라고 눈치챌 거야.

아니면 역시 엉덩이를 너무 봐서?

아, 아니거든!

그건 조금…… 충동을 못 이긴 거라고 할까…….

다, 단순히, 엉덩이 참 예쁘네~ 라고 생각한 건데…….

어, 어어, 어버버버버버…….

아니, 잠깐만.

그런데 왜 자살하려고 해?

뛰어내려도 죽지 않으니까 내가 진짜 성녀고 저건 가짜야! 라고 말할 작정인가?

훗…… 멍청하긴. 그만둬, 에테르나. 그 기술은 나한테 잘 먹혀.

"무슨 소리를 하는지 모르겠군요. 아무튼 일단 진정하고……."

"그래요. 그렇겠죠……. 당신은 내 마음을 절대로 이해할 수 없어요……."

끄응……. 그 말대로 이해하지 못할지도 모른다.

본인이 봤을 때는 자기가 성녀인데도 이런 가짜가 성녀 행세를 하는 거니까…….

말하자면 에테르나는 신분을 가로채인 피해자, 나는 가해자다.

하지만 그건 내 탓이 아니다. 우리가 갓난아기일 때 착각한 예언자가 바보인 거고, 전부 그 녀석 탓이다.

그러니까 내 잘못이 아니야. 난 잘못한 거 없다고!

그렇게 생각했지만…… 다음 순간, 터무니없는 폭탄 발언이 에테르나의 입에서 튀어나왔다.

"——성녀인 당신은, 마녀인 내 마음을 이해할 수 없어!"

오호라. 그랬어? 네가 마녀…….

참 놀라운걸. 그러나 나도 좋아서 가짜 성녀인 건…….

…….

응? 마녀? 성녀가 아니라? 지금 얘가, 자기가 마녀라고 했어?

……………….

미안. 그게 무슨 소리야?

설마 했던 에테르나의 '나는 마녀' 발언에, 나도 그저 정신이 멍해질 수밖에 없다.

뭘 어떻게 하면 그렇게, 가속 터널을 빠져나온 직후 뒤에 있는 차에 스핀어택을 당해서 코스 밖으로 날아가는 식의 아크로배틱 결론으로 코스에서 이탈하는지 모르겠다.

이해불능! 이해불능! 이해불능! 이해불능!

우선 가장 중요한 전제로, 성녀와 마녀는 동갑내기일 수 없다.

성녀의 탄생은 '전대 성녀의 죽음'이나 '전대 성녀의 마녀화'를 세계가 감지함으로써 이루어지는 거니까, 전대 성녀가 0살 아기일 때 그 시대의 마녀를 콱 죽여서 그대로 타락하지 않는 이상 동갑내기가 될 수 없다.

설령 그런 속사정을 모르더라도 '성녀는 마녀가 출현한 다음에 탄생한다' 정도는 학교에서 주는 교과서에도 실렸으니까 조금만 보면 알 수 있을 터.

(참고로 교과서는 생도 모두에게 지급되지만, 현대처럼 하나하나 새것을 주는 게 아니라 빌려주는 형식이고 학년이 올라가면 다음 신입생에서 물려줘서 돌려쓴다. 그래서 꽤 지저분하다.)

더불어서 당대의 마녀는 내가 이 세계에서 자의식에 눈을 뜨기 전인 어릴 적…… 즉, 에테르나가 어릴 적에 여기저기서 마물을 생산했고, 나쁜 짓도 벌였다.

아무리 에테르나가 자란 마을이 작다고 해도, 마녀가 얼마나 무서운 존재인지 정도는 사람들을 통해 들었으리라.

자신이 어릴 적부터 공포를 뿌린 마녀가 따로 있다는 기본 지식이 있을 테니까, 이 착각은 있을 수 없다.

그러나 설령 착각이라도 그 발언은 위험하다.

거짓이든 참이든 관계없이 마녀가 세계 공통의 적인 이 세계에서 마녀 자백은, 그 자리에서 참살당해도 불평할 수 없을 실언이다.

"마녀라고……?! 엘리제 님, 물러나 주십시오."

"에테르나 군. 그 발언은…… 있을 수 없는 일이지만, 농담으로 넘어갈 순 없다네."

거봐! 레일라랑 변태안경남이 전투 모드가 됐잖아!

나는 잽싸게 두 사람 앞에 손을 내밀어 제지하고 에테르나를 봤다.

나를 바라보는 그 눈에는 공포밖에 없다.

거참, 왜 일이 이렇게 된 거야…….

"잠깐만요, 에테르나 양! 당신이 마녀라니…… 그럴 리가 없잖아요?!"

"그래! 애초에 너도 우리랑 같이 파라 선생님에게 붙잡혔잖아! 더군다나 죽기 일보 직전이었어!"

피오라와 엑스트라 A가 필사적으로 에테르나를 설득한다.

그들이 하는 말은 옳다.

냉정하게 생각해 보면 에테르나가 마녀일 리 없다는 건 누구나 알 수 있다.

하지만 그런 두 사람 앞에서 에테르나는 나이프를 꺼내 칼날을 손으로 꽉 쥐었다.

피는…… 나오지 않는다.

그 광경을 보고 모두가 경직했다.

"나는, 옛날부터 상처가 난 적이 없어."

에테르나가 담담하게 말한다.

아, 이건 진짜 위험한걸.

에테르나의 '나는 마녀' 발언에 신빙성이 커지고 말았다.

실제로는 마녀가 아니라 성녀지만, 적어도 여기 있는 사람들 사이에서는 '설마' 하는 의혹이 싹트겠지.

예전에 나는 성녀는 자기 힘으로 상처를 낼 수 있다고 했지만…… 그것도 피해가 생기는 방법과 아닌 방법이 있다.

성녀가 스스로 상처를 낼 수 있는 건, 성녀의 힘이 성녀 자신에게도 통하기 때문이다.

반대로 성녀의 힘이 안 실리면 상처가 안 생긴다.

예를 들어 지금 저 나이프의 경우, 오른손에 쥔 나이프로 왼손을 그으면 상처가 난다.

나이프를 쥔 손을 통해서 희미하게나마 성녀의 힘이 칼날로 전해지기 때문이다.

하지만 지금처럼 손으로 나이프의 칼날을 그대로 쥐면…… 절대로 상처가 나지 않는다.

그 밖에도 절벽에서 뛰어내리거나, 목을 매도 무효가 된다.

"선생님…… 이건, 마녀나 성녀만이 가능한 거죠?"

"그래……. 확실하다."

"그리고 성녀는 이미 있어요. 엘리제 님이 마녀가 아니라는 것쯤은 누구나 알 거예요. 그렇다면 …… 내가 마녀라는 답만이 남아요……."

앗, 이해 가능. 그랬구나. 그렇게 생각한 거구나.

요컨대 에테르나는 '나한테 성녀의 힘이 있으니까 엘리제는 가짜야!'라고 생각하지 않고, '성녀가 이미 있으니까 내가 마녀일지도 몰라.'라고 생각한 것이다.

이해하고 나면 간단하지만, 역시 이 아이는 이기적인 나와는 사고방식이 완전히 딴판이라는 것을 새삼스레 느꼈다.

내가 에테르나라면 가장 먼저 『엘리제』를 의심했다. 그건 나란 인간이 근본적으로 처음 보는 상대를 믿기 전에 먼저 의심하고 보기 때문이다.

하지만 에테르나는 나와 다른 타입으로, 의심하기 전에 먼저 믿었다. 그래서 그런 결론에 이른 것이다.

나랑 다르게 근본이 착한 아이라서 이렇게 착각한 거구나.

그러나 감탄할 때가 아니다. 이대로 가다간 에테르나가 마녀로 확정된다.

뛰어내려도 죽지는 않지만, 이 오해를 풀지 않으면 '마녀 에테르나를 죽여라'가 순식간에 전 세계에 퍼진다.

그걸 막는 건 간단하다.

내가 진실을 고백하면 끝날 일이다.

그러나 이걸 했다간 내가 성녀를 사칭한 죄로 사형대 직행이고, 무엇보다 나라는 가짜가 없어짐으로써 진짜 마녀가 신나게 에테르나를 죽이려고 들 것이다.

즉, 지금, 내가 가짜라는 사실이 들키는 건 위험하다.

하지만 이대로 가다간 에테르나가 마녀로 찍힌다……. 진짜 성녀가.

말할까……? 제길, 이젠 말할까?

커밍아웃하면 예정을 전부 변경할 수밖에 없어진다.

지금 사형대로 가는 건 싫으니까 도주 생활이 기다릴 테고, 난이도는 단숨에 베리 하드가 된다.

하지만 이대로 에테르나가 마녀로 찍히는 것보다는…….

하는 수 없지……. 자백할까.

"에테르나 양. 당신은 착각하고 있어요. 당신은——."

"오지 말라고 했잖아!"

내가 가짜라는 사실을 고백하려고 한 순간.

흥분한 에테르나가 소리치고, 뒷걸음질 치는 바람에 허공으로 몸을 내던지게 됐다.

이보셔?!

"아."

에테르나가 어리둥절한 기색으로, 얼빠진 소리를 낸다.

아뿔싸! 너무 급작스러워서 반응이 늦었어!

나는 잽싸게 비행 마법으로 날아가 추락하는 에테르나에게 갔다.

하지만 예상 밖의 일이 계속된다. 놀랍게도 내 바로 뒤에서, 어째서인지 베르네르도 뛰어내렸다.

야!

히로인을 구하려고 무의식중에 움직인 거겠지.

그건 알아. 잘 알아!

하지만 넌, 하늘을 못 나는 넌 떨어져도 아무것도 못 하잖아!

나는 황급히 나를 지나쳐서 떨어지는 베르네르의 팔을 잡았다.

그러나 너무 급작스러운 일이라서 자세를 잘 제어하지 못했고, 강화 마법도 불충분한 상태여서 끌려가듯이 떨어진다.

그 이전에 무겁잖아, 짜샤! 넌 체중이 얼마나 불어난 거야!?

근육 단련만 하니까 이렇게 무거워지는 거라고!

앞에는 절벽에서 튀어나온 바위. 이대로 부딪혔다간 제아무리 어둠 파워가 보호하는 베르네르라도 큰 부상을 면하기 어렵다.

베르네르는 마녀가 아니라 어디까지나 마녀의 힘을 지닌 사람이라서 평범하게 다칠 때도 있다.

끄악~!! 부딪힌다~!! 여기서 액셀 전개, 인도인을 오른쪽으로!

그리하여 어떻게든 바위를 피했지만, 급커브 때문에 균형을 잃고, 우리는 바다에 다이빙했다.

으엑. 짜.

◇

몸이 무의식중에 움직이고 말았다.

에테르나가 스스로 마녀라고 선언한 이후의 전개는, 베르네르는 도저히 따라갈 수 없었다.

아무리 생각해도 너무 비약한 것처럼 보였고, 지금까지 있었던 일을 되짚어 봐도 그럴 리가 없다는 답만 나온다.

그래서 베르네르에게 이번 사건은 에테르나가 이상하게 생각해서 이상한 결론을 내렸다는 정도의 일에 지나지 않았다.

다만 에테르나가 몹시 위험한 말을 했다는 것은 확실했으니까 일단은 진정시켜서 잘 이야기해 봐야 한다고 생각했다.

하지만 사태는 그렇게 느긋한 전개를 기다리지 않은 채 에테르나가 절벽에서 추락하고…… 그 뒤를 따르듯 엘리제도 절벽에서 뛰어내렸다.

그 뒤로는…… 잘 기억나지 않는다.

다만 어느새 자신도 절벽에서 뛰어내렸다.

아마도 생각하기 전에 몸이 먼저 움직인 거겠지.

냉정하게 생각해 보면 이런 행동에 아무 의미가 없다는 걸 안다.

엘리제는 날 수 있다.

나아가 성녀라면 절벽에서 떨어져도 생채기 하나 나지 않는다.

그렇다면 이 행동은 단순한 투신자살에 불과하며, 엘리제의 방해만 될 뿐이다.

아아…… 난, 바보구나…….

그렇게 생각하며 베르네르는 바다에 가라앉고, 의식이 어두워졌다.

다음으로 눈을 떴을 때, 베르네르는 어딘가의 동굴 안에서 누워있었다.

시선을 옆으로 돌리자 의식을 잃고 잠든 에테르나의 얼굴이 보인다.

그리고 다음으로 동굴을 밝힌 불빛을 깨달았다.

불빛은 적당한 온도를 유지하면서 공중에 떠 있고, 모닥불의 역할을 대신하고 있었다.

"아, 정신이 들었나요!"

그리고 불빛에 비친 엘리제의 미소가 베르네르의 정신을 순식간에 깨웠다.

스스로 생각해도 놀라울 정도로 빠르게 일어선 베르네르는 그제야 자신이 엘리제를 방해한 것도 모자라 구해졌다는 사실을 이해했다.

진짜 한심하다……. 지키고 싶은 상대를 지키기는커녕 도움을 받다니. 더군다나 이걸로 세 번째다.

엘리제에게 받은 은혜만 늘어나고 있다.

"놀랐어요. 갑자기 당신이 뛰어내려서."

"죄, 죄송합니다……. 어느새 몸이 멋대로……."

"소중한 친구를 위해 뛰어내린 기개는 인정하겠어요. 하지만 그건 용기가 아니라 무모함이에요."

"네……."

"하지만…… 친구를 위해 무의식중에 뛰어내린 마음은 고귀해요. 앞으로도 그 마음을 잊지 말고, 한편으로는 자기 몸을 더 소중히 여겨 주세요."

엘리제의 말에 가장 먼저 떠오른 것은 '아니다'라는 부정의 말이었다.

베르네르는 친구를 위해…… 에테르나를 위해 뛰어내린 게 아니었다.

물론 에테르나는 더없이 소중한 친구이고, 같은 마을에서 자란 가족과도 같은 존재다.

이 몸에 깃든 힘 때문에 한때는 고독했던 자신을 따스하게 받아들여 준 마을에서, 그중에서도 가장 자신과 가까이 있어 주었다.

소중하고, 지키고 싶다. 그 마음은 거짓이 아니다.

하지만 에테르나가 뛰어내렸을 때…… 베르네르는 곧바로 움직이지 못했다.

물론 그건 매정해서 버린 것이 아니라, '상처를 입지 않는다면 괜찮겠지.'라고 하는 냉정한 판단에서 비롯한 것이다.

자신이 뛰어내려도 추락하는 사람이 무의미하게 한 사람 더 늘어날 뿐, 그럴 바에는 모두가 아래로 내려가 에테르나를 찾아야 한다는 올바른 상황 판단에 따른 것이었다.

하지만 엘리제가 뛰어내렸을 때는 그렇게 생각하지 않았다.

무의식중에 몸이 움직였고, 어느새 뛰어내렸다.

에테르나보다도 훨씬 그럴 필요가 없을 텐데도.

(아아…… 그렇구나. 나는 정말로, 이 사람을…….)

말을 집어삼키고, 불끈 쥔 주먹으로 가슴을 살짝 때렸다.

지금 해야 할 말은 그게 아니다.

이렇게 미숙한 자가 연모한다고 말해도 상대를 곤혹스럽게 할 뿐이다.

그러니까 마음을 꾹 참고, 지금 필요한 다른 말을 입에 담았다.

"엘리제 님. 생각해 봤는데…… 에테르나는, 저와 똑같은 게 아닐까요!"

"당신과 똑같다……. 그렇군요! 그 가능성이 있어요!"

"네. 저도…… 상처를 안 입지는 않지만, 옛날부터 상처가 잘 생기지 않았습니다. 가족에게 버림받고, 마을에서 추방당했을 때, 평범한 사람이라면 진즉에 죽었을 상황에서도 살아남았습니다. 아니…… 이 힘이 살렸겠죠. 굶주려도, 목이 말라도, 제가 죽는 일은 없었습니다."

마녀와 성녀의 힘이 아니면 상처가 나지 않는다. 그건 마녀와 성녀만이 가능하다고 여겨진다.

하지만 예외는 여기 있었다.

다른 누구도 아닌 베르네르 자신이 그 예외다.

베르네르는 성녀도, 마녀도 아니다. 당연한 소리다. 애초에 남자니까.

하지만 마녀에 가까운 힘이 있고, 마녀에 가까운 특성을 지녔다.

에테르나는 이것과 똑같은 게 아닐까? 베르네르는 그렇게 추측한 것이다.

그리고 그 말을 들은 엘리제도 해답을 찾은 것처럼 감탄한다.

"그래요……. 그렇다면 설명할 수 있어요. 에테르나 양이 마녀가 아닌데 마녀에 가까운 힘을 지닌 이유도 될 수 있겠군요."

"엘리제 님…… 역시 에테르나는 힘을 제어할 수 없는 걸까요? 옛날의 저처럼……."

베르네르는 불안해서 엘리제에게 물어봤다.

자신은 엘리제를 만나기 전에 힘이 폭주해 제어하지 못한 채로 방랑한 과거가 있다.

그러니까 에테르나도 똑같은 게 아닐지 걱정한 것이다.

그러나 엘리제는 에테르나를 슬쩍 본 다음에 조용히 고개를 가로저었다.

"아뇨. 폭주한 조짐은 없어요. 에테르나 양은 정말로 아무도 해치지 않았어요……. 다만, 불행한 우연이 겹치는 바람에 자기 탓이라고 착각한 것 같아요."

"그, 그렇습니까……. 다행입니다."

베르네르는 안심하고, 엘리제도 미소를 지었다.

그 미소 앞에서 베르네르는 잽싸게 눈을 피했다.

얼굴이 뜨거운 걸 알 수 있다. 지금은 새빨갈 것이다.

불빛 탓으로 얼버무릴 수 있을 테지만.

"자…… 슬슬 돌아가요. 다들 걱정할 테니까요. 에테르나 양도, 정신이 들면 지금 이야기를 알려주죠."

"네."

엘리제가 위로 돌아갈 것을 제안하고, 베르네르도 그 말에 동의했다.

하지만 그때, 이상한 것을 봤다.

엘리제의 제복에서 팔 부분이 조금 찢어지고…… 그곳에서 한 줄기 상처가 보였다.

"엘리제 님? 팔이……."

"팔? 팔이 어땠다는 거죠?"

"저기…… 상처가……."

엘리제는 의아한 기색으로 자기 팔을 만진다.

그리고 손을 치웠을 때, 평소와 똑같이 상처 하나 없는 뽀얀 피부가 드러났다.

그 대신에 엘리제의 손은 한 가닥의 빨간 실을 쥐고 있었다.

"아, 실이 붙었나 보네요. 아마도 떨어질 때 뜯어진 거겠죠."

"시……실……."

놀랍게도 빨간 실이 엘리제의 팔에 달라붙었던 것 같다.

부끄러운 착각을 했다.

애초에 엘리제의 몸에 상처가 날 리가 없다. 냉정하게 생각해 보면 알 일이다.

하지만 이때, 베르네르가 진짜로 냉정했다면 눈치챘을 일이다.

베르네르의 제복은 학교에서 지정한 검정과 파랑을 조합한 옷.

에테르나의 제복도 마찬가지로 학교에서 지정한 흰색과 녹색을 조합한 옷.

엘리제도 똑같다.

이곳에 있는 누구도 빨간 천을 쓰지 않는다.

그렇다면 대체 누구 옷이 터져서 팔에 달라붙은 걸까?

베르네르는 아직 그 위화감을 몰랐다.

그렇다……. 지금은 아직…….

제11화 레일라는 걱정이 태산

아차, 상처를 보였네.

솔직히 방심했다고 볼 수밖에 없다.

아마도 베르네르를 붙잡고 떨어질 때 어딘가에 긁힌 거겠지만, 팔에 긁힌 상처가 난 것을 베르네르가 목격하고 말았다.

가끔 그런 일이 있잖아? 통증은 없는데 어딘가 베이는 일이.

이번에는 딱 그런 패턴으로, 베르네르가 말하기 전까지 내 팔에 상처가 난 것 자체를 몰랐어.

그러나 불행 중 다행은 목격자가 베르네르 혼자라는 사실.

혼자라면 그나마 얼버무릴 수 있다.

변명의 달인인 나는 곧바로 팔에 난 상처를 치료하고, 동시에 빨간 실(같은 것)을 즉석에서 마법으로 창조해 '상처는 없어. 실이야.'라고 베르네르를 잘 속이는 데 성공했다.

참고로 사용한 건 빛 마법. 색이란 간단히 말해 빛의 반사라고 들은 적이 있다.

그래서 빛 마법에 정통하면 색을 얼마든지 자유자재로 만들 수 있겠다고 생각했다.

나는 그때 적색광을 실처럼 보이게 조정해서 정말로 실이 있는 것처럼 연출한 셈이다.

뭐, 성녀 연기에 필수인 잔재주인 거야.

사람은 자기 눈으로 본 것에 마음이 움직이기 쉽다.

그래서 빛 마법으로 온갖 색을 자유롭게 다룰 수 있게 되면 얼마든지 신성한 '기적'을 연출할 수 있다.

무지개든 오로라든 자유자재. 조금 신성함을 연출하고 싶을 때 호잇호잇. 마치 하늘이 내 편인 것처럼 내 손으로 직접 라이트업 효과를 줄 수도 있다.

나 자신도 싸구려 기적이라고 생각하지만, 기적이란 진실을 파헤치면 대체로 시시한 법이다.

자, 그건 그렇고. 폭주한 에테르나는 현재 완전히 얌전한 상태로 정좌 중이다.

얼굴은 새빨갛고, 몸을 바르르 떨고 있다.

"마녀인 내 마음을 이해할 수 없어."

"푸흡!"

피오라가 뜬금없이 에테르나의 대사를 흉내 내자 엑스트라 A가 뿜었다.

에테르나는 얼굴이 더 빨개지고, 우는지 웃는지 모르는 표정을 짓고 몸을 떨고 있다.

구멍이 있으면 들어가고 싶은 심정일까.

하지만 자업자득이니까 참고, 부끄러워하는 그 표정을 나한테 더 보여줘.

캬, 이 얼굴만 봐도 밥 네 공기는 뚝딱 해치울 수 있어.

결국, 모든 것은 에테르나의 착각이었다.

모두가 있는 곳으로 돌아온 나와 베르네르는 그렇게 설명하고, 베르네르는 모두가 보는 앞에서 에테르나와 똑같이 나이프를 쥐어 '예외'가 있음을 증명했다.

물론 이런다고 베르네르에게 마녀 의혹이 생기는 건 아니다. 이 녀석은 남자니까.

에테르나도 베르네르와 똑같은 예외이고, 우연히 그런 힘을 지녔을 것이라고 함으로써 에테르나는 겨우 차분해졌는데…… 이번에는 갑자기 자기 발언과 착각과 추태가 창피했는지 지금처럼 된 셈이다.

"그나저나 흥미롭군요……. 마녀나 성녀가 아닌데도, 비슷한 힘이라. 이건 대체……."

변태안경남이 흥미로운 기색으로 베르네르를 본다.

이 녀석이 흥미를 드러내는 마음은 이해할 수 있다.

왜냐하면 '마녀는 성녀가 아니면 해치울 수 없다'는 가장 큰 전제를 뒤집을지도 모르는 가능성이 베르네르에게 있으니까.

하지만 베르네르의 힘은 그 기대에 부응할 수 없다.

이 녀석의 힘은 마녀의 영혼……의 일부이기 때문이다.

당대 마녀가 아직 자아를 유지하고 있을 무렵, 작은 힘과 함께 분리한 양심과 영혼. 그것이 아직 태어나기 전인 영혼에 달라붙어 마녀의 힘을 지닌 남자가 태어났다. 그것이 베르네르다.

초대 마녀의 원념 같은 것이 역대 성녀에게 넘어가는 것과 똑같다. 지금의 마녀는 그 힘으로 잽싸게 자신을 분리했다.

그리고 자신의 그릇이 될 베르네르를 발견하고 빙의한 것이다.

이 사실은 마녀가 히로인이 되는 마녀 루트에서만 밝혀지며, 다른 루트에서는 회수되지 않는 복선으로 방치된다.

그러나 그걸 지금 털어놓으면 베르네르에게 위험이 미칠 수 있으니까. 아무튼 지금은 '마녀와 비슷하면서 잘 모르는 힘'으로 해두는 게 좋겠지.

그나저나 어떻게든 무사히 소동을 정리했네…….

에테르나가 자기가 마녀라고 말했을 때는 진짜 초조했지만, 베르네르 덕분에 탈 없이 끝났다.

이 녀석이 '에테르나의 힘은 나랑 같은 거 아님?' 하고 말해 주지 않았다면 나는 얼버무릴 방법을 떠올리지 못했을지도 모른다.

"엘리제 님…… 저기, 이번엔 정말로…… 제가 착각한 바람에 고생을……."

에테르나가 머리를 바닥에 댈 기세로 사과해서, 괜찮다고 말해 주었다.

폭주한 이유도 알고 보면 내가 원인이니까.

하지만 앞으로는 자기 몸을 더 아끼라고.

그런고로 사건 해결!

앞으로 한동안 평화가 이어지겠지. 이겼네. 먹고 오련다.

실수했다. 씻고 나서 밥 먹고 오련다.

◇

에테르나의 착각 소동에서 며칠이 지나고, 학교에서는 평화로운 일상이 이어졌다.

그 와중에서도 항시 신경을 곤두세우고 있는 사람이 엘리제의 호위로 학교에 온 근위기사, 레일라 스콧이다.

엘리제를 수호하는 것을 자신의 사명으로 생각하는 레일라는 학교에서도 긴장을 늦추는 일이 없다.

기사 후보생이 수없이 있는 마법학교가 다른 장소와 비교해서 안전한 건 사실이다. 하지만 레일라는 딱히 물리적으로 엘리제에게 피해를 주는 것만 경계하는 게 아니다.

레일라가 신경을 곤두세우는 이유는 엘리제를 향한 생도들의 불건전한 시선 때문이다.

성녀를 지켜야 할 기사 후보생이 불건전한 눈으로 성녀를 보거나 욕정을 느끼는 것은 죄악이다. 동경하는 것이라면 또 모를까, 엘리제를 그런 대상으로 보는 것은 용서할 수 없다.

그러나…… 그렇지만. 엘리제의 모습을 보고 아무런 욕정을 느끼지 않는 인간이 과연 있기는 할까? 레일라는 그렇게 생각했다.

아니다. 있을 수가 없다. 같은 여자도 매료하는 그 아름다움 앞에서 아무것도 느끼지 않는 자가 있다면, 그자는 근본적인 미추 감각이 망가졌다.

엘리제에게 욕정을 드러내는 자들을 경계하면서 욕정을 느끼지 않는 게 이상하다고 생각하는 건 참으로 불합리한 사고방식이지만, 아무튼 레일라는 그런 위기감을 항상 안고 있었다.

그리고 실제로 그건 반쯤 올바른 생각이다.

생도 중에는 베르네르를 비롯해 엘리제와 가까워지고 싶어서 기사가 되려는 자들이 많다. 그리고 건강한 남자인 이상, 기회만 생기면 성녀와 더 가까운 관계가…… 같은 몽상을 하는 것도 어쩔 수 없는 일이다.

물론 명색이 기사 후보생인 이상, 억지로 엘리제를 취하려고 생각하는 바보는 이 학교에 없으리라. 그러나 레일라의 관점에서 그런 시선이 엘리제에게 향한다는 사실 자체가 용납할 수 없는 일이었다.

하지만 그런 레일라의 위기감과 반대로, 엘리제는 이상하게 무방비하다.

이 학교에는 내빈 전용 목욕탕이 있는데도 어찌 된 영문인지 엘리제는 일주일에 한 번꼴로 생도들이 사용하는 공용 목욕탕에 간다.

기사들의 입장에서 아랫사람들의 고생을 알 수 있다거나, 친목을 다지기 위해서라거나, 본인 나름대로 이유가 있는 듯하고, 그것도 참 훌륭한 생각이지만…… 말도 안 된다!

아까도 말했듯 엘리제의 아름다움은 같은 여자도 매료한다. 실제로 레일라 역시 매료당한 사람 중 한 명이다.

즉, 같은 여자끼리라도 전혀 방심할 수 없고, 엘리제의 그런 행동은 자진해서 보여주러 가는 것이나 다름없다.

실제로 엘리제가 입욕하는 날과 시간대만 목욕탕에 오는 생도가 2배 넘게 늘어나므로, 레일라의 위기감은 틀리지 않았다.

하지만 레일라를 가장 경계하게 하는 이유는 이 학교에 한 명…… 노골적으로 정상적이지 않은 감정을 엘리제에게 드러내는 변태가 있다는 사실이다.

그 이름은 서플리 먼트. 마법학교 교사이면서 그 녀석이 엘리제에게 보내는 시선은 정상이 아니다. 무슨 짓을 저지를지 모른다.

따라서 레일라는 생각한다. 그 변태로부터 사랑스러운 주군을 지킬 자는 자신밖에 없다고.

그렇다—— 내가 엘리제 님을 수호해야 한다!

그리고 그날, 사건이 터졌다.

생도들과의 친목을 다지기 위해, 그리고 그들의 학교생활을 알기 위해, 엘리제가 공용 식당으로 가서 생도들과 똑같은 식사를 한 날.

엘리제가 다 먹은 식기를 요리 담당 직원에게 줬는데, 엘리제가 식당을 나서려고 한 순간에 서플리 먼트가 터무니없는 기행을 저질렀다.

하필이면 그는, 마치 바퀴벌레처럼 바닥을 사삭사삭 움직여서 직원이 잠시 눈을 뗀 순간에 엘리제가 쓴 스푼을 낚아챈 것이다.

그리고 직접 만든 것으로 추정되는 가죽 주머니에 소중하게 넣었다. 이 변태안경남, 대체 무슨 짓을 하는 거냐.

너무 순식간에 벌어진 일이라서 다른 사람들은 모른 것 같지만, 수석 기사인 레일라만은 그 움직임을 감지할 수 있었다.

레일라는 격노했다. 저 사악한 변태를 반드시 제거해야 한다고 결의했다.

"엘리제 님. 죄송하지만 먼저 가시겠습니까? 저는 여기서 잠시 할 일이 생겼습니다."

"할 일이 있나요? 그렇다면 기다릴게요!"

"아뇨. 신경 쓰지 마시길. 여기는 저 혼자서도 충분합니다. 엘리제 님을 번거롭게 할 일도 아닙니다."

의아해하는 엘리제를 먼저 방으로 돌려보내고, 레일라는 아수라처럼 검기를 두르고 한 걸음 내디뎠다.

주군의 호위를 내팽개치고 혼자 돌려보낸 것은 가슴이 아프지만, 그보다도 우선해서 멸해야 할 악이 이곳에 있다.

"서플리 민트 선생……. 하나 묻겠는데, 지금 훔친 그것을 무슨 용도로 쓸지 대답해 주실까."

칼자루에 손을 대고, 살기를 말에 실어서 질문을 던졌다.

대답에 따라서는 이대로 공격하겠다는 명확한 의지가 드러났다.

어지간한 기사 후보생…… 아니, 정식 기사라도 압도당할 레일라의 박력 앞에서, 그러나 서플리는 전혀 기죽지 않고 대답했다.

"어리석은 질문이로군. 물론 잘 보호하고 보관할 게 뻔하지 않은가. 내가 경애하는 성녀께서 사용하신 식기라면 이미 성스러운 보물이라고 해도 과언이 아니지. 씻는 건 말도 안 된다……. 그렇게 생각하지 않는가!"

생각할 리가 있겠냐. 우연히 근처에서 식사 중이던 베르네르는 마음속으로 맹렬하게 따졌다.

뭘 어떻게 변명하든, 여성이 사용한 식기를 훔친 것은 단순한 변태 행위다.

"일리는 있다. 하지만 그건 단연코 네놈 같은 변태의 손아귀에 들어갈 물건이 아니다."

일리가 있겠냐! 왠지 이상한 레일라의 대답에 베르네르는 자기 귀를 의심했다.

어라? 혹시 이 사람도 은근히 위험한가? 그런 생각이 든다.

"유감이군. 나보다도 이 보물을 완벽하게 보호, 보관할 자는 이 학교에 없다고 자부하는데."

"가소롭군! 말은 그렇게 하면서, 어차피 불순한 짓에 사용할 작정이지?! 네가 빨거나【방송금지용어】하거나【너무 과격한 망상이라서 차마 보여줄 수 없습니다】하거나, 그럴 속셈인 게 아니더냐?!"

자신만만하게 말한 서플리에게, 레일라가 확신을 담아 단호한 어조로 반론했다.

하지만 서플리는 오히려 어처구니없다는 듯이 고개를 절레절레 젓고, 조소를 보냈다.

"아니지. 그럴 리가⋯⋯. 자네는 엘리제 님의 사용한 것을 그런 식으로 쓰고 싶은 건가? 거참, 그런 발상은 도저히 믿을 수 없군. 자네는 참으로 천박한 욕망을 가졌어."

훗⋯⋯하고 서플리가 비웃는다. 그 순간, 레일라의 작은 인내심이 한계를 맞이했다.

"벤다⋯⋯!"

노기충천. 분노한 나머지 방출한 마력으로 레일라의 머리카락이 곤두서고, 지옥불 같은 오라가 온몸을 감싼다.

반대로 서플리는 어디까지나 여유로운 표정이다. 얼굴에 조소를 띤 채로 두 손을 천천히 든다.

이 세계에는 음악이나 이를 즐기는 문화가 없지만, 만약 이 자세를 엘리제가 봤다면 '오케스트라 지휘자 같은 자세'라고 평했으리라.

한순간의 교차── 다음 순간, 서플리는 방금 보인 여유가 대체 뭐였는지 싶을 정도로 시시하게 천장에 머리부터 처박혔다. 서플리는 고작해야 이 정도다.

애초에 딱히 전투 요원도 아닌 교사가 수석 기사와 일대일로 싸웠으니까, 서플리에게 승산이 있을 리가 없다.

휘융. 바람을 가르는 소리를 내며 레일라가 검을 회수하고, 물 흐르듯 칼집에 검을 넣었다.

언제 검을 뽑았는지도 모를 정도로 훌륭한 기술이다. 엘리제의 측근은 장식이 아니다.

"안심해라. 힘은 조절했다."

정말로 베어 죽일 기세였지만, 일단은 아슬아슬하게 자제심을 발휘한 듯하다.

레일라는 칼날이 아니라 칼등 부분으로 서플리를 구타했을 뿐, 실제로는 베지 않았다.

서플리의 가죽 주머니에서 떨어진 스푼을 잡고, 식당에 반납하고자 발걸음을 돌린다.

하지만 그때, 레일라는 생각했다……. 생각하고 말았다.

정말로 이대로 반납해도 될까……?

지금 자기 손에 있는 건 역대 최고로 평가받는 성녀 엘리제가 사용한 식기다. 그리고 그 입에 닿은 것을 원하는 자들은 세상에 얼마든지 있다.

그리고 같은 여자라도 방심할 수 없는 건 이미 잘 아는 사실이다.

설령 그런 욕정이 없더라도, 엘리제의 가호에 기대고 싶다는 이유로 그 몸에 닿은 것이나 사용한 물건을 성물처럼 기꺼이 장식하는 마을도 있다.

그렇게 생각하면 순순히 이대로 식당 직원에게 돌려줘도 좋을지 망설여진다.

성격 좋은 식당 아주머니라도 어쩌면 뒤에서 몰래 불순한 생각을 할 가능성이 있다.

아니, 오히려 생각하지 않는 게 이상하다! 기적 같은 그 성녀를 앞에 두고, 감정이 전혀 흔들리지 않는 사람이 있을까 보냐! 레일라는 그렇게 생각했다.

참고로 식당 아주머니의 명예를 위해 덧붙이자면, 그들에게는 그런 감정이 전혀 없다. 식당 아주머니들이 엘리제에게 바치는 것은 세계를 평화롭게 해준 것에 대한 순수한 고마움과 존경심뿐이다.

하지만 레일라는 그 사실을 모른다. 어설프게 서플리라는 변태를 아는 까닭에 모든 것이 적으로 보인다.

레일라는 순수하고 정직한 기사다. 그러나 그렇기에 한번 생각하면 주위가 눈에 들어오지 않는 나쁜 버릇이 있었다

따라서 레일라는…… 누구의 손에도 들어가지 않도록 스푼을

호주머니에 넣었다. 야, 빡콧!

"좋아!"

이러면 아무도 스푼을 악용할 수 없다. 레일라는 만족스럽게 고개를 끄덕이고, 당연하다는 듯이 돌아가려고 했다. 대체 뭐가 좋다는 걸까.

"뭐가 좋다는 거야! 당신은 뭘 하는 건데?!"

레일라의 폭주를 참지 못한 베르네르도 자리에서 일어선다.

하지만 자기 행동이 올바르다고 믿는 레일라는 그가 왜 화내는지 몰라 고개를 갸우뚱했다.

"아니, 뭘 이상하게 보는 거야?! 서플리 선생님과 똑같은 짓이라는 걸 깨달으라고!"

"뭐, 뭐라고?!"

베르네르의 지적에 레일라는 진심으로 충격을 받은 듯한 표정을 지었다. 보아하니 자신이 변태와 똑같은 짓을 했다는 자각이 없었던 듯하다.

레일라는 허둥지둥 서플리를 손으로 가리키고 언성을 높였다.

"무슨 소리냐! 내가 저 변태와 동류라니, 그럴 리가 없잖아!"

레일라가 가리킨 서플리는 천장에 머리가 박힌 채로 다리를 버둥버둥 움직였다.

참으로 질긴 남자다.

"이 스푼은 아무도 악용할 수 없게 내가 책임지고 보관하겠다! 보관하려는 변태와 똑같이 보지 마라!"

"레일라 씨, 지금 본인이 한 말이 이상한지 눈치채야지?!"

지금의 레일라는 이미 틀렸을지도 모른다. 베르네르는 그렇게 생각했다.

스푼을 변태에게 넘길 수 없다는 일념만이 있어서, 다른 부분이 눈에 들어오지 않는다.

이대로 방치하면 측근 기사가 자신이 사용한 식기를 챙긴 여자라고 안 엘리제가 마음에 상처를 입을지도 모른다.

그래선 안 된다. 엘리제가 슬퍼하는 얼굴은 보기 싫다.

그래서 베르네르는 자신이 지금 상황을 수습하고자 레일라의 앞을 가로막기로 결심했다.

폭주하는 레일라에게 스푼을 회수해서 신속하게 식당 아주머니에게 돌려줄 필요가 있다.

"레일라 씨…… 아무튼 그걸 나한테 넘겨. 지금은 열이 올라서 주위가 눈에 안 들어올 테지만, 그걸 그대로 챙겨서 돌아가면 안 돼."

"뭐라고……?! 이놈, 너도 이걸 노리는 변태였구나!"

"왜 그렇게 되는데!"

역시 레일라는 주위 상황이 눈에 들어오지 않는 것이다.

아니, 이건 베르네르가 말을 잘못한 걸지도 모르지만, 결과적으로 상황은 더욱 혼돈에 빠졌다.

하지만 그 시점에 이르러서 사태는 수습되기는커녕, 더욱 혼란스러워진다.

천장에 머리가 박혔던 서플리가 갑자기 부활해 회전하면서 바닥으로 내려온 것이다.

"어차, 그건 용납할 수 없는 행위일세, 베르네르 군. 그 성물은 나처럼 완벽하게 보관할 수 있는 자만이 손에 넣을 자격이 있다네."

아니, 네가 있으면 일이 더 복잡해지니까 부활하지 말라고. 베르네르는 그렇게 절실히 생각했다.

그나저나 성물이 뭔데. 이건 평범한 스푼이잖아.

어느새 서플리, 레일라, 베르네르가 눈싸움을 벌이는 삼파전이 완성되고, 식당에 있는 생도들은 침을 꿀꺽 삼키며 일이 어떻게 돌아갈지 구경하고 있다.

서플리는 생각했다……. 성물은 신선도가 중요하다.

엘리제가 입에 대고 이미 적잖은 시간이 지나 온기를 잃고 있다.

더 열화하기 전에 신속히 되찾고 마법을 걸어 보관해서 모셔야만 한다. 그것이 성녀에게 사랑을 바친 자신의 사명이다.

레일라는 생각했다……. 엘리제를 수호하는 수석 기사로서 이것은 누구에게도 넘길 수 없다.

그 성녀가 누군가 천박한 욕망의 대상이 되어서는 안 된다.

따라서 반드시 지킨다. 그것이 성녀에게 충성을 바친 자신의 사명이다.

그리고 베르네르는 생각했다……. 나는 대체 뭘 하는 걸까?

얼핏 보면 완전히 성녀가 사용한 스푼을 두고 다투는 변태 삼인방의 일원이다.

울고 싶다. 진짜 울고 싶다. 그 이전에 자리를 뜨고 싶다.

"죽고 싶은 자부터 덤벼라."

레일라가 목소리를 낮춰 말하자 검에 불이 깃들었다.

기사 중에서도 혹독한 훈련을 통해 검과 마법을 모두 높은 수준으로 수련한 자만이 가능하다고 하는, 검에 대한 마법 부여——마법검이다.

레일라는 주특기인 불 마법을 검에 깃들이고 한 치의 빈틈도 없이 자세를 잡았다.

"마법검인가……. 가소롭군. 성녀님을 향한 내 사랑 앞에선 어떠한 비기도 무의미한 줄 알아라."

서플리가 다시 지휘자 같은 자세를 잡자 흙 마법으로 바닥이 솟아나 무수한 검으로 변화했다.

그 검은 서플리의 주위에 떠올라 발사될 때만을 이제나저제나 기다리고 있다.

참고로 바닥 수리비는 당연히 나중에 서플리의 급료에서 빠져나간다.

"…………."

그리고 베르네르는 말없이 창백한 표정을 지었다. 무기가 없어……!

그야 여긴 식당이니까. 보통은 무기는 안 챙기니까.

그리고 격돌의 순간—— 잽싸게 바닥을 박찬 레일라의 호주머니에서 스푼이 떨어졌다.

앗. 세 사람의 시선이 바닥을 향한다.

그리고 그들이 보는 앞에서 우연히 지나가던 에테르나가 스푼을 발로 차고 말았다.

발에 차인 스푼은 허공을 날아가 빨려들 듯 식당으로 날아간다.

그러자 마침 설거지 중이던 식당 아주머니가 뒤돌아보지도 않고 날아온 스푼을 잡고, 물 흐르듯 다른 식기와 함께 씻는다. 잡아서 씻을 때까지 걸린 시간은 고작 0.5초……. 서플리가 막을 여유도 없었다.

그 광경을 본 서플리는 털썩 주저앉았다.

"…………."

"…………."

베르네르와 레일라는 말없이 서로 얼굴을 봤다.

당장에라도 격돌하려는 찰나에 일이 끝나서, 불완전 연소 같은 상태가 된 것이다.

한동안 서로를 보고, 마침내 레일라는 검을 거뒀다.

"좋아……!"

뭐가 좋은지는 모르겠지만, 아무튼 좋아! 레일라는 생각을 포기했다.

뭐, 변태는 멸했고 소동의 원흉인 스푼도 깨끗해졌으니 변태에게 넘기지 않는다는 처음 목적은 달성했다. 그러니 좋아!

다소 억지스럽지만 레일라는 분위기와 당당한 얼굴로 넘어가고, 승리자의 얼굴을 하고서 식당을 떠났다.

불쌍한 사람은 그 자리에 남겨진 상식인, 베르네르다.

그는 어쩌면 좋을지 모르는 채로 그 자리에서 굳어 있었는데, 그 어깨를 존이 살살 두드렸다.

"베르네르…… 성녀님이 쓴 스푼을 두고 싸우는 건…… 저기,

친구로서 솔직히 좀 아니라고 봐."

　베르네르는 조금 울었다.

제12화 대마(大魔)

에테르나의 착각 소동이 있고 며칠이 지났다.

그 뒤로는 딱히 설명할 것도 없는 나날이 이어져서, 나는 학교생활을 나름대로 만끽하고 있었다.

한때는 외톨이 과정을 밟던 베르네르는 에테르나 말고도 피오라, 엑스트라 A와 친해져서 지금은 넷이서 자주 함께 행동한다.

다만 자유행동 때는 여전히 대부분 자주 단련을 한다고 한다. 진짜 얘는 뭘 목표로 하는지.

그러는 나는 어떤가 하면, 매일 주위에서 떠받들리며 왕이 된 기분을 맛보고 있었다.

엑스트라들의 선망과 존경이 담긴 시선이 유쾌하다.

나란 녀석은 기본적으로 승인욕의 화신이니까, 이렇게 주위에서 '굉장해!' 소리를 듣는 걸 아주 좋아한다.

그렇게 보고 싶으면 얼마든지 봐라. 내 미모에 취해 보라고.

단, 변태안경남, 너는 안 돼.

네 시선만은 왠지 모르게 슬라임처럼 질척질척해서 불쾌하다고, 짜샤.

그러므로 마음을 정화하고자 나는 에테르나를 비롯한 미소녀들을 관찰했다.

내로남불 오진다고? 조용히 해.

그리고…… 후후. 역시 학교에 오길 잘했다고 나는 확신했다.

나는 쓸데없이 넓은 개인실을 받았는데, 그곳에는 전용 욕실도 있다.

하지만 아시겠습니까? 나는 지금, 내용물은 어땠든 몸은 여자입니다.

즉…… 들어갈 수 있다. 당당하게! 여탕에!

가끔은 기사들의 입장에서 생각해 봐야 한다거나, 친목을 다지기 위해서라거나 하는 식으로 적당히 핑계를 대서 일주일에 한 번 꼴로 의심받지 않게 여탕에 간다.

그리고 당당히 본다. 이게 요즘 내 즐거움. 성욕이 끓는다.

아, 이 세상의 천국이구나.

어디를 보든 살색 파라다이스. 내가 보는 광경을 그림으로 표현하면 백프로 미성년자 관람불가.

더군다나 내가 여탕에 가면 어째서인지 입욕하는 여생도가 늘어나서 무척 기쁘다.

내 인생의 봄날이 왔드아아아아!

"거기 너! 엘리제 님을 불순한 눈으로 보지 마라! 너도! 불건전한 눈빛으로 빤히 보지 마라! 벤다! 제길…… 어째서 수습 이하의 녀석들에게 엘리제 님의 맨살을 드러내야 하는가……."

불만이 있다면 빡콧이 매번 따라와서 모처럼 찾아온 여생도를 쫓아낸다는 점이다.

그래서 나는 보는 것으로 참을 수밖에 없고, 직접 만질 수가 없다.

빡콧만 없으면 여탕 고유의 '꺅, 커!' 같은 것을 해서 마음껏 다양한 가슴, 엉덩이, 허벅지를 내 손으로 감상할 수 있는데.

그리고 빡콧에게 목욕할 때 반드시 수건으로 몸을 가리라는 말을 들었다.

그러나 애니메이션 같은 데서는 자주 나오는 거지만, 그건 매너 위반이다. 수건을 두르고 탕에 들어가면 안 됩니다.

그렇게 설명했는데도 어째서인지 빡콧은 납득해 주지 않아서 어쩔 수 없이 내게 빛 마법을 걸어 중요한 부분만 보이지 않게 했다.

빛 마법의 궁극 방어. 그 이름도 『수수께끼의 광선』. 이것을 쓰면 어떤 각도에서도 내 중요한 부분은 아무에게도 보이지 않는다.

여탕에서 그래도 의미는 없을 것 같지만…… 안 그러면 빡콧이 허가하지 않으니까 어쩔 수 없어.

이래저래 학교생활을 만끽하는 동안, 눈 깜짝할 사이에 제1회 중간시험이 찾아왔다.

참고로 나는 면제.

그야 당연하지. 성녀를 지키는 기사가 되려는 시험을 성녀(가짜) 본인이 보는 건 말도 안 된다.

뭐, 나도 시험은 싫으니까, 이 점에 관해선 아무 불만도 없다.

그 뒤로는 즐거운 하계휴가. 요컨대 여름 방학이다.

생도들은 과제인지 뭔지를 받지만, 나한테는 없다.

베르네르는 공략 중인 히로인과 개별 이벤트에서 꽁냥대겠지.

아…… 심심하다. 뭐로 시간을 때울까.

요새는 훈련도 반자동화 상태니까 할 일이 없다.

마력을 키우는 훈련이란 주위 마력을 한계치까지 몸에 축적했다가 내놓는 식으로 순환시키는 것이 기본이다.

폐활량을 늘리는 훈련과 비슷하다고 할까? 그것도 자꾸 공기를 크게 들이마셨다가 내쉬면 단련할 수 있겠지. 아마도 그런 느낌일 것이다.

그리고 나는 그게 자동으로 되도록 마법을 만들었다.

이미지는 그거다. 병원의 인공호흡기.

눈에는 안 보이지만, 이 마법은 내 온몸을 덮어서 자동으로 마력을 흡수하고 배출해 준다.

그러므로 마력을 단련하고 싶을 때는 이걸 쓰고, 훈련을 그만둘 때는 해제하면 된다.

그런고로 나는 편하게 꼼수로 강해질 수 있게 됐다.

역시 인간은 노력하면 지는 거야. 시대는 얼마나 효율적으로 게으름을 피우는지가 중요해.

음, 나는 진짜 막장 인간이네.

그나저나 솔직히 말해서 너무 한가했다.

그러므로 심심풀이 삼아 몰래 외출해서 왠지 모르게 이 학교를 향해 움직이던 마물 대군을 괴롭혀 줬다.

자, 빛 마법을 쨩! 상대는 죽는다.

어차피 마녀가 마물을 몰래 모으려고 한 거겠지만, 어설퍼.

게임을 끝까지 플레이한 나한테는 훤히 보인다고.

이 마물 군세는 방치하면 게임 종반쯤 학교에 도착하는데, 그때 진로상에 있던 나라를 하나 멸망시킨다.

그리고 학교에 도착했을 무렵에 전교생이 앞서 싸우고, 사망자가 많이 발생하는 가운데 에테르나가 드디어 각성하고 성녀 파워로 군세를 물리치는 이벤트가 기다리고 있다.

하지만 이걸 와장창.

그런 귀찮은 이벤트는 먼저 뭉개는 게 당연하잖아.

그런고로 빛 마법을 꽝! 또 꽝!

덤으로 불 마법이니 물 마법이니 번개 마법이니, 아무튼 이것저것 꽝!

가끔은 몸을 움직여야 하니까 마법으로 만든 빛의 검을 휘둘러서 무쌍 플레이.

끼얏호오오오! 후하하하하하! 겁먹어라! 움츠러들어라! 아무것도 못 하고 죽어라!

적이 겁먹고 목숨을 구걸하는 척하며 기습한 적도 있었지만, 그것도 물리쳐 줬다.

반대로 속은 걸 알았을 때의 마물이 보인 얼굴은 참 좋았다.

아, 개운해라. 역시 이 세계의 오락은 마물 스매싱이 제일이야.

그런고로 진로상에 있는 나라 여러분. 뒷정리 잘 부탁해요.

루틴 왕국은 수도 외에도 7개 도시, 15개 지방과 100개 마을을 거느린 동쪽의 왕국이다.

바다에 접하고, 산을 몇 군데 보유한 이 나라는 산과 바다의 풍부한 산물과 찾아 방문하는 여행객도 많다.

평상시라면 사람들로 활기가 넘칠 수도의 성 아랫마을…… 하지만 그날은 평소와 분위기가 달랐다.

주민들이 최대한 짐을 챙겨 앞다퉈서 도망치고 있다.

그 이유는 놀라운 속도로 진군 중인 마물의 군세를 두려워했기 때문이다.

이미 수도에서 조금 떨어진 곳에서 나라의 존망을 건 결전이 시작됐으며, 병사들이 필사적으로 분투하고 있다.

성에서 보유한 모든 병사를 동원하고, 마법사단을 움직이고, 주변 도시에서 속속들이 영주와 귀족이 이끄는 지원군이 모여든다.

의용병을 모아서 힘쓰는 자들이 앞다퉈서 용감하게 자원했다.

평소 대립하는 자들도 이때만큼은 사랑하는 조국을 위해 어서 가자며 서로를 고무하면서 등을 맡기고, 아군의 죽음을 힘으로 바꿔 뜻있는 자들이 검을 쥔다.

왕족도 스스로 전장에 달려가 아군의 사기를 고취하고, 모두가 단결하여 위협에 맞섰다.

"오호…… 하등한 인간들도 조금은 애쓰지 않는가."

그 저항을 거대한 삼두견 위에서 내려보는 거대한 '악귀'.

신장 3미터를 넘는 거대한 몸은 새까만 털가죽으로 덮였고, 머리에는 단단한 뿔이 두 개 났다.

자세히 보면 원숭이 같기도 하지만, 원숭이와는 비교도 안 될 정도로 흉흉하고 강력하다.

이 괴물이 마물 군세를 이끈다는 것은 누가 봐도 명백했다.

이건 대체 무엇인가? 적어도 일반적인 마물은 아니다.

마물은 야생 동물이 마녀의 힘에 변모한 것. 그러나 야생 동물은 이런 괴물이 되지 않는다.

원숭이가 마물이 되어도 이토록 커지지 않는다. 이토록 강해지지 않는다.

이것은 마물이면서 마물이 아닌 존재. 상식을 초월하는 마물을, 사람들은 두려움을 담아 '대마(大魔)'라고 부른다.

대마는 마녀가 만든, 마물을 초월한 마물이다.

수많은 동물을 마물로 바꾸고, 그것들은 똑같은 장소에 가둬 사투를 벌이게 한다.

그렇게 함으로써 마지막에 살아남은 마물이 다른 마물을 잡아먹고, 종래의 개체와는 비교도 안 되는 강함을 얻는 것이다.

그 태반은 예전에 엘리제가 쓸어버린 드래곤 같은, 단순히 강력한 마물이 된다.

동화 속 드래곤은 인간의 말을 이해하고 인간보다 지능이 뛰어난 것도 있지만, 적어도 지금껏 인간의 말을 하는 드래곤은 확인된 바가 없다.

물론 드래곤을 비롯한 강력한 마물은 대마가 아니다. 전투력을 말하자면 대마에 견줄 수 있거나 필적하지만, 역시 단순히 강한 마물이다.

대마란, 그렇게 부자연스러운 진화 속에서 지혜를 손에 넣은 존재를 말한다.

그리고 대마가 되어서 지혜를 손에 넣은 동물은 인간에 가깝다고 하는 원숭이나 고릴라가 많다.

그 밖에는 개나 돌고래, 까마귀가 대마가 되는 일도 있다.

아무튼 원래부터 지능이 높은 생물만이 대마가 될 자격이 생긴다.

또한 당연하게도 인간은 그렇게 될 수 없다. 빈약한 인간은 마물이 되지 못한 채, 마녀의 힘을 버티지 못해 죽기 때문이다.

대마의 탄생은 과정은 단순해도 어려운 일이다.

100번 시도하면 99번은 확실하게 실패한다.

왜냐하면 먼저 설명했듯, 마물이 된 원숭이란 본래 별로 강하지 않다.

즉, 사투를 벌이는 시점에서 탈락한다.

어지간히 운 좋은 개체만이 다른 마물이 건드리지 않거나 몸을 숨기거나 해서 살아남아 어부지리를 취하는 것이다.

그렇게 살아남아도 그 개체가 버틸 수 있을지는 알 수 없다.

대마가 되기 전에 태반은 버티지 못하고, 인간과 똑같은 죽음에 이른다.

탄생할 확률은 매우 낮다.

하지만 그 끔찍하게 낮은 확률의 문을 돌파한 뒤에야 순종적이면서 마물 지휘를 맡길 수 있는, 뛰어난 마녀의 측근이 탄생하는 것이다.

"두려워하지 마라! 앞에 나서라! 정신적으로 밀리지 마라!"

"우리는 이길 수 있다! 포기하지 마!"

"우리가 지면 나라가 짓밟힌다! 지금은 버텨야 한다!"

인간들은 고전하는 와중에서도 희망을 버리지 않고 싸운다.

하지만 슬프게도 힘이 부족하다. 숫자가 부족하다.

이 군세 앞에서는 아무리 애써도 몸풀기 수준에 불과하다. 멸망은 시간문제였다.

"포기하지 마라! 하다못해 사람들이 도망칠 때까지 시간을 끌어라!"

대마―― '원귀' 라고 해야 할까. 그 괴물은 무심코 웃음을 터뜨렸다.

인간 중에서 대장급으로 보이는 남자의 말이 웃겨 죽겠다.

이 녀석들은 머저리인가?

짧은 말 중에서, 이미 앞뒤가 맞지 않는다.

포기하지 말라고 말한 입으로 곧이어 '사람들이 도망칠 때까지 시간을 끌어라.' 라고 했다. 네가 가장 포기한 거 아니냐고, 원귀는 비웃어 주고 싶었다.

시간 끌기―― 아아, 참으로 추한 패배자의 말.

이미 목적이 바뀌었다. 승리해서 나라를 지키는 것이 아니라, 이미 불가능하니까 하다못해 희생을 줄이고자 승리를 포기하고 있다.

승리를 포기한 말이다. 패배를 받아들인 불쌍한 독려다.

"어디 보자…… 나도 조금은 놀아볼까."

원귀가 삼두견 위에서 뛰어내려 병사들 한복판에 착지했다.

병사 몇 명을 깔아뭉개고, 손에 든 곤봉을 휘두른다.

그러자 그것만으로 주위에 있던 병사들이 마른 낙엽처럼 날아가고, 몸을 지키는 갑옷은 비스킷처럼 부서졌다.

"으, 으아아아아……."

"겁먹지 마라! 저게 적장이다! 해치워라!"

"저것만 해치우면 적이 무너진다!"

단신으로 내려선 원귀에게 병사들이 덤벼든다.

하지만 원귀는 필사적인 그 저항을 비웃고 곤봉으로 다시 병사들을 쳐 날렸다.

갑옷이 부서지는 소리가 울리고, 몇몇 인간의 원형을 잃고 허공을 날아간다.

대마의 전투력은 드래곤에 필적한다.

그 파워는 성벽을 쉽게 부수고, 강인한 피부는 검과 창을 막으며, 무식한 생명력은 마법도 태연하게 버틴다.

성녀를 지키기 위해 좁은 문을 통과하고, 특별한 훈련을 받고, 그렇게 인정받은 엘리트 중의 엘리트인 '마법기사' …… 한 사람이 1개 소대에 필적한다고 평가받는 그들조차 단독 토벌은 불가능하다.

그들 여럿이서 간신히 토벌할 수 있는 드래곤. 이 원귀는 그것과 호각으로 싸울 수 있다.

잡병이 몇 명 덤벼도 이길 수 있는 상대가 아니다.

굶주린 야생 곰에게 맨손인 어린아이 백 명이 덤비는 꼴이다.

작전을 짜서 함정을 파고, 무기를 조달해서 싸우면 이길 수 있을지도 모른다. 무조건 못 이기는 것은 아니다.

하지만 정면에서 맞붙어서 이길 수 있을까? 아니, 불가능하다.

어린아이의 완력과 말랑한 주먹으로 아무리 때려도 곰의 털가죽을 뚫을 수는 없다. 근육을 상하게 할 수는 없다.

그것과 마찬가지로 병사의 공격은 원귀에게 통하지 않는다. 그런 상황에서 상대의 폭력만이 일방적으로 시체를 양산한다.

병사가 전멸하고, 나라가 짓밟히는 건 시간문제였다.

하지만 그 시간을 끌었기에.

그들이 자기 목숨을 내놓고, 승리를 포기하고…… 그런데도 도망치지 않고 시간을 끌었기에.

──그들의 싸움은 보답받는다.

"Fortune favors the bold. [행운은 용감한 자의 편이다]"

방울을 울리는 듯한 목소리가 모두의 고막을 흔들었다.

동시에 하늘에서 쏟아지는 것은 수천, 아니 수만에 달하는 빛의 검이다.

빛나는 검은 근처에 있는 마물을 찢어발기고, 병사들 앞에서 대기했다.

잡으라는 뜻이리라.

손에 쥐자 신기하게도 상처가 아물고, 싸울 힘이 솟아나기 시작했다.

몸이 가볍고, 지금이라면 얼마든지 싸울 수 있을 것만 같다.

이거라면 싸울 수 있다! 빛의 검을 쥔 용사들은 사기를 더욱 끌어올리고, 마물의 군세를 차례차례 베었다.

그리고 그들 뒤로 오로라가 하늘에서 깔리고, 빛의 장막 안에서 황금처럼 빛나는 소녀가 내려왔다.

"오오…… 저분은, 설마…….."

"그래. 틀림없다. 저분이 바로."

그 모습에 병사들이 흥분하고, 몇몇은 전투 중인 것도 잊고서 정신이 팔렸다.

그러나 그런 주위 사람들의 시선도 개의치 않는 듯, 소녀는 원귀를 내려다보고 조용히 말한다.

"그랬군요……. 대마인가요. 마녀가 숨어서 뭔가 꾸미는 건 어렴풋이 알았지만, 이토록 많을 줄이야."

"이놈…… 그렇군. 네가 성녀……!"

원귀는 자신을 내려다보는 소녀야말로 인류의 희망인 성녀라고 이해하고, 곤봉을 쥐었다.

여기서 성녀를 해치우면 마녀의 승리가 확정된다.

등장할 줄은 예상하지 못했지만, 생각해 보면 반가운 상황.

호위하는 근위기사도 데려오지 않은 이 기회를 놓칠 수는 없다.

"태평하게 튀어나오다니, 어리석은 것. 너를 죽이고 그 시체를 매달면 인류의 사기는 바닥을 치겠지."

"글쎄요……. 그건 생각해 본 적이 없네요. 하지만 저를 죽여도 사람들의 마음은 꺾이지 않는다고 말할 수밖에 없군요. 제가 쓰러져도, 희망은 반드시 남아요. 그리고 …….."

성녀—— 엘리제가 손에 빛을 만들었다.

그것을 가슴 앞에서 끌어안고, 두 팔을 벌린다.

"제가 쓰러지는 건, 적어도 '지금'은 아니에요……. Cut your coat according to your cloth. [네 옷에 맞게 코트를 지어라]."

빛이 칼날로 변해 사방으로 날아갔다.

차례차례 마물을 절단하고, 순식간에 그 숫자를 줄여 나간다.

이에 당황한 원귀는 마물들에게 명령했다.

"저걸 쏴라! 떨어뜨려라!"

삼두견이 불을 뿜고, 원거리 공격이 되는 마물도 동시에 공격에 나선다.

불은 진로상에 있는 철 방패와 검을 녹이고, 그곳에 다른 마물들의 공격이 이어진다.

뒤늦게 하늘을 날 수 있는 마물이 쇄도하지만, 먼저 날아간 불이 엘리제가 내민 손에 닿은 순간 궤도가 꺾이고, 몇 배로 강화된 카운터가 마물들을 격추했다.

예전에 마법학교에서도 사용한 3배 카운터 배리어다.

이어서 엘리제는 검지를 세우고 입가에 댄다.

"Out of the mouth comes evil. [입은 재앙의 근원]"

마법 발동.

그와 동시에 뭐가 올지 마물들이 경계했다.

하지만 아무 일도 일어나지 않는다…….

설마 불발인가? 그렇게 여긴 마물 중 하나가 웃음을 터뜨렸다.

──그 순간, 하늘에서 번쩍인 벼락이 그 마물을 정확하게 때려 숨통을 끊었다.

"끼익?! ──까아악!"

대체 무슨 일이 일어났는지 몰라 소리를 지른 다른 마물도 이어서 벼락에 맞는다.

그것에 동요해 소리친 마물이. 나아가 혼란이 전파되어 아우성친 마물이 차례차례 벼락에 맞는다.

"뭐, 뭐지……? 대체 무슨 일이 일어난 거냐!"

인간 병사 한 명이 의문을 말하지만, 그는 벼락에 맞지 않았다.

아군은 공격 대상이 되지 않는 듯하다.

그 뒤로도 공격 조건을 모른 채 입에서 뭔가 소리를 낸 마물부터 차례대로 불타 죽는다.

정답은 '목소리'. 입에서 소리를 낸 적에게 무차별로 벼락이 떨어지는 것이다.

쉴 새 없이 벼락이 떨어지고, 비명이 터지고, 비명이 난 곳으로 벼락이 떨어진다.

한번 시작되면 멈추지 않는 악순환으로, 마물이 점점 검게 탄 시체로 변했다.

그러자 이번에는 엘리제가 직접 뛰어들어 마법으로 생성한 빛의 검을 수평으로 휘둘렀다.

그것만으로 전방에 있던 마물이 일제히 두 동강 나고, 원래라면 검이 닿지 않는 먼 곳에 있는 마물조차 상관없이 절단했다.

그것을 두 번── 세 번──네 번, 다섯 번. 놀라우리만치 빠른 속도와 기량으로 마물이 베이고, 마침내 원귀 혼자만이 남고 말았다.

"…………."

원귀는 증오가 서린 얼굴로 엘리제를 봤다.

목소리는 낼 수 없다. 그랬다간 벼락을 맞으니까.

그것을 이해할 수 있었기에 아직 살아있다.

하지만 이해했기에 아무 말도 못 하고, 아군에 지시를 내릴 수도 없어졌다.

'목소리를 내지 마라. 벼락에 맞는다.' 라고 전하고 싶어도, 그 순간에 벼락이 날아오는 것이다.

무시무시한 지휘관 봉쇄 작전이었다.

아무리 뛰어난 지휘관이나 참모라도, 아무리 뛰어난 작전이라도, 목소리를 낸 순간에 죽으면 아무것도 할 수 없다. 아무것도 전달할 수 없다.

가능한 것은 고작해야 필담 정도지만, 한시를 다투는 전장에서 그렇게 느긋한 짓을 할 여유는 없다.

"――!"

원귀가 말없이 엘리제를 공격한다.

하지만 원귀가 엘리제에게 도달하기도 전에 빛의 검을 든 병사들이 앞에 나서서 원귀를 차례대로 찔렀다.

그동안 엘리제는 꿈쩍하지도 않고 태연한 표정을 무너뜨리지 않는다.

"…………."

원귀는 땅바닥에 쓰러지고…… 이어서 무릎을 꿇고 엘리제에게 머리를 숙였다.

기도하듯 두 손을 모은 그 모습은 마치 살려달라고 비는 듯하다.

아니다. 실제로 그런 것이리라. 원귀는 지금 목숨을 구걸하는 것이다.

그런 원귀의 앞에 엘리제가 걸어 나간다.

"성녀님, 가까이 가서는 안 됩니다!"

"그렇습니다! 자비를 베풀 필요는 없습니다!"

"방심하게 하려는 게 뻔합니다! 물러나 주십시오!"

병사들이 아우성치지만, 엘리제는 원귀에게 가까이 가고 말았다.

그리고 천천히 몸을 숙여 손을 내민다.

그녀는 한없이 성녀인 것이리라.

자비로운 성녀는 얼마나 죄가 많은 존재일지라도 용서를 구하는 자를 버리지 못할 것이다.

그러나 그건 착각이다.

아무리 자비를 베풀어도, 구제할 도리가 없는 자는 존재한다.

인정을 짓밟고, 이기면 뭘 해도 좋다고 뻔뻔하게 군다.

구제할 도리가 없는, 천박하고 열등한 축생. 개똥보다도 못한 야비함.

그것이 일어나고, 그리고 구원의 손길을 내민 성녀를 그 손으로 잡았다.

"성녀님!"

"멈춰! 쏘지 마라! 성녀님에게 맞는다!"

원귀의 거대한 손이 몸집이 작은 엘리제의 몸을 꽉 쥔다.

이대로 으스러뜨릴 작정일까.

우둑우둑하고 끔찍한 소리가 울리고, 원귀의 얼굴이 승리의 기쁨으로 추하게 일그러졌다.

그러나 그 기쁨도 잠시. 다음 순간에 원귀는 팔에서 전해지는 극심한 통증으로 표정이 흐트러졌다.

부러진 것은 원귀의 두 손이었다.

엘리제는 이미 자신에게 방어 마법을 건 상태였다.

공격당하면 상대에게 무조건 세 배로 돌려주는 절대 반격이다.

원귀는 엘리제가 아니라 자기 손을 으스러뜨린 것이다.

극심한 통증 탓에 엘리제를 놓친 원귀는 몸을 떨면서 증오하듯 말한다.

"네놈…… 속은…… 척하고……."

엘리제는 난처한 듯이 희미하게…… 주시하지 않으면 모를 정도로 슬며시 웃고 등을 돌렸다.

이건 무슨 웃음일까?

속인 줄 알고서 사실은 속은 원귀에 대한 조소일까?

아니다. 사실은 믿고 싶었다고 하는, 그런 슬픔이 표정에 드러난 것이라고 병사들은 생각했다.

어쩌면 믿을 수 없었던 자신에 대한 조소였거나…….

어느 쪽이든, 너무 자상한 탓에 드러난 표정인 것은 확실하리라.

그런 엘리제의 뒤에서, 원귀가 벼락에 맞고—— 나라의 존망을 건 싸움은 막을 내렸다.

제13화 공범

마물을 샌드백 삼아 마음껏 스트레스를 발산한 나는 슬금슬금 몸을 숨기듯 마법학교 안을 걷고 있었다.

지금부터 나는 레일라에게 들키지 않게 자기 방으로 돌아가 쭉 거기 있었던 것처럼 행세할 필요가 있다.

호위인 레일라에게 한마디 상의도 없이 밖에 나가 끼얏호! 한 것이 알려지면 또 쫑알쫑알 잔소리할 게 뻔하니까 말이지.

나는 남에게 쓸데없는 잔소리를 하는 걸 좋아하지만, 내가 올바른 말로 혼나는 건 싫다.

내가 일방적으로 우위에 서고 싶다고.

나는 위! 너는 아래다!!

"엘리제 님……!"

으헉?! 들켰나?!

자자자, 잠깐, 빠콧! 일단 차분하게 대화하자.

나는 딱히 밖에서 끼얏호 한 게 아니야.

그냥 잠깐 산책했을 뿐이라고.

그렇게 허둥지둥 뒤돌아봤지만…… 그곳에는 레일라가 아니라 베르네르가 있었다.

뭐야, 너였어? 놀라게 하지 말라고.

"뭘 하시는 겁니까? 마치 사람 눈을 피하듯이…… 혹시, 레일라 씨를 피하는 겁니까?"

네, 정답입니다.

제길. 이 녀석도 의외로 눈치가 빠른걸?

그나저나 이 녀석이야말로 왜 이런 시간에 학교 안에서 어슬렁 거리는 거야. 지금은 날이 저물려는 참이고, 애초에 하계휴가 중 이라고.

나는 방이 여자 기숙사가 아니라 학교 건물에 있으니까 어쩔 수 없다.

이 학교는 5층 건물로, 5층에는 주로 손님…… 뭐, 왕족이라든 지 하는 사람들이 왔을 때를 대비해 호화로운 주거 공간이 있고, 보통은 쓰이지 않는다.

나로서는 딱히 그런 데가 아니라 평범하게 여자 기숙사가 좋다 고 했고, 오히려 여자 기숙사에 가고 싶었지만, 그건 안 된다며 내 빈용 방을 강제로 내 방으로 만들었다.

호위인 레일라는 기본적으로 방문 앞에서 대기하며, 안에는 들 어오지 않는다.

(호위가 쉬는 대기실도 밖에 있는데.)

그 이전에 거기서 죽치고 서 있지 않아도 된다고, 진짜로. 좀 더 근처를 산책하거나 밖에 나가서 군것질이나 하란 말이야.

이젠 됐어……. 쉬어…… 쉬라고……!

나는 그런 레일라의 눈을 피해서 어떻게든 방으로 돌아가야 한다.

나갈 때는 쉬웠다.

레일라도 인간이다. 계속해서 같은 곳에 서 있을 수는 없다.

구체적으로 말하자면 어떻게든 쪽잠을 잘 시간이 필요하다.

마법학교까지 따라온 호위는 레일라 혼자고, 레일라가 쪽잠을 잘 때만 대리로 학교에서 선발된 성적이 우수한 기사 후보생 몇 명이 경계를 선다.

참고로 호위로는 더 많은 근위기사가 따라와야 하지만, 내가 강권을 발동해서 막았다.

기사는 이 세계에서 귀중한 전력으로, 그걸 나 혼자만을 위해 학교에 여럿 데려가는 건 인재 낭비다.

원작에서도 엘리제(진짜)가 쓸데없이 자신의 호위로 기사를 우르르 데려가는 바람에 여기저기서 수비가 허술해졌다고 한다.

애초에 나는 호위 자체가 필요 없고, 더군다나 여기는 기사를 육성하는 학교니까 후보생이라고는 해도 모두가 전투 요원이다. 까놓고 말해서 성보다 안전한 수준이다.

그래도 레일라만은 고집을 부려서 따라왔지만⋯⋯ 혼자서 종일 호위하는 건 불가능하므로, 레일라가 쪽잠을 자고 후보생이 경계를 서는 시간이 반드시 발생하는 셈이다.

그래서 나는 레일라가 쪽잠을 자는 시간을 보고 탈주했다.

물론 앞서 말했듯 보초가 있지만, 레일라와 비교하면 허술하다.

우선 보초는 기본적으로 문 쪽이 아니라 그 반대쪽을 본다.

이것은 당연한 일로, 문 너머에 있는 호위 대상을 지키는 거니까 당연히 반대편을 봐야 한다.

요인 경호로 문 앞에 있는 경호원이 통로를 등지고 문을 보면 그냥 바보인 거겠지.

그러므로 문을 여는 소리는 바람 마법으로 보초에게 들리지 않게 하면서 슬그머니 문밖으로 나오면 어지간해선 걸릴 일이 없다.

(레일라라면 이 시점에서 들켜. 마법으로 공기의 진동이 전해지지 않게 해도 어째서인지 감에 걸린단 말이지.)

이어서 빛 마법으로 빛 굴절을 이리저리 조작해 몸을 감추고 문에 마법을 건다. 그 뒤로는 당당하게 보초 옆을 지나치기만 하면 된다.

문에 건 마법은 내 오리지널인 '자동 응답' 마법으로, 레일라의 질문…… 예를 들어 '계십니까?' 같은 말에 '네, 있어요.'라고 내 목소리로 반응해 준다.

그리고 긴급 사태가 아닌 이상 호위하는 기사가 멋대로 주인의 방에 들어가는 일은 없다.

하지만 문제는 돌아갈 때다. 이 시간에는 대리가 아니라 레일라가 단단히 보초를 선다. 이걸 돌파해서 자기 방으로 돌아가는 건 좀처럼 쉬운 일이 아니다.

참고로 창문으로 날아가는 건 무리.

창문은 있지만, 밖에서 침입하는 걸 대비한 철창이 있다. 디자인이 조금 세련된 걸로.

그러므로 창문으론 갈 수 없다.

그나저나 지금은 나보다도 베르네르, 너 말이야.

넌 왜 하계휴가 중에 교내를 어슬렁거리는 거야?

"저는 빌린 책을 반납하러 도서실에 다녀오는 참입니다."

헤에. 정말이지 학생다운 이유네요.

그걸 하계휴가 중에도 하는 거야?

뭐, 과제도 있으니까. 그 자료를 모으는 데 쓰는 도서실을 개방하는 건 당연한가.

"엘리제 님께선 뭘 하시는 겁니까?"

뜨끔.

나는…… 뭐, 그거야. 잠깐 산책했다고 할까?

가끔 혼자서 슬금슬금 돌아다니고 싶을 때가 있잖아? 안 그래?

그런고로 어떻게 하면 레일라에게 안 들키고 방으로 돌아갈 수 있을지를 생각한 참이야.

그렇게 알려주자 베르네르가 뜻밖의 제안을 했다.

"그렇다면 저도 돕겠습니다. 레일라 씨의 주의를 끌면 됩니까?"

오오, 진짜냐! 고마워! 넌 참 좋은 녀석이구나!

역시나 주인공은 급이 달랐어!

그렇다면 바로 가자. 레일라를 잘 유인해 달라고.

뭘, 괜찮아. 레일라는 분위기만 보면 유능하지만, 의외로 빵꧞이니까.

망했습니다.

결론을 먼저 말하자면 나와 베르네르는 사이좋게 들켜서 같이 혼났습니다.

제길. 이럴 때만 레일라야? 더 빵꧞하라고.

작전은 나쁘지 않았다.

베르네르가 대화로 주의를 끌고, 레일라가 잠시 문에서 떨어진 틈에 내가 방으로 돌아간다. 그런 작전이었다.

뭐, 그렇지……. 응. 내 전용인 5층에 일반 생도인 베르네르가 나타나면 그 시점에서 예비 범죄자로 찍힌다. 당연한 거다.

하지만 게임에서 레일라는 경비가 더 허술했을 텐데 말이지.

게임에서도 엘리제(진짜)가 마법학교에 자주 간섭한 것은 예전에도 말했지만, 나와 마찬가지로 이 학교에 잠시 체류하면서 5층에서 지내는 기간이 있다.

그리고 당연히 그동안에는 5층에 레일라도 있는데…… 게임에서는 자유행동 때 베르네르가 5층에 가도 레일라와 평범하게 대화할 수 있고, 오히려 이야기하면 호감도가 올랐을 정도다.

아무튼 이대로 가다간 베르네르가 예비 범죄자로서 레일라에게 혼쭐이 날 가능성이 있어서 하는 수 없이 내가 뛰쳐나가 사실을 밝혔다. 그렇게 해서 베르네르는 간신히 무혐의로 풀려났지만, 그 대신에 나와 함께 잔소리를 듣게 됐다.

미안해, 베르네르……. 완전히 나 때문이야. 용서해.

하지만 그 뭐냐. 이렇게 머리를 맞대고 멍청한 짓을 하는 것도 유치하면서 즐겁다.

친구와 멍청한 짓만 저질렀던 전생의 어린 시절 생각이 난다.

같이 멍청하게 놀 수 있는 남자 친구는 좋단 말이지.

생각해 보면 나는 언제부터 외톨이가 됐을까…….

어릴 적에는 아직 친구가 있었던 것 같은데, 성장하면서 점점 모두가 이상한 나를 눈치채고……. 아무렴 어때.

고마워, 베르네르. 이번엔 즐거웠어.

다음엔 들키지 않는 범위에서…… 아니, 혼나지 않는 범위에서 뭔가 하자고.

아, 하지만 아무튼 이번엔 들켰으니까 네 호칭을 강등하겠어.

지금까지 속으로는 어땠을지 몰라도 실제 쓰던 호칭은 베르네르 씨였으니까, 앞으로 넌 베르네르야.

다음엔 잘 부탁해, 베르네르.

◇

——그것은 베르네르에게 너무나도 기쁜 우연이었다.

마법학교 생도는 하계휴가 중에 과제를 많이 받는다.

기사의 마음가짐. 역대 성녀의 이름. 그들의 삶과 역사……. 역대 마녀의 악행. 과거의 전투 기록.

국어와 산술. 예의범절. 여성을 에스코트하는 방법과 테이블 매너. 종자의 마음가짐.

그러한 것들을 머릿속에 주입할 것을 요구한다.

실기에서 뛰어나야 하는 것은 최소한의 조건이고, 기사를 지망하는 자라면 이렇듯 높은 교양 수준을 요구받는 것이다.

기사란 싸우기만 하는 존재가 아니다. 성녀를 지키고, 지원하는 존재.

따라서 기사에게는 왕족을 섬기는 시종보다 더한 자질이 요구되고, 실기를 포함해서 이러한 것들을 고작 3년 만에 익혀야 한다.

그리고 가장 요구되는 것은 생도 자신의 향상심이었다.

하계휴가란 장기간 쉬어도 된다는 학교 측의 배려가 아니다.

이때 진짜로 노는 자는 무자비하게 기사 후보생에서 제외한다는, 솎아내기 과정이다.

기사가 지키는 것은 인류에 가장 중요한 존재인 성녀다.

따라서 어리숙한 것을 용납하지 않는다. 잠시 긴장을 푼 사이에 마물이나 마녀에 의해 암살당해서는 절대로 안 된다.

그렇게 되면 엘리제가 봤을 때 2대 전…… 전전대 성녀가 죽었을 때와 마찬가지로, 인류의 암흑기가 불필요하게 늘어나고 만다.

그래서 하계휴가를 기뻐하며 긴장을 푸는 자는 있어선 안 된다.

나온 과제를 전부 하는 것은 당연하고, 그것조차 못 하는 자라면 곧바로 학교에서 쫓겨난다.

그러고도 자유시간을 어떻게 쓰고, 주위와 차이를 벌리는지, 학교 측은 그 점을 본다.

물론 베르네르는 그런 속사정을 알 리가 없지만, 애초에 그 목적은 성녀의 곁에 있을 정도로 강해지는 것이다. 그것 말고는 흥미가 없다.

하물며 그가 나란히 서려고 하는 자는 역대 최고의 성녀로 추앙받는 엘리제다.

그렇다면 어지간한 노력으로는 그곳에 도달할 수 없다는 것도 각오했다.

그러니까 하계휴가 첫날 도서실에서 자료를 최대한 빌려서 과제를 일찍 끝냈다.

나머지 시간 전부를 수련에 투자하고 싶었기 때문이다.

그리고 볼일을 마친 자료를 학교 도서실에 반납하고, 이제부터 특별 훈련을 하자며 기숙사로 돌아가는 길에…… 뭔가 슬금슬금 움직이는 엘리제를 발견했다.

"엘리제 님……!"

"으헉?!"

말을 걸자 어지간히 놀랐는지 평소 들을 일이 없는 귀여운 소리가 났다.

기본적으로 차분한 이 성녀의 이런 모습은 신선하다.

다른 사람들이 본 적이 없는 모습을 봤다는 생각에 베르네르는 조금 우월감이 들었다.

"아, 아하. 베르네르 씨였군요. 놀랐어요…….."

"뭘 하시는 겁니까? 마치 사람 눈을 피하듯이…… 혹시, 레일라 씨를 피하는 겁니까?"

베르네르가 그렇게 말하자 정곡을 찔린 것처럼 엘리제가 몸을 굳혔다.

그리고 화제를 바꾸려는 것처럼 베르네르에게 질문을 던졌다.

"그나저나 베르네르 씨는 왜 여기 있죠?"

"저는 빌린 책을 반납하러 도서실에 다녀오는 참입니다. 엘리제 님은 뭘 하시는 겁니까?"

"저는…… 잠시 산책 중이에요. 가끔은 혼자 걷고 싶을 때도 있다고 할까요……. 그리고 지금은 어떻게 하면 레일라에게 들키지 않고 돌아갈 수 있을지 생각 중인데…… 나올 때는 레일라가 쉬는 중이라서 빠져나올 수 있었지만요."

베르네르의 질문에 엘리제는 시선을 돌리면서 대답했다.

성녀는 기본적으로 어딜 가든 반드시 호위가 따라간다.

그건 성녀의 중요성을 생각하면 어쩔 수 없는 일이겠지만, 그래서는 숨이 막힐 때도 있겠지.

성녀라고는 해도, 그런 측면이 있다는 것일까.

지금껏 멀게 느껴졌던 이분도 똑같은 인간이라고 생각하니 갑자기 거리가 줄어든 기분이 들어서, 베르네르는 왠지 기뻤다.

"그렇다면 저도 돕겠습니다. 레일라 씨의 주의를 끌면 됩니까?"

"어? 그래도 되나요? 아, 그래도…… 미안해요. 게다가 레일라는 조금 농담이 안 통하는 구석이 있고요……."

"괜찮습니다. 맡겨 주세요. 성녀님이 곤란할 때 돕는 것도 기사의 소임이니까요. 뭐, 아직 후보생도 아닌 일개 생도지만요."

그리하여 두 사람은 주위에 아무도 없는지를 확인하면서 계단을 올라가 5층에 도착했다.

조금 떨어진 곳에는 내빈용 방이 있고, 그 문 앞에는 레일라가 직립부동 자세로 경계를 서고 있다.

레일라 스콧……. 그 사람은 어떻게 보면 베르네르에게 엘리제와는 다른 의미로 동경의 대상이었다.

레일라의 지금 지위야말로 엘리제를 신봉하는 모두가 목표로 하는 곳이다.

엘리제와 가장 가까운 곳에 있고, 그 수호를 맡는다. 모든 기사가 꿈꾸는 최고의 자리.

베르네르는 그곳에 있는 레일라를 존경했지만, 조금 질투하기도 했다.

레일라가 지금 있는 곳에, 언젠가는 자신이 서고 싶었다.

그렇지만 그건 아직 나중 일이다. 지금의 자신은 평범한 생도에 불과하다.

최고의 기사 앞에서 어떻게 엘리제를 방으로 이끌지만 생각해야 한다.

"엘리제 님. 제가 지금부터 레일라 씨의 주의를 끌어서 문에서 떨어지게 할 테니, 그 틈에……."

"네, 알겠어요."

베르네르의 지시에 고개를 끄덕이고, 이어서 엘리제는 재미있다는 듯이 웃었다.

"엘리제 님!"

"아, 아뇨. 왠지 조금 웃겨서요. 이렇게 둘이서 나쁜 짓을 하는 건, 왠지 아이들 놀이 같잖아요. 친구가 있으면 이런 느낌이 아니었을까 해서 즐거워졌어요."

그건 평소 의젓하고 신비로운 소녀가 보인, 외모에 걸맞은 웃음이었다.

베르네르는 불쑥 고개를 돌리고 앞을 봤다.

위험했다……고 생각한다.

솔직히 진짜 이대로 호흡과 심장이 멎는 줄 알았다.

그 웃는 얼굴을 조금만 더 봤다간 정신이 나가서 아무것도 생각할 수 없게 됐으리라.

"그, 그러면…… 가겠습니다."

베르네르는 그렇게 선언하고 발을 내디뎠다.

그러나 성녀와 그 호위 말고는 출입이 금지된 구역에 일반 생도가 발을 들이면 수상하게 여기지 않을 리가 없다.

베르네르는 다짜고짜 구속당할 뻔했고, 이를 감싸기 위해 엘리제가 허둥지둥 모습을 드러내 위기를 넘겼지만, 작전은 완전히 실패로 끝났다.

그리고 두 사람은 레일라에게 혼나게 됐다.

"혼났네요."

그 뒤로 두 사람은 레일라에게 철저하게 잔소리를 들었다.

10여 분에 걸친 질책에서 겨우 해방된 엘리제는 베르네르에게 시선을 돌렸다.

"미안해요, 베르네르 씨. 저 때문에 이런 일에 휘말려서."

"아뇨. 제가 먼저 꺼낸 말이니까요…… 하하."

결국에는 아무 도움도 되지 못했다.

그 사실에 조금 울적해진 베르네르에게, 엘리제가 조용히 말한다.

"하지만 이번엔 즐거웠어요. 만약 또 기회가 생기면 이번에는 혼나지 않는 범위에서 뭔가 해보고 싶네요."

"또, 말입니까……?"

"민폐가 아니라면요."

"그, 그럴 리가 있겠습니까! 꼭 그러죠!"

허둥지둥 말하는 베르네르에게 엘리제가 만족스럽게 미소를 짓고, 레일라에게 연행되어 방으로 돌아간다.

그리고 문이 닫히기 직전에, 잠시 뒤돌아봤다.

"내일 또 봐요…… 베르네르."

그 말을 마지막으로 문이 닫히고, 엘리제의 모습은 사라졌다.

베르네르는 한동안 멍하니 있었지만, 레일라가 손을 휘이휘이 젓는 바람에 정신을 차리고 계단을 내려간다.

마지막 순간에 엘리제가 한 말이 머릿속에서 자꾸 울린다.

베르네르…… 지금까지는 예의를 차린 것처럼 '베르네르 씨'라고 불렀던 것이 '베르네르'가 됐다.

이건 명백한 전진이다. 자신과 그녀의 거리가 확실하게 줄어든 것을 느낀다.

기숙사로 돌아가는 길에…… 베르네르는 기쁜 나머지 점프해서 주먹을 번쩍 쳐들었다.

제14화 투기대회

즐겁고 즐거운 여름 방학이 끝나고, 학교 일정이 다시 시작됐다.

뭐, 나는 그동안 쭉 한가했지만.

있었던 일이라면 루틴 왕국에서 감사장이니 금은보화니 해서 사례하는 것으로 모자라 왕족 일가가 한꺼번에 인사하러 오는 바람에 내가 그날 말없이 외출해서 신나게 마물을 사냥한 것이 레일라에게 들킨 정도일까.

역시 나쁜 짓은 반드시 들통나기 마련이야.

하는 수 없어서 아무튼 반성해 봤다.

하나, 둘, 셋······. 네, 반성했습니다. 반성 끝. 나중에 또 할게.

나는 나한테 불리한 일은 잊는 생물이다.

마물 스매싱은 이 세계에서 얼마 안 되는 오락이니까, 나한테서 빼앗으면 지루해서 죽는다.

하계휴가가 끝나면 다음 이벤트는 예전에도 말한 학년별 투기대회다.

투기대회는 1년에 두 번 한다. 전기에 학년별, 후기에는 전 학년 공통이므로 학교생활 중에 총 여섯 번 개최되는 셈이다.

그렇다고는 하나 이 게임은 1학년 동안의 이벤트로만 진행되므로 2학년 진급 후의 일은 생각하지 않아도 된다.

따라서 게임을 하면서 플레이어가 실제로 나가는 투기대회는 딱 두 번이다.

이 투기대회는 그냥 이벤트가 아니라 전투도 포함되며, 이제껏 플레이어가 베르네르를 얼마나 단련했는지를 시험받는다.

결승전에서는 '마리'라고 하는 무지막지하게 강한 여자애와 전투를 벌이는데, 플레이어는 대부분 여기서 지고 준우승을 차지한다.

1회차에서 마리를 이기려면 모든 히로인을 방치하고 자유시간의 90퍼센트 이상을 자주 단련에 쓸 필요가 있다는 말도 있다. 마리는 그만큼 강한 캐릭터다.

(그러나 아군이 되면 베르네르보다 약해지지. 뻔한 전개야.)

더 말할 것도 없이, 마리도 공략 가능 히로인이다.

파란 세미롱 헤어의 쿨데레 캐릭터로 팬들에게 인기가 많다. 쿨데레는 어느 시대든지 강하다.

투기대회가 끝나면 성적과 관계없이 성녀를 말살하려는 마녀의 부하가 쳐들어와 중간보스전이 시작된다.

이때 나오는 녀석은 대마의 실패작이라서 지능이 떨어지고, 실력도 이 시점의 베르네르 일행이라면 충분히 해치울 수준이다.

더군다나 이 전투에서는 마리가 아군으로 가담하므로 베르네르가 어지간히 약하지 않는 이상 여유롭게 승리할 것이다.

그리고 이 중간보스 말인데…… 지능이 떨어져서 진짜 성녀인 에테르나를 무시하고 엘리제(진짜)를 노린다.

이 대회에서는 내빈으로 초대받은 엘리제(진짜)가 특등석에 앉는다.

이 시점에서는 엘리제(진짜)가 가짜 성녀임이 들통나지 않으므로 베르네르 일행은 기사의 의무로 중간보스를 가로막고 엘리제(진짜)를 지킨다.

팬들은 '이럴 때는 지키지 말고 죽게 내버려두라고…….' 라고 입을 모아 말한다. 나도 그렇게 생각했지만, 이건 강제 이벤트다.

일부러 져서 어떻게든 엘리제(진짜)를 죽이려고 한 플레이어도 많다. 나도 그랬다.

그러나 이 전투에서 져도 결국 중간보스는 레일라가 물리치고, 더군다나 지면 마리의 플래그가 근본부터 날아가서 이후로 등장하지 않게 되므로 불이익밖에 없었다.

즉, 이 습격 이벤트에서는 게임 본편과 똑같이 나를 공격할 게 확실하다.

하지만 고작해야 대마가 될 수 없는, 실패한 잡종견이다. 내 적수가 안 된다.

뭐, 나오면 즉각 후다닥 처리하고 끝이야.

아침 몸풀기 체조 대신은 될까? 같은 수준이다.

아니, 그것도 못 된다. 체조는 건강에 좋으니까.

문제는…… 그거네. 일단 중간보스가 처음 등장할 때의 연출로 엑스트라 기사가 몇 명인가 덤비고 날아가서 죽는 정도인가. 이 세계는 진짜 엑스트라한테 자비가 없네.

"엘리제 님, 슬슬 시작합니다."

레일라의 말을 들은 나는 잠시 생각을 중단했다.

아, 벌써 가야 할 시간이야? 그러면 후다닥 가 보실까.

내가 봤을 때는 도토리 키 재기 수준의 싸움이지만, 봐서 즐기지 못할 건 아니다.

게다가 남자 시절에는 격투기 경기를 보는 게 싫지 않았다.

이번에 하는 건 격투만이 아니라 검도 마법도 뭐든 가능한 대결이지만, 대본대로 하는 드라마와 다르게 진짜 칼싸움을 볼 수 있어서 꽤 기대된다.

여담으로 나는 이 투기대회에 열 살 때부터 내빈으로 초대받아 이미 여러 번 봤다.

레일라에게 안내받아 도착한 장소는 학교 운동장 옆에 지어진 특설 투기장이다.

정사각형으로 자른 돌을 깔아서 만든 네모난 링의 넓이는 끝에서 끝까지 대략 30미터일 것이다.

다소 높이 지어서 관객석에서는 올려다봐야 하는 구도다.

그 주위에는 담장을 세웠고, 담장 너머에는 의자가 쭉 있다.

이미지로는 프로레슬링 링과 비슷할지도 모른다.

그리고 가장 뒤에는 블록을 높이 쌓아 만든 단에 다른 자리보다도 호화로운 의자가 설치되어 있었다.

저게 내가 앉는 특등석인데…… 조금 멀단 말이지. 특등석이라고 하면 가장 앞자리 아니야?

왜 맨 뒤에 있는데? 바보야? 놀리는 거야? 기왕이면 앞으로 가자고, 앞으로.

"죄송합니다. 안전상의 문제가 있어서 그런 겁니다. 사고로 마법이나 생도가 놓친 검이 날아오지 않는다고 보장할 순 없으니까요. 엘리제 님께선 안전한 위치에서 관전해 주시길 바랍니다."

툴툴대 봤지만, 교장의 설득에 허무하게도 격침.

참고로 교장은 40대 후반 아저씨.

전대 성녀의 수석 기사였던 남자로, 그만큼 주위에서도 신뢰가 두텁다.

사실은 몰래 마녀와 내통하고 있고, 나중에 싸우게 되는 보스 캐릭터다.

경계해야 할 인물이야.

이름은 디아스 디아스. 퍼스트네임이 디아스. 패밀리네임도 디아스다.

일본인으로 치면 야마다 야마다 같은 이름이다.

그나저나 변태안경남도 그렇고, 이 학교에 멀쩡한 교사는 없나?

그리하여 개막한 투기대회는 그럭저럭 즐거웠다.

전생 기준으로 말하면 '인간의 움직임이 아니야.' 라고 말할 정도로는 모두 움직임이 터무니없는데, 쌩쌩 움직이고 마법을 펑펑 쏴서 제법 볼만한 경기라고 할 수 있다.

그러나 지금의 내 기준으로 말하자면…… 아무리 봐도 레벨이 떨어진다.

내가 평소 보는 기사가 기본적으로 레일라 같은 근위기사밖에 없어서 어쩔 수 없지만. 이렇게 보면 레일라도 평범하게 무진장 강한 것 같아.

그 이전에 레일라는 생도 시절부터 대단했다. 재학 중에는 전부 레일라가 우승했으니까. 장난 아니네.

대체 누구야. 이렇게 유능한 사람을 빡콧이라고 부르는 건.

야, 빡콧. 너는 이걸 어떻게 봐?

"제가 말입니까? 그렇군요……. 올해는 제법 수준이 높은 생도가 모인 것 같습니다. 저도 멍하니 있을 순 없겠군요."

어어? 진짜?

그야 요전번에 본 루틴 왕국 병사보단 모두 강하지만 말이야.

"특히 저기 네 사람…… 베르네르, 아이나 폭스, 존, 마리 제트는 주옥같습니다. 베르네르는 기술이 세련되지 않으면서도 기초 능력이 우수하고, 아이나 폭스는 특출한 구석이 없으면서도 잘 연마했습니다. 과연 기사 폭스의 딸이라고 할까요. 존은 병사 출신이었죠. 다른 생도보다 전투가 뭔지 잘 아는 것 같습니다. 마지막으로 마리 제트는 검과 마법의 밸런스가 좋고, 파워는 없어도 기술은 이미 기사 레벨이겠죠. 제가 생각하기로, 올해는 마리 제트가 우승 후보입니다."

레일라가 이름을 언급한 건 주인공 베르네르와 강캐인 마리, 요새 잊고 있었던 아이나 폭스(원래는 나를 암살하려고 하는 아이다.)와…… 엑스트라 A군.

그 엑스트라, 강했구나…….

그나저나 진짜 성녀인 에테르나가 들어가지 못한 게 참 슬프다.

그야 성녀의 힘에 각성하기 전의 에테르나는 대미지만 안 받을 뿐이지 별로 강하지 않으니까 어쩔 수 없지만.

그 뒤로 이러쿵저러쿵하는 사이에 대회가 진행되고, 레일라가 말한 네 사람이 준결승에 진출했다.

오, 제법인데 레일라.

준결승 첫 대결은 서브 히로인 마리와 아이나다.

마리는 파란 세미롱, 아이나는 빨간 트윈테일로 보기만 해도 대조적인데, 주특기 마법도 얼음과 불로 정반대이다.

"네 시합은 봤어. 실력이 대단하던데……. 너라면 우승을 노릴 수 있을지도 몰라. 하지만 그것도 내가 없을 때 이야기야."

"…………."

"나는 너희와 달리. 명예로운 근위기사인 아버님 이름에 먹칠하지 않기 위해서라도, 이런 데서 질 수는 없어."

"그래……."

아차, 이거 큰일입니다.

아이나 선수, 갑자기 큼직한 패배 플래그를 세웠습니다.

전투 전에 자신의 태생을 자랑하고 상대를 깔보는 녀석은 대체로 진다는 법칙이 있단 말이지.

아니나 다를까 마리는 아이나를 가뿐하게 이겼고, 악수를 청했다가 거절당해서 시무룩한 기색을 보였다.

다음은 베르네르와 엑스트라 A가 싸우고, 조금 고전하면서도 베르네르가 당연히 승리.

그런고로 결승전에 진출한 것은 역시나 베르네르와 마리다.

뭐, 1회차라도 여기까지는 올 수 있다.

그리고 수많은 플레이어가 여기서 눈물을 삼킨다.

1회차 마리를 이기는 건 진짜 어려워서, 나도 첫 플레이 때는 패배했다.

핵을 쓰면 무 같은 개그 무기로 싸워도 이길 수 있지만, 그건 평범하게 무리.

이 세계에서도 베르네르는 질 거라고 본다.

2회차 이후의 베르네르는 이전 게임 플레이 때의 레벨과 기술을 전부 계승할 수 있지만, 이 세계의 베르네르는 그런 걸 계승한 기미가 없었다.

이 조건에서 마리를 이긴다면, 자유시간 태반을 자주 단련에 투자해야 하는데, 그랬다간 히로인의 호감도도 전혀 안 오르고, 이벤트도 지나쳐 버린다.

아…………

그러고 보니 이 세계의 베르네르는 그런 개그 플레이를 했었지…….

"끝났다! 우승자는 베르네르다!"

사회자의 목소리가 크게 울려 퍼지고, 나도 그 사실에는 놀랐다.

아아…… 그걸 이기냐.

근력을 의지해 무식한 검을 붕붕 휘두르고, 마리의 마법으로 얼음이 되어도 어둠 파워와 근육으로 억지로 부숴서 승리하다니, 대체 뭐야?

진짜 저 녀석은 자주 단련만 했냐고…….

하긴 그렇겠지. 평범하게 하면 이 시점에서 히로인 대여섯 명과는 플래그를 세워 친해졌을 텐데, 아직 에테르나 말고 다른 여자가 근처에도 없으니까 말이야.

피오라? 아니, 걔는 게임에 이름이 안 나오니까 해당사항이 없잖아.

게다가 도저히 베르네르에게 관심이 있는 것처럼 보이지 않는다. 오히려 어째서인지 엑스트라 A와 사이가 좋다.

베르네르…… 넌 진짜 어디로 가는 거야?

넌 이대로 가다간 『보디빌드 ♂ 엔딩』이라고, 진짜.

넌 좀 히로인 공략 똑바로 하라고.

양다리든 세다리든 걸쳐서, 더 많은 여자애에게 좋은 모습을 보여서 팔방미인하고 반하게 하라고.

하아, 한심해라. 네가 그러고도 미연시 주인공이야?

링 위에서 마리와 서로의 건투를 칭찬하고 있지만, 아무리 봐도 연애 플래그가 안 섰다. 단순히 성별을 초월한 전투 느낌이다.

너는 진짜…… 그때는 보통 연애 플래그가 설 때 아니야?

아무렴 어때. 이걸로 투기대회는 다 끝났으니까, 슬슬 그 녀석이 나오려나.

5, 3, 3, 2, 1…….

자, 왔다! 하늘에서 거인이 뛰어내리고, 링을 부수며 등장했다.

"후……성녀는 어디야……. 성녀, 죽인다…… 죽인다……. 나…… 마녀님, 칭찬받는다……."

첫 대사부터 딱 봐도 지능이 모자란 듯한 이 녀석이 이번 중간보스다. 이름은 포치.

겉모습은 신장이 4미터쯤 되는 늑대인간. 웨어울프라고 하는 그

거다.

온몸은 검은 털가죽으로 뒤덮였고, 목 위로는 늑대이며 그 아래는 털복숭이 인간형이다. 정확하게는 대마가 되는 과정에서 늑대처럼 된 개라서 늑대인간이 아니라 개인간이다.

이것만 놓고 보면 강할 것 같지만, 언동이 전부 망친다.

이 녀석은 예전에 내가 괴롭힌 원귀와 똑같이 수많은 마물을 고독(蠱毒)처럼 죽고 죽이게 해서 만들어진 대마다.

그런데…… 이 녀석은 조금 지능이 부족했다.

개의 충성심으로 마녀에게는 절대복종하지만, 반대로 말하자면 마녀에게 칭찬받는 것밖에 생각하지 않는다.

그때그때의 일만 생각할 수 있어서 앞뒤를 가릴 줄 모르고, '자신이 행동한 결과로 나중에 마녀가 어떤 불이익을 뒤집어쓰는지'도 전혀 고려하지 않는다.

강아지 때 살짝 물었더니 주인이 기뻐하자 성견이 되어도 강아지 시절 감각으로 사람의 손을 물어 상처를 내는 개가 있잖아? 이 녀석은 그런 느낌이다.

요컨대 마녀는 개 교육을 엉터리로 했고, 교육이 덜 된 그 똥개를 마물로 만든 데다가, 그걸 대마의 재료로 썼더니 어찌 된 일인지 살아남는 바람에 실패작이 탄생한 셈이다.

더군다나 실력도 그 원귀에 못 미쳐서 조금 강한 마물 수준에 불과하다.

자세히 보면 몸 구석구석에 상처 자국이 있는데, 이건 마녀에게 벌을 받거나 다른 대마의 샌드백이 된 탓이다.

요컨대 그 정도로 쓸모가 없고 도움이 안 된다는 뜻이다.

그래도 이 녀석은 마녀에게 칭찬받고 싶다는 일념으로 이번 독단전행을 일으켰다.

하지만 결과적으로 게임에서는 이 녀석이 등장하면서 '마녀는 학교에 있다'는 의혹을 더욱 키우게 된단 말이지.

마녀도 고생이 많아. 쓸데없이 의욕만 많은 무능한 부하를 둬서.

그 잡종견이 나를 찾아내고, 성큼성큼 걸어왔다.

"성녀…… 죽인다…… 나, 칭찬받는다. 나…… 쓰레기, 아니다…….."

헹! 바보 자식. 너 따위 잡종견이 나를 이길 것 같아? 주제를 알아라.

이미 마력 강화는 끝냈다. 너 따위가 아무리 공격해도 나한테는 안 통해.

그 이전에 배리어를 이미 쳤으니까, 공격하면 너만 죽는다.

나는 여유를 부리듯 의자에 앉은 채로 불쌍한 개를 보는 눈으로 잡종견을 봤다.

흥…… 불쌍한 자식.

"보지 마……. 그렇게, 불쌍해하는 눈으로…… 나를 보지 마아아아!"

잡종견이 아우성치고 주먹을 번쩍 쳐든다.

레일라가 검에 손을 대지만, 그럴 필요는 없다. 배리어에 닿는 순간 카운터가 발동하고 끝난다.

"엘리제 님!"

그러나 주먹이 닿기 직전…… 베르네르가 뛰쳐나와 잡종견의 얼굴을 검으로 때렸다.

잡종견은 움츠러들었지만, 얼굴은 베이지 않았다.

저기…… 베르네르 너, 그건 경기용으로 날을 없앤 검이잖아.

그러면 아무리 상대가 잡종견이라도 벨 수 없다고.

"방해……하지 마아아아아!"

잡종견이 소리치고 베르네르에게 주먹을 내리치려고 하지만, 그 팔을 마리가 날린 얼음 마법이 얼렸다.

나아가 베르네르를 지원하듯이 에테르나와 피오라와 엑스트라 A와 변태안경남이 달려와 여섯 명이서 잡종견과 대치했다.

뭔가 "다들……!"이라거나 "너만 멋진 모습을 보이게 할 수 없지."라거나 "우리가 엘리제 님을 지키자.", "나를 잊지 않았나?" 같은 식으로 신이 났는데…… 저기, 나는 딱히 지켜주지 않아도 내 몸 정도는 알아서 지킬 수 있거든?

그 이전에 너희가 방해하지 않았으면 그 녀석도 이미 죽었을걸?

왠지 내가 지켜야만 하는 애송이 취급을 받는 것 같아서 속이 끓었다.

이젠 분위기 생각하지 말고 저걸 해치워 주겠어.

아, 그게 좋겠네. 그렇게 하자.

그런고로 빛 마법을 쾅…….

"기다려 주십시오, 엘리제 님. 지금은 저들에게 맡겨 주실 수 없겠습니까!"

어…….

빠콧, 뭐라고 했어? 제정신이야?

"저들은 지금 기사로서 소임을 다하려고 하는 겁니다. 이걸 엘리제 님께서 끝내시는 건 쉽겠지만…… 지금은 부디 저들의 마음을 헤아려 주실 수 없겠습니까. 저들은 지금, 기사로서 크게 성장하려고 한다는…… 그런 기분이 듭니다."

그건 진짜 기분 탓이야. 실제로 이 이벤트가 끝나도 특별히 파워 업되진 않았으니까.

오히려 플레이어의 감상은 '그만두고 저 쓰레기를 죽게 내버려 둬.'였다.

하지만 다른 사람도 아닌 빠콧의 부탁이니까, 일단 기다려 줄까.

그건 그렇고 이대로 가면 아무리 생각해도 베르네르가 위험한걸. 저 무기는 경기용이니까.

게임에서는 설정만 경기용 무기를 쓰는 취급이고 데이터로는 평소 쓰는 무기를 그대로 쓸 수 있으니까 아무런 문제가 없었지만, 그 점은 게임과 현실의 차이란 거네.

그런고로 무기 정도는 선물해 주실까.

자, 흙 마법 쾅! 땅속 성분이니 뭐니를 조물조물 만져서 단단하고 가벼운 금속으로 만들고, 그걸 검 모양으로 바꿨다.

옛다. 이걸 써라, 베르네르! 10초 만에 적당히 만든 장난감이니까 돌려주지 않아도 돼!

"감사합니다, 엘리제 님! 이거라면…… 싸울 수 있어!"

검을 잡은 베르네르는 엄청나 기세로 잡종견을 몰아붙인다. 오오, 굉장하네.

감탄하면서 보고 있자니 어째서인지 나를 보는 레일라의 시선이 느껴졌다.

응? 왜? 무슨 일 있어?

"아, 아뇨……. 아무것도 아닙니다."

뭐야? 이상한 빡콧일세.

그건 그렇고, 아무래도 싸움이 끝난 듯하다.

베르네르와 유쾌한 동료들은 훌륭히 잡종견을 해치운 듯, 쓰러진 잡종견이 보인다.

"마녀님…… 나…… 마녀님 위해, 잘할게…… 잘할 테니까……. 또…… 나를, 안아, 주세……요……."

아니 무리잖아.

너는 털을 만지고 놀기에 너무 크다고.

미안해. 나는 소형견은 좋아하지만, 대형견은 무서워서 싫어.

아슬아슬하게 시바견이 한계야. 그것보다 큰 개는 무리.

그렇게 생각했더니 어째서인지 잡종견이 내 쪽에 몸을 대고 코를 킁킁거리기 시작했다.

야, 나는 네가 좋아하는 마녀님이 아니야.

그러나 의외라고 할까, 이 녀석도 제법 복슬복슬하네. 대형견도 은근히 괜찮을지도 몰라.

"엘리제 님…… 이 괴물은……."

레일라가 의아한 기색을 보이지만, 아마도 '이거 대마치고는 너무 약하지 않아?' 라고 생각한 것이리라.

그래서 나는 모두에게 이 녀석이 대마의 실패작임을 알려주었다.

덤으로 이 녀석이 원래는 멍멍이고, 그저 칭찬받으려는 것밖에 모르는 바보라는 사실도 폭로했다.

물론 내가 원래부터 알면 이상하니까 추측하는 형태로 말했지만.

"마녀……님……."

아, 너 아직 잠들지 않았어?

이젠 잠들어도 돼. 잔다고 혼낼 사람은 없으니까.

그 이전에 정신이 들면 눈치채고 '이 녀석 마녀님 아니야!' 라면서 물려고 할 것 같아서 무서우니까 잠들어 줘.

자, 어서. 자장자장.

그렇게 말하자 커다란 멍멍이는 조용해졌다.

자, 주위의 눈도 있으니까 털을 가지고 노는 건 슬슬 그만둘까.

제15화 포치

──그는 그저 주인을 좋아했다.

이 세계에서 개는 가축으로서 잘 알려졌다.

무리를 중시하는 그들은 길들이면 사람에게 순종적이고, 뛰어난 후각은 사냥의 동반자로서 매우 좋다.

잘 교육하면 마물의 냄새도 구분해 멀리서 오는 위협을 사전에 짖어서 알려주기도 한다.

언제 어디서 마물이 습격할지 모르는 이 세계에서, 개는 사람들이 떼어낼 수 없는 존재였다.

따라서 그 생물이 군사적으로 이용되는 것은 당연한 흐름이고, 마물의 냄새를 구분하기 위해 훈련된 개가 어느 소대에도 한 마리는 배치됐다.

그도 그렇게 군용견으로 삼고자 훈련받은 강아지였으나…… 안타깝게도 다른 개와 비교해서 성적이 별로 좋지 않아 정식 채용에 미치지 못한 그는 버림받을 운명이었다.

잔혹한 이야기지만, 개에게 주는 먹이도 공짜는 아니다.

마녀와 마물들이 초토화시킨 탓에 식량이 부족해 매일 아사자가 발생하는 세계에서 쓸모없는 개를 굳이 곁에 둘 의미는 없었다.

지금이야 성녀 엘리제가 감자와 콩처럼 척박한 땅에서도 자라는 작물의 가치를 재발견하고 전 세계에 전파한 덕분에 식량난이 줄어들었지만, 당시는 모두가 절약해서 아슬아슬하게 살아가고 있었다.

　이것도 엘리제가 봤을 때 2대 전 성녀가 사명을 다하지 못하고 죽어 암흑기가 길어진 탓이다.

　이대로 가다간 버림받을 운명이었던 그를 구한 것은 당시의 성녀——알렉시아였다.

　그녀는 말했다. 자신만의 개가 있었으면 좋겠다고.

　이에 당시 수석 기사였던 디아스는 더 우수한 개가 있다고 대답했지만, 그녀는 작은 개를 살며시 안고서 웃으며 말했다.

『나는, 이 아이가 좋아.』

　그것이 그게 가장 강렬하고…… 지금도 빛을 잃지 않는 소중한 추억이었다.

　쓰다듬어 준 그 손길의 온기를 잊을 수 없다.

　품에 안아주었을 때의 기쁨을 기억하고 있다.

　그래서—— 그러니까…… 부디, 다시 한번…….

　베르네르와 마리가 손을 맞잡고 서로의 건투를 칭찬한다.

　그 광경을 보고 생도들이 흥분하는 가운데, 갑자기 그것이 나타났다.

　하늘에 그림자가 지고, 두 사람의 주위만 어두워졌다.

이상한 상황을 마리가 알아채기도 전에 베르네르는 잽싸게 그녀를 안고 그 자리에서 물러났다.

그 직후에 링을 부수고 내려선 것은 4미터는 됨 직한 거대한 괴물이다.

머리는 개. 목 아래는 까만 털가죽으로 뒤덮였지만, 인간과 흡사하다.

그 괴물은 마치 산책하러 나온 개처럼 거칠게 호흡하며 혀를 내밀고, 코를 움직여서 주위의 냄새를 맡았다.

"후……성녀는 어디야……. 성녀, 죽인다…… 죽인다……. 나…… 마녀님, 칭찬받는다……."

괴물은 방금 죽일 뻔한 베르네르와 마리가 안중에도 없는 것처럼 성녀를 찾고, 특등석에 있는 엘리제에게 시선을 돌렸다.

"성녀…… 죽인다…… 나, 칭찬받는다. 나…… 쓰레기, 아니다……."

쿵쿵 소리를 내면서 괴물이 성큼성큼 걸어가고, 진행 방향에 있던 생도들이 황급히 피난했다.

괴물은 엘리제만 눈에 들어오는지 다른 생도들은 신경도 쓰지 않는다.

엘리제의 위기에 베르네르는 황급히 검을 손에 들지만…… 지금 무기는 경기용으로 날을 없앤 물건이다.

물론 이래도 살상력이 있지만, 마물 상대로는 믿음직하지 않다.

하지만 할 수밖에 없다. 성녀의 위기 앞에서 아무것도 안 하면 기사 실격이다.

하지만 뛰쳐나가려는 베르네르를, 마리가 옷자락을 붙잡아서 막았다.

"기다려……, 저건 아마도 '대마' …… 우리가 이길 상대가 아니야."

"대마? 대마라면…… 수업에서 들은, 여러 마물을 서로 죽이게 해서 만든다고 하는…….."

"그래. 가도…… 이길 수 없어."

대마는 숙련된 기사라도 혼자 토벌하는 게 불가능하다고 한다.

그런 상대에게, 아직 생도에 불과한 자신들이…… 더군다나 이런 경기용 무기로 덤벼도 헛되이 죽을 뿐이다. 마리는 그렇게 생각했다.

그동안에도 괴물은 엘리제에게 다가가고 있다.

한편, 엘리제는 도망치려는 기색도 없이 가만히 앉아 있기만 했다.

엘리제는 먼저 괴물의 온몸에 난 상처를 보고, 다음으로 괴물의 고독한 눈을 봤다.

"보지 마……. 그렇게, 불쌍해하는 눈으로…… 나를 보지 마아아아!"

엘리제의 눈에는 그저 순수하게 동정하는 기색만이 있었다.

적의도, 두려움도 없었다.

하지만 그것이 이 괴물에게는 무엇보다도 괴로웠던 것이리라.

괴물은 착란을 일으킨 듯이 주먹을 번쩍 쳐들었고, 베르네르는 잽싸게 도약해 검으로 괴물의 얼굴을 때렸다.

물론 대미지는 거의 없다. 조금 움츠러들었을 뿐이다.

"방해……하지 마아아아아!"

괴물이 격노하고, 베르네르에게 덤벼든다.

하지만 그 팔이 얼어붙었다.

그 원인은 이쪽으로 팔을 내민 마리다.

"무모해……. 죽어도 이상하지 않았어."

"미안. 덕분에 살았어!"

마리가 지원해서 겨우 목숨을 건진 베르네르는 잠시 거리를 벌리고 검을 들었다.

거듭 말하지만, 이건 경기용으로 만든 장난감 같은 무기다.

이런 건 괴물에게 통하지 않는다.

그때 에테르나가 달려와서 베르네르의 옆에 나란히 섰다.

"에테르나! 왜 왔어!"

"네가 혼자서 무모하게 구니까 그렇지!"

에테르나가 애용하는 무기인 지팡이를 손에 든다.

그녀는 원래 접근전이 아니라 원거리 마법전이 주특기다.

그래서 이번 투기대회와 상성이 별로였는데, 전열이 있으면 그 진가를 발휘할 수 있다.

그렇다고는 하나, 이래도 3 대 1. 이 괴물에게는 부족하다.

그때 이번에는 화살이 연이어 날아와 괴물을 주춤거리게 하고, 뛰어든 존이 괴물에 얼굴에 일격을 날린 다음 이탈했다.

"헹! 너만 멋진 모습을 보이게 할까 보냐!"

"우리도 싸울게! 함께 엘리제 님을 지키자!"

달려온 것은 친구인 존과 피오라다.

양쪽 모두 경기용 무기지만, 그런데도 겁먹은 기색이 없다.

기사가 되려는 자가 눈앞에 닥친 성녀의 위기 앞에서 아무것도 못 해서는 불명예가 이만저만이 아니다.

용감한 것은 사실이리라. 하지만 무모하기도 하다.

주제를 모르는 자에게는 죽음만이 있다……. 그렇게 선고하는 것처럼 괴물이 앞으로 나서지만, 그때 이번에는 바위가 탄환이 되어서 날아들어 괴물을 매섭게 공격했다.

"어허…… 왠지 너무 들뜬 거 같은데, 피난하지도 않고 싸움을 시작하는 건 칭찬할 수 없군. 자네들은 모두 감점이다. 그러나 성녀를 지키고자 나선 그 용기는 참 좋아. 보충 수업만으로 용서해 주지. 솔직히 싸움 같은 야만스러운 행위는 좋아하지 않지만…… 내 성녀를 지키기 위한 싸움이라면 그냥 넘어갈 수 없군. 미력하게나마 나도 거들어 주마."

"선생님!"

말하면서 마법으로 식물의 뿌리를 만들어 괴물의 발을 묶는 것은 교사인 서플리 먼트다.

얼굴에 경박한 웃음을 띤 남자는 안경을 요사스럽게 빛내며 아무 거리낌 없이 앞으로 걸어 나온다.

"그리고 급조한 거지만, 괜찮다면 이거라도 쓰게. 경기용 무기보단 훨씬 낫겠지."

그렇게 말한 서플리는 존에게 장검을, 에테르나에게 지팡이를, 피오라에게 화살을 줬다.

베르네르의 무기는…… 아쉽게도 너무 커서 대체품이 없다고
했다.

그리하여 이 자리에 여섯 명의 주역이 모였다.

그때 엘리제가 손을 내밀고, 땅바닥에서 한 자루 검이 나타났다.

아마도 지금, 진짜 즉석에서 지면의 여러 물질을 재료로 삼아 흙
마법으로 검을 창조한 것이리라.

고작 10초 만에 완성된 것은—— 베르네르를 위한 검이었다.

"그워어어어어어!!

"베르네르, 써 주세요!"

베르네르를 물어 죽이려고 괴물이 쇄도하고, 엘리제가 외친다.

베르네르는 잽싸게 엘리제가 만든 검을 잡고, 수평으로 휘둘렀
다.

그러자 괴물의 팔이 허공을 날고, 베르네르는 경악했다.

가벼워…….

전혀 금속 같지 않게 가볍다.

그러면서도 강하고, 이 괴물을 팔을 간단하게 절단했다.

"감사합니다. 엘리제 님! 이거라면…… 싸울 수 있어!"

무게가 전혀 느껴지지 않는 것처럼 대검을 머리 위에서 돌리고,
앞으로 내밀듯 자세를 잡았다.

두 다리를 바닥에 단단히 고정하고, 왼쪽 발을 앞으로 내밀어 몸
절반과 칼날을 적에게 겨눈다.

자루를 두 손으로 잡고, 검이 조금 위를 향하게 했다.

검이 햇빛을 반사해 빛나며 괴물을 움츠러들게 한다.

그 모습에 레일라는 작게나마 질투심을 느꼈다.

성녀가 직접 무기를 내리는 것은 기사의 명예다.

레일라가 가진 이 검도 근위기사가 된 날에 엘리제가 하사했지만, 그건 형식적인 행위였고, 엘리제가 만든 검이 아니다.

말하자면 원래 수석 근위기사에게 줄 예정이었던 검을 엘리제에게 먼저 준 다음에 의식에 따라 다시 레일라에게 줬을 뿐이다.

그러나 자신도 원한다고 애처럼 말하는 건 망설여진다.

그렇게 생각하며 엘리제를 봤는데…….

"응? 무슨 일이죠, 레일라."

"아, 아뇨……. 아무것도 아닙니다."

아쉽지만…… 알아주시지 못한 듯하다.

아마도 본인은 수여했다고 생각하지 않고, 단순히 무기가 없는 베르네르를 걱정해서 검을 준 정도의 감각일 것이다.

물론 레일라가 말하면 이 성녀는 금방 만들어 줄 것 같지만……그건 왠지 장난감을 사 달라고 조르는 어린아이 같지 않은가.

그렇게 레일라가 속으로 복잡한 감정을 끌어안는 동안에도 전투는 계속된다.

"워어어어어어어어!!"

외팔이가 된 괴물이 지면을 때리고, 베르네르 일행의 발밑이 분화한 것처럼 터졌다.

모두가 일제히 그 자리에서 물러나고, 먼저 마리가 손에서 마법을 날렸다.

그것이 괴물의 가슴에 맞고, 얼어붙게 한다.

그러나 그 정도로는 괴물이 멈추지 않는다. 거침없이 전진해서 아가리를 쩍 벌렸다.

거기서 거대한 불덩이를 토하자 에테르나가 지팡이를 앞으로 내민다.

"라이트 실드!"

빛의 벽이 불덩이 앞에 나타나 그 위력을 줄였다.

그래도 화염은 전진해서 에테르나에게 쇄도한다.

하지만 이번에는 서플리가 마법으로 흙의 벽을 만들고, 화염을 더 약해지게 했다.

그때 곧바로 마리가 얼음 마법을 날림으로써 비로소 화염을 상쇄하고, 그 틈에 베르네르와 존이 뛰쳐나가 괴물의 두 다리를 벴다.

나아가 얼굴에는 화실이 쇄도해 괴물을 계속해서 견제했다.

"끄어……!"

베르네르의 검에 다리를 깊이 베인 괴물의 자세가 흐트러졌다.

하지만 이 정도로는 끝나지 않는다.

아가리에서 불을 뿜고, 이번에는 지면이 폭발한다.

잔해가 이리저리 날려서 베르네르 일행에게 명중하고, 움츠러든 순간에 괴물 자신이 탄환이 되어서 뛰어들었다.

그 커다란 몸뚱이와 파워에 모두가 날아가 지면에 쓰러진다.

존과 피오라는 링 밖으로 떨어져서 기절하고, 서플리는 공중에서 핑그르르 돌면서 관객석에 머리부터 처박혔다.

마리는 가까스로 의식을 잃지 않았지만, 일어설 수조차 없다.

대미지가 적은 것은 에테르나와 베르네르, 두 사람뿐이다.

에테르나는 어떻게든 몸을 일으켜 베르네르에게 지팡이를 향해 그 상처를 치료했다.

그리고 베르네르는 검을 지팡이 삼아 일어나 괴물과 대치했다.

"우워어어어어어어!"

포효하고 달리는 괴물에게 정면에서 맞선다.

이에 괴물도 정면에서 덤벼들었다.

하지만 충돌 직전에 마리가 쏜 마법이 괴물의 눈을 맞히고, 한순간 움츠러들게 한다.

그것이 승패를 갈랐다.

베르네르의 검이 괴물의 목을 찌르고, 괴물은 힘없이 쓰러졌다.

피가 끝없이 흘러나오고, 일어서려고 해도 일어설 수 없다.

"이, 이겼어……."

베르네르는 힘이 빠진 것처럼 주저앉고, 괴물을 봤다.

정말로 무시무시한 상대였다.

여섯 명이 덤비고도 하마터면 질 뻔했다.

하지만 그런 괴물도 죽음을 앞두면 불쌍할 뿐이다.

"마녀님…… 나…… 마녀님 위해, 잘할게…… 잘할 테니까……. 또…… 나를, 안아, 주세……요……."

이성이 느껴지지 않는 눈에서 눈물을 흘리며, 괴물은 여기 없는 주인을 찾았다.

무시무시한 괴물이었지만, 그 모습에서는 서글픈 느낌마저 든다.

그런 괴물 앞에 엘리제가 천천히 다가간다.

그러자 괴물은 더는 눈이 보이지 않는지 엘리제에게 얼굴을 대고 문댔다.

분명 사랑하는 마녀로 착각한 것이리라.

엘리제는 그 괴물을 거부하는 일도 없이 천천히, 달래듯이 괴물의 털에 손을 대고 자상하게 얼굴을 끌어안았다.

그러자 괴물은 눈을 감고, 마치 키워준 주인의 품에 안긴 강아지처럼 조용해졌다.

"엘리제 님…… 이 괴물은……."

"아마도 대마가 채 되지 못한 거겠죠……. 원래는 그저 마녀를 좋아했던 개였을 거예요. 그는 마녀의 품에 안기고 싶었을 뿐. 칭찬해 주길 바라는 마음만으로, 다른 걸 아무것도 생각하지 않았던 거예요……. 하지만 마녀는…… 그를 사랑하지 않았던 거겠죠."

엘리제의 말을 긍정하듯 괴물의 온몸에는 상처 자국이 있었다.

이 괴물이 마녀에게 어떤 대우를 받았는지는 알 수 없다.

화풀이로 괴롭혔을 수도 있고, 다른 마물이 얼마나 강한지 시험하기 위한 상대로 써먹었을지도 모른다.

어느 쪽이든 간에 마녀에게 계속해서 고통받았다는 것만큼은 확실했다.

"마녀……님……."

괴물이 코를 킁킁거리며 재롱을 부리듯 주인을 부른다.

아마도 자신을 끌어안은 게 누군지도 모를 것이다.

그저 언젠가 있었던 평화로운 꿈을 꿀 뿐이다.

그런 그에게, 아이를 잠재우듯 엘리제가 말한다.

"이젠, 괜찮아요. 당신은 참 잘했어요……. 이제 쉬어도 혼낼 사람은 없어요. 그러니까…… 이만, 잘 자요."

"아아……."

엘리제가 그렇게 말하고 부드럽게 쓰다듬는다.

그러자 괴물은 안심한 것처럼 눈을 감고——.

『포치…….』

그것은 지금도 잊을 수 없는 소중한 추억.

죽음의 순간에, 그는…… 포치는, 변하기 전 과거의 주인을 봤다.

그녀는 몸을 낮추고, 옛날처럼 자상하게 웃으며 두 팔을 벌린다.

『이리 오렴.』

포치는 그 목소리에, 곧바로 뛰어가기 시작했다.

아무리 변하더라도, 이 사람을 좋아하니까.

마지막으로 잠시 본 행복한 꿈속에서, 포치는 강아지였던 시절의 모습으로 돌아가 세상에서 가장 사랑하는 사람의 품에 안기고——.

——그리고 움직이지 않게 됐다.

그렇듯 불쌍한 괴물을, 엘리제는 다시 한번 쓰다듬고, 천천히 떨어졌다.

베르네르는 그 슬픈 광경 앞에서 무심코 주먹을 불끈 쥐었다.

무시무시한 괴물이라고 생각했고, 이 녀석을 죽인 것은 베르네르 자신이다.

그러니까 이런 생각을 할 자격이 없다는 것 정도는 안다.

그래도…….

"용서할 수 없어…….

"응…….

에테르나가 울먹이는 목소리로 동의했다.

이 괴물은 그저 마녀에게 순종적이었을 뿐이다. 마녀를 사랑했을 뿐이다.

아무리 쓸모없는 취급을 받아도, 지독한 대우를 받아도, 마녀를 좋아했다.

그저 칭찬받기를 원해서…… 쓰다듬어 주기를 원해서, 안아주기를 원해서.

그 진짜 모습을 알고, 그 최후를 봤으니까 강하게 생각한다.

"반드시…… 마녀를 무찌르자……. 이런 짓을 하는 녀석을…… 용서해서는 안 돼…….

이렇게 슬픈 일이 언제까지고 계속되어서는 안 된다.

끝내야만 한다.

베르네르는 마녀를 언젠가 반드시 토벌하겠다고 맹세하고…… 슬픈 괴물을 말없이 애도했다.

마지막 순간만큼은 구원이 있었으리라고 믿으면서…….

제16화 꿈인가 현실인가

시야가 안개가 낀 것처럼 뿌옇다.

현실감이 없고, 마치 구름 속에 있는 듯하다.

아아…… 이건 언제나 꾸는 그 꿈이군.

그렇게 생각했을 때, 내가 아직 일어나려고 하지 않았는데도 꿈 속의 후도 니토가 느릿느릿 일어나 주방으로 갔다.

어라? 이번에는 내 의식하고 상관없이 니토가 움직이는 건가?

뭐, 어차피 꿈이니까 말이지. 언제나 똑같을 수도 없나.

그렇게 생각하면서도 나는 언제나 그렇듯 PC를 켜려고 했는데, 만질 수 없다. 손이 쏙 통과한다.

제길. 이 꿈은 대체 뭐야. 이번엔 너무 불편하잖아.

그러는 사이 주방에서 돌아온 후도 니토가 이쪽을 눈치챘다.

오오, 마침 잘 왔어. 이봐, PC를 보여줘. 자, 어서.

PC를 탁탁 치는 시늉을 해서 지시하자 후도 니토는 귀찮다는 듯이 의자에 앉아 PC를 켰다.

좋아. 어쨌든 내 말은 듣네.

일단은 먼저 동영상 사이트를 보자. 동영상 사이트. 코멘트가 뜨는 걸로.

그런 제삼자 시점의 코멘트는 의외로 참고할 부분이 많다.

적어도 게임 속 나를 밖에서 어떻게 보는지 알 수 있다.

동영상 리스트에는 엘리제 루트와 레일라 루트 등 여러 가지가 있지만, 이번에 내가 보고 싶은 건 에테르나 루트다.

요새는 너무 탈선한 것 같기도 하지만, 내 목표는 그것이기 때문이다.

나는 최종적으로 베르네르와 에테르나가 맺어지는 해피 엔딩이 보고 싶다.

그러므로 '내가 엘리제가 된 세계의 에테르나 루트'가 내가 목표로 삼아야 할 세계이며, 그것을 보는 것이 앞으로의 힌트가 되리라. 그리고 드디어 재생한 에테르나 루트는…… 뭐라고 할까, 내가 아는 전개와는 딴판이었다.

우선 엘리제가 원래의 엘리제(진짜)가 아니라, 겉모습만은 일단 성녀로서 명성을 쌓은 나로 바뀌었다.

하지만 내가 있는 세계와도 전개가 너무 다르다.

예를 들어 파라 선생의 인질극 이벤트는 발생하지 않고, 파라 선생이 『엘리제』를 암살하려는 것을 알아챈 베르네르 일행이 파라 선생과 싸워 격파하고, 에테르나가 성녀의 힘을 각성해 파라 선생을 정상으로 돌렸다.

이건 암살 대상만 바뀌었을 뿐, 내가 아는 원조 에테르나 루트에 가까운 흐름이다.

인질극 이벤트가 발생하지 않은 이유는, 아마도 이쪽 세계의 내가 마법학교를 방문하지 않았기 때문이리라.

어쩌면 방문했어도 베르네르가 히로인의 호감도를 잘 올려서 안심하고 돌아갔을지도 모른다.

애초에 파라 선생이 베르네르를 인질로 잡은 이유는 내가 베르네르를 만나러 간 탓이니까 말이지…… 안 그러면 인질로 잡지 않는 건가.

그 뒤로 『엘리제』는 마법학교에 편입하지 않고, 마물 폭주 이벤트도 원래의 흐름대로 엑스트라가 몇 명 죽으면서 베르네르와 에테르나, 기타 호감도를 올려 동료로 삼은 히로인들과 힘을 합쳐 해결했다.

에테르나의 자살 미수 이벤트도 발생하지 않고, 본래 게임의 흐름에 꽤 가까운 느낌이다.

다만 다른 점은 있다.

우선 에테르나 일행은 『엘리제』가 가짜인 것을 고발하려고 하지 않는다.

그 이전에 『엘리제』를 진짜 성녀로 여기면서 이야기가 진행되고 있다.

따라서 심판 이벤트가 발생하는 타이밍에 이르러서도 아무것도 일어나지 않았다.

그대로 이야기가 진행되어 마녀와의 전투에 이르러서도 아직 『엘리제』를 가짜 성녀로 고발하지 않았다.

변태안경남의 스토킹&유괴 이벤트도 없다.

내가 추가되면서 변화한 이야기 속에서는 변태안경남이 '딱 봐도 배신할 것처럼 수상하지만 아무것도 안 하는 이상한 선생' 느낌으로 안착했다.

이야기가 더욱 진행되고, 아무래도 이 세계선의 『엘리제』가 도저히 못 참았는지 마녀와의 전투 전날 밤에 한정된 멤버(베르네르, 에테르나, 레일라)에게만 진실을 고백했다.

그 뒤로 베르네르와 에테르나가 단둘이서 대화하는 장면으로 넘어가는데, 대화 내용도 내가 아는 게임에서 완전히 일탈했다.

『내가 진짜 성녀라고 갑자기 말해도…… 무리야! 무서워, 베르……. 난 엘리제 님처럼 훌륭하지 않아……. 난 성녀가 될 수 없어…….』

이 대화는 내가 아는 흐름과 달랐다.

사실 이때는 '내가 할 수밖에 없어……. 내가 성녀니까.' 라며 성녀의 자각과 결의를 다지는 대화일 터였다.

그 뒤의 결전 장면에서는 『엘리제』가 마녀와 싸우는 작전을 세우는데, 『엘리제』가 지하에 들어간 시점에서 놀랍게도 마녀가 겁을 먹고 도망치는 바람에 전투 종료.

그 뒤로 마녀를 찾아내지 못한 채 마법학교 입학 365일째를 맞이하고, 강제로 최종 결전 이벤트에 돌입했다.

이 게임에서는 마녀를 토벌하지 않은 채 입학 365일째를 맞이하면 타임 오버로 최종 결전에서 엔딩까지 직행한다.

또한 이 시점에서 『엘리제』의 수명이 한계가 다다랐는지, 거의 움직이지 못하게 됐다.

진짜냐……. 앞으로 몇 년은 버틸 줄 알았는데, 내가 예상했던 것보다 수명이 많이 줄어들었구나.

나아가 『엘리제』의 죽음이 세간에 일으킬 혼란을 두려워한 국왕이 『엘리제』를 유폐하는 바람에 전선에서 완전히 이탈했다.

이것으로 『엘리제』는 마지막 힘을 쥐어짜 마녀를 저승길 동무로 삼는다는 선택지도 고를 수 없게 됐다.

코멘트 화면에는 『유폐만 안 했어도……』라든가 『국왕 진짜 무능』 같은 코멘트가 넘쳐났다.

그 뒤로 『엘리제』가 빠진 상태에서 마녀와의 전투가 발생하고…… 마녀를 물리치고, 에테르나도 덩달아 치명타를 맞아 베르네르의 품에 안긴 채로 사망했다.

야, 너어어어?! 그럴 때는 침대에 눕지 말고 막으라고오오오! 이 무능한 녀석?!

그건 가장 있어서는 안 되는 전개잖아아아아!

코멘트 화면에서는 『하다못해 엘리제가 유폐되지만 않았더라도……』, 『어차피 무리. 엘리제가 접근한 시점에서 이 녀석은 텔레포트를 써.』, 『어느 루트에서도 이 녀석은 엘님을 피해 도망쳐 다니니까 말이지.』, 『엘리제가 싸워서 해치웠다면 달라졌을 텐데……』 같은 코멘트가 들끓었다.

아무튼…… 응. 내가 돌입하면 마녀는 도망친다. 이것만큼은 잘 기억해두자.

그리고 내 수명은 예상했던 것보다 오래가지 못하는 듯하다. 이건 365일째가 지나면 끝장이라고 생각하는 게 좋겠네.

더군다나 텔레포트라니…… 너 말이야. 그건 쓰면 엄청나게 약해지는 최후의 수단이잖아…….

이 세계의 텔레포트는 몸을 한 번 분해해서 이동했다가 다시 결합하는 식의 무식한 방법이라서, 이걸 쓰면 마녀라도 빈사 상태가 될 만큼 너무 위험한 기술이다.

게임 밖 시점에서 말하자면 루트와 회차 플레이에 따라 마녀의 강함이 변화하는 이유가 이거인 셈인데, 넌 싸우지도 않고 도망치는 데 그걸 쓰냐…….

그토록 나와 싸우는 걸 피하고 싶은 거냐, 마녀야…….

아아, 아무튼 에테르나 루트는 이제 됐다. 이제 알겠다.

내가 엘리제가 된 상태로 에테르나 루트에 진입해도 대세는 바뀌지 않는다는 거군.

그렇다면…… 큰일인걸. 목표로 하면 안 되잖아, 에테르나 루트. 주객전도잖아.

하지만 아직 희망이 있다. 내가 있는 세계는 지금 본 영상과는 크게 다르다.

우선 내가 마법학교에 있고, 무엇보다 지금 나는 미래의 지식을 얻었다.

그렇다면 이걸 잘 활용할 수 있을 것이다.

좋아. 니토. 다음은 엘리제 루트를 보여줘.

아, 그래. 『엘리제』가 편입한 부분부터 말이야.

이쪽은 내가 아는, 내 세계와 똑같은 흐름이었다.

주요 멤버가 꽤 바뀌고, 다른 루트에서는 등장하지 않는 엑스트라 A와 피오라, 변태안경남 같은 캐릭터가 베르네르의 친구와 동료로서 전투 멤버에 가담했다.

학교에서 발생하는 마물 폭주 이벤트는 에테르나 루트와 다르게 『엘리제』가 있어서 순식간에 진압되고, 그 뒤에는 에테르나의 자살 미수 이벤트가 있고, 『엘리제』와 베르네르가 바다로 떨어졌다.

그리고…… 그래, 그거야. 이때 다친 걸 베르네르가 봤었지.

영상 속 나는 팔에 난 상처를 실이라고 얼버무렸지만…… 나는 코멘트를 보고 자신의 실수를 뒤늦게 깨달았다.

『천이 뜯어졌다고……?』

『엘리제 님, 여기 빨간 천을 쓰는 사람은 없어요.』

『팬티 색깔일지도 몰라.』

『베르네르의 끈팬티 색깔이라는 데 한 표.』

『나와의 빨간 인연의 실이야.』

『나랑도 이어졌어.』

『잘됐네. 너희끼리 이어졌어.』

『상상했더니 지옥도라 웃김.』

『하지 않겠는가.』

아이코…….

그러고 보니 그랬다. 나는 잽싸게 천이 뜯어져서 생긴 빨간 실이 붙은 거라고 했는데…… 없잖아. 그 자리에, 빨간 천.

베르네르는 마법학교 제복으로 검정과 파랑. 에테르나는 흰색과 녹색. 나도 똑같다. 빨간색이 어디에도 없다.

아차, 실수했네.

다만 영상을 봐서는 베르네르가 속은 것 같으니 잘됐다고 치자.

그 뒤에는 하계휴가가 시작되고, 개별 이벤트다.

영상을 보면 저녁 시간대의 교내에 『엘리제』의 얼굴 아이콘이 뜨고, 플레이 중인 업로더가 조작하는 커서가 학교로 이동해 클릭했다.

그러자 이벤트가 시작되고 학교에서 슬금슬금 움직이는 『엘리제』를 베르네르가 발견했다.

아…… 그때…….

그게…… 개별 이벤트였어?

전개는 내 때와 완전히 똑같다. 둘이서 레일라에게 들켜 잔소리를 듣고, 마지막에 『엘리제』가 베르네르를 부르는 호칭이 바뀐다.

『내일 또 봐요…… 베르네르 ♪』

………….

………….

어랍쇼오오오오?! 내가 이런 느낌으로 말했어?!

아니, 그런 적 없잖아. 이건 누구야?!

좀 더, 다른 뉘앙스로 말했잖아?!

나는 회사 동료를 부르는 느낌으로, 예를 들면 '안녕, 노리스케.' 처럼 남자끼리 편한 느낌으로 불렀을 텐데.

『이건 몇 번이고 다시 재생해서 듣고 있어.』

『벌써 20번 재생했지만, 전혀 중독이 아니야.』

『여기만 진짜 장난기가 넘쳐서 귀여워.』

『친구가 처음 생겨서 신난 엘리제 님 귀여워.』

『귀여워.』

『존엄해…….』

『엘님 진짜 기뻐 보여.』

『이거 디폴트 네임 아니면 어떻게 돼?』

『디폴트 네임이 아니면 음성이 안 붙어.』

오우…… 코멘트 화면을 본 나는 무심코 손으로 얼굴을 가렸다.

그런 거냐……. 내 얼굴과 목소리로 하면 저렇게 되는 거구나.

우와…… 대형 참사.

구멍이 있으면 들어가고 싶다. 아니, 처박고 싶다.

하지만 지금의 나는 그게 없단 말이지.

다음 이벤트는 투기대회다.

마리와의 전투에서 고전하면서도 어떻게든 우승하고, 잡종견이 난입했다.

그리고 전투를 시작한 직후 『엘리제』가 베르네르에게 검을 만들어 주므로, 메뉴 화면에서 장비한다.

그 성능은…… 어라? 대충 만든 장난감인데, 이렇게 강했구나.

화면에 표시된 무기의 이름은 『성녀의 대검』인데, 장비했을 때의 공격력 상승 수치가 종반 최강 무기 수준이다. 나아가 대검이라면 원래 떨어지는 명중과 속도가 거의 떨어지지 않는다.

『쩔어어어어어!』

『이 시점에서 입수해도 될 무기의 성능이 아니야…….』

『이거 밸런스 괜찮은 거야?』

『엘님 루트는 1회차 한정이니까. 그 보상 조치 같아.』

『이거, 주인공 무기가 대검이 아니면 어떻게 돼?』

『그때 장비한 무기와 똑같은 종류를 줘. 나는 무지 강한 쌍검이었어.』

『나는 장검을 받았어.』

『나는 톤파를 받았어.』

『아무것도 안 주던데…….』

『너 그거 맨손으로 플레이했지ㅋㅋㅋ 맨손은 아무것도 못 받는다고ㅋ』

『진짜냐…….』

『개그로 무를 장비했더니 무 소드라고 하는 이상한 무기를 줬어. 짱셌어.』

『꽁치 장비했더니 꽁치 주더라.』

『엘님 만드는 무기의 종류가 너무 많아ㅋ』

베르네르의 무기가 대검이 아니라도 『엘리제』는 잘 대응해서 무기를 주는 듯하다.

그야 경기용 무기로 싸우게 할 수는 없으니까 말이지.

만드는 것도 별로 어렵지 않고, 어지간히 이상한 게 아니라면 만든다고.

맨손은…… 뭐, 베르네르의 전투 스타일이 맨손 격투라면 나도 안 만들었을지도…….

전투 뒤에 패배한 개가 죽지만, 뭔가 슬픈 느낌이 나는 BGM이 깔리고 『엘리제』가 패배한 개를 끌어안는 CG가 떴다.

오호. 참 예쁜걸.

그게 밖에서 보면 이런 느낌인가…….

그런 걸 생각했을 때, 생각지도 못했던 곳에서 감상이 들려왔다.

"어차피 이때 사실은 '또 일어났어? 이 녀석. 자자, 얼른 자.' 같은 식으로 생각했겠지? 겉만 보면 이상하게 히로인 같으니까 웃음을 참을 수 없던데."

그렇게 말한 건…… 나였다.

후도 니토가 마치 나에게 말을 걸듯 말한 것이다.

나를 돌아보고 히죽히죽 웃는다. 징그럽네.

아니, 그런데 이건 어떻게 된 일이야? 왜 후도 니토가 나와 따로 움직이는 건데?

뭐, 어차피 꿈이니까 그런 걸까?

"아…… 그 말투 말인데, 평소처럼 존댓말 쓰는 말투면 안 될까? 솔직히 그 모습으로 나처럼 말하니까 무진장 이상하다고."

뭐? 얘는 무슨 소리를 하는 거야?

저쪽에 있을 때라면 성녀 연기도 하지만, 지금은 그럴 필요가 없잖아.

지금의 나는 엘리제가 아니니까.

"아하, 그렇군. 모르는 건가? 잠깐만 기다려 보라고……. 음, 거울을 어디 뒀더라."

그렇게 말하고 후도 니토는 방을 뒤지기 시작했다.

바보 자식. 거울은 책상 서랍에 있어.

"아, 그랬지. 자, 이게 지금의 너야."

그렇게 말하고 후도 니토가 나한테 거울을 돌린다.

그리고 그곳에 비친 건—— 반투명한, 유령처럼 된 엘리제였다.

뭐……라고…….

『뭐, 뭐어어——?! 나, 나는! 꿈속에서 원래대로 돌아온 줄 알았는데! 여전히 엘리제였다고——?!』

놀란 나머지 소리를 질렀다.

그리고 깨달았다. 내 입에서 나오는 목소리가, 평소와 똑같은 여자 목소리라는 사실을.

놀라는 내게, 후도 니토가 의기양양하게 웃는다.

"너, 진짜로 몰랐냐? 웃겨 죽겠네. 참고로 지난번과 지지난번, 그 전에도 너는 나로 돌아온 게 아니라 내게 빙의해서 움직였을 뿐이지, 겉모습은 항상 그랬다고."

『지, 진짜로……?』

"진짜진짜. 대체 언제부터—— 네가 후도 니토라고 착각한 거지……?"

『시끄러워. 네가 그딴 대사를 읊으면 전혀 폼나지 않아.』

뭔가 이번 꿈은 너무 이상한걸. 설마 니토에게 놀림당할 줄은 몰랐다.

『하지만 잠깐만…… 그렇다면 말이지. 그러면 나는 뭐지? 혹시 네 기억만 있는 엘리제 본인이라는 패턴인가?』

"아니, 그렇다면 왜 이쪽 세계와 이어지고, 의식만……이라고 생각하지만, 그게 오가는 이유를 알 수 없어. 나와 네 사이에는 확실한 연결점이 있다고. 기억만이 아니야. 내가 생각하기로……."

니토가 말하는 중간에 시야가 급속히 흐려지기 시작했다.

아, 야단났다. 이건 꿈에서 깰 때의 징조다.

니토도 그걸 눈치챘는지 황급히 말한다.

"잘 들어! 너는 이걸 꿈이라고 생각할지도 모르지만, 이건 꿈이면서 꿈이 아니야! 이쪽 기억을 가져갈 수 있는 게 네 강점이라고! 꿈이라고 여기지 말고, 똑똑히 기억해! 알았지? 마녀는 네가 접근하면 도망쳐! 그리고 네가 죽을 때까지 숨어! 그러니 아직 지하엔 가지 마! 그 녀석은 아직 반신반의…… 자신이 있는 곳을 정확하게 알아내지 못했다고 생각하니까 학교에 남아있는 거야! 하지만 네가 한 발짝이라도 다가가는 순간, 그 녀석은 망설임 없이 도망쳐! 그리고 어디 있는지 모르게 돼! 나는 그렇게 된 세계를 봤어! 그러니까 먼저——."

후도 니토가 뭔가 말했지만, 안타깝게도 더는 들리지 않았다.

제길. 뭐야! 궁금하잖아!

그러나 무심하게도 꿈이 깨고, 언제나 그렇듯 호화로운 침대 위에서 눈이 떠지고 말았다.

음. 이상한 꿈이었어.

꿈속에서 내가 나랑 대화했다.

더군다나 저쪽의 나는 꿈이지만 꿈이 아니라고 영문도 모를 소리를 했고…….

그럴 리가 있겠어? 꿈은 꿈이지.

그렇게 말하고 싶지만…… 일단 마녀에 관해선 조심해 볼까.

그 꿈이 올바르다면, 마녀는 내가 다가갔을 때 곧바로 도망친다.

약해지든 말든 텔레포트도 써서 도망치고, 종적을 감춘다.

그건 진짜 성가시다.

내가 현재 마녀의 위치를 파악한 건 게임 지식으로 마녀가 학교 지하에 있다는 걸 '알고 있기' 때문이다.

딱히 마녀의 위치를 아는 능력이 있는 건 아니다.

내가 마녀의 위치를 아는 건 어디까지나 지식에 근거한 것이다.

그러므로 이동해 버리면 어디 있는지 더는 알아낼 수 없다.

바다 건너 대륙의 숲속 어딘가에 지하실이라도 만들어서 잠복하면 찾아내는 게 거의 불가능하다.

일단 이 세계에서도 마력 반응을 쫓을 수는 있다.

에테르나의 자살 소동 때 변태안경남이 그걸 썼다.

하지만 나는 무식한 마력으로 밀어붙이는 스타일이니까 그런 추적 기술은 없고, 변태안경남이라도 거리가 너무 멀면 추적할 수 없으리라.

그러므로 이동하게 해서는 안 된다는 말은 옳다.

도망치는 게 제일이라는 말은 참 좋은 말이다.

승산이 없는 상대와는 애초에 싸우지 않는다. 접근하지 않는다.

겁쟁이 같지만, 올바른 전법이겠지.

일단은 최종 보스인데 그래도 되냐⋯⋯는 생각이 들기도 하지만.

현재, 마녀는 (아마도) 아직 학교 지하에 있다.

그건 텔레포트가 위험한 탓도 있지만, 이 학교에 있는 것이 마녀에게도 이득이기 때문이다.

자신에게 적대하는 기사 후보생을 육성하는 학교에 잠복하면 장차 귀찮아질 녀석을 알 수 있고, 무엇보다 기사 측의 정보가 대부분 마녀에게 흘러간다.

스파이 역시 교장만이 아니라 다른 교사나 생도 중에도 몇 사람 있다고 보는 게 좋겠지.

안 그러면 내가 접근한 순간에 도망치는 걸 설명할 수 없다.

내 동향을 가까이서 감시하고, 마녀에게 연락하는 녀석이 있다.

그게 가능한 건……역시 근위기사인가?

내 호위가 나랑 가장 가까운 곳에 있다.

그렇다면 레일라? 아니지…… 레일라는 아니야. 그렇게 재주가 좋지 않아.

그야 레일라는 게임에서 엘리제(진짜)를 배신하지만, '성녀를 섬기는 일족'이라는 긍지가 있었기 때문이다.

그러니까 정확하게 말하자면 배신한 게 아니다. 지금껏 가짜 주인에게 속았지만, 마침내 진짜 주인을 찾아내 원래 있어야 할 곳으로 돌아갔을 뿐이다.

그 밖에 내게 반발할 가능성이 있는 근위기사라면 폭스 자작 언저리일까.

이 사람은 아이나 폭스의 아빠로, 게임에서는 있는 대로 횡포를 부리는 엘리제(진짜)에게 참언했다가 찍혀서 일족이 자살로 내몰리는 불쌍한 아저씨다.

레일라가 오기 전에는 수석 근위기사였고, 내 시종이기도 했다.

그러나 이 세계에서는 딱히 반발할 이유가 없고, 애초에 이 녀석은 현재 이 학교에 없다. 학교에 따라온 근위기사는 레일라 혼자다.

그러니까 폭스 자작이라고 생각하기도 어렵다.

그렇다면…… 이제는 교사나 생도인데, 그렇다면 모르겠는걸.

솔직히 게임에서 이름이 나오는 캐릭터 말고는 거의 기억하지 않는다.

내가 얼굴도 모르는 엑스트라가 스파이라면 찾는 것도 한고생일 것 같다.

음…… 안 되겠네. 모르겠어.

아무튼 보류하고, 지하에는 아직 접근하지 말자.

다음에 그 꿈을 꿀 일이 생기면 그때 인터넷에서 검색할 수도 있을 것이다.

이야기는 아직 중반이고, 지금 무리해서 서두를 필요는 없겠지.

내 수명은 베르네르가 입학하고 1년이 지나면 다한다는 사실이 판명되고 말았지만, 반대로 그때까지는 유예가 보장된다고도 할 수 있다.

그렇다면 아직은 조바심을 낼 때가 아니다.

좋아. 슬슬 출발할 준비를 해 보실까.

거울 앞에서 마법을 쓰고, 머리와 피부를 잘 손질해서 매력을 도핑한다.

쓰레기 같은 내용물을 감추려고 금칠하는 건 중요하다. 내 생명줄이다.

뭐, 금으로 떡칠을 해도 쓰레기는 쓰레기지만.

이건 먹을 수 없는 오소마(똥)입니다.

그리고 수업. 생도들 사이에 껴서 수업을 듣는 동안에는 항상 가장 인상이 좋게 보이는 미소를 얼굴에 유지한다.

물론 내 힘으로 그러는 건 불가능하므로, 이것도 마법으로 꼼수를 썼다는 건 더 말할 것도 없다.

번개 마법으로 전기 신호를 뚝딱뚝딱 조작해서 몇 가지 준비한 표정 패턴을 자연스럽게 만드는 것이다.

이걸 안 하면 나는 순식간에 본성이 드러나 표정이 딱딱해진다.

그런고로 가짜 성녀 스마일은 오늘도 컨디션 최고. 허점은 드러내지 않는다.

"그런고로 이 '미안해용'과 싸울 때의 주의점은 상대가 몸을 숙일 때 앞에 서지 않는 겁니다. 얼핏 보면 전의를 상실해 항복하는 듯한 자세는 위장이며……."

교사의 설명을 한 귀로 흘리면서 앞으로 있을 이벤트에 관해 생각에 잠긴다.

투기대회부터 다음 동계휴가 때까지가 이야기의 중반인데, 이 시기는 주로 엘리제와의 트러블과 심판 이벤트로 소비된다.

즉, 게임 중반의 적은 엘리제다.

그 투기대회에서 베르네르가 지킨 엘리제가 베르네르에게 눈독을 들이고, 마법학교에 들이닥친다.

그리고 베르네르에게 들러붙지만, 그때 베르네르와 사이좋은 히로인에게 질투해서 괴롭힘을 마구 발동하고, 부하를 동원하고, 폭행 지시마저 내리고, 급기야 암살자를 고용한다.

물론 이 게임은 전연령 대상으로 그렇게 찜찜한 장면은 전부 미수로 끝나지만, 아무튼 엘리제를 향한 어그로가 계속해서 쌓인다.

　그리고 아이나의 암살 미수 사건으로 엘리제가 다쳐서 가짜 성녀 의혹이 부상하면서 베르네르 일행이 이런저런 정보를 수집하거나 과거의 악행을 조사하고, 레일라가 엘리제를 배신해서 아군이 되어 엘리제를 심판하는 등, 엘리제는 하루아침에 성녀에서 성녀를 사칭한 쓰레기로 전락한다.

　에테르나 루트라면 파라 선생과의 일로 에테르나가 진짜 성녀로 밝혀지므로, 이 이벤트도 조금 일찍 발생한다.

　막판에는 주인공 일행과의 전투가 발생하고, 뜻밖의 재능을 발휘해 사실은 강했다는 사실이 판명되지만, 재능만으로는 승리하지 못해 두들겨 맞아 학교에서 도망치고…… 마지막에는 빈민촌에서 쓰레기를 뒤지며 사는 것을 원한이 있는 자들에게 들켜 원형도 못 남기고 살해당한다.

　그러나 이 세계에서는 내가 딱히 악행을 안 저질렀으니까, 아마도 이런 이벤트는 발생하지 않을 것이다.

　즉, 중반은 평화롭다고 봐도 되겠지.

　그 꿈에서 본 에테르나 루트에서도 나는 가짜 성녀라는 사실이 들통나지 않고 종반까지 평범하게 가짜 성녀를 속행했으니까, 아마도 어지간히 실수하지 않는 이상 괜찮을 거다.

　일단은 예전에 저지른 실수(베르네르 앞에서 다친 일)를 반성해서 마력 강화를 거르지 않으니까 만에 하나 게임처럼 암살 이벤트가 발생해도 괜찮다.

즉, 동계휴가 때까지는 한가하다.

중반에 주로 말썽을 일으키는 게 나인데, 그 내가 아무것도 안 하니까 한가한 건 당연하다.

물론 히로인의 개별 이벤트 등도 있지만, 이건…… 이 세계의 베르네르가 영 거시기하니까 말이지…….

일단 요전번 투기대회에서 마리가 베르네르 일행에 들어왔지만, 두 사람의 관계는 연인보다 좋은 경쟁자 느낌에 가까우므로, 아마도 마리의 개별 이벤트는 발생하지 않을 것이다.

…………

응. 할 일이 없네.

어쩌지? 이참에 심심풀이 삼아 스파이 확정인 교장이라도 괴롭히면서 놀까?

이 녀석을 두들겨 패서 정보를 토하게 하면 다른 스파이도 줄줄이 끌어낼 수 있을 테니까.

다만 명색이 교장인 자를 아무 이유도 없이 습격했다간 내 이미지가 나빠진다.

증거가 나오면 되겠지만, 금방 들킬 곳에 그런 걸 남기는 바보는 아니겠지.

그렇다면 현장을 잡는 게 제일이지만, 그게 쉽게 되면 고생하지 않는 법이고…….

안 되겠네. 어쩌면 좋을지 모르겠어.

누가 타이밍 딱 좋게 나한테 좋은 정보를 가져다주지 않으려나.

제17화 불순분자

투기대회가 끝나고 한층 성장한 베르네르. 하지만 자만하지 않고 하루하루 자신을 단련하고 있었다.

그 투기대회에서 얻은 것은 많다.

강력한 마물과의 실전 경험, 엘리제에게 받은 검.

마녀를 반드시 물리치겠다는 결의.

그리고 새로운 동료.

그 대회에서 우승을 두고 다툰 마리는 현재 베르네르의 친구이자, 경쟁자다.

함께 절차탁마하고, 실력을 갈고닦고 있다.

기량이 비슷한 경쟁자가 있고, 그런 상대와 언제든지 대련할 수 있다.

그건 베르네르를 이전보다 더 성장시켜 주었다.

이전에 엘리제가 한 말을 떠올린다…… 사람은, 혼자 힘으로는 한계가 있다.

그 의미를 이제야 이해한 것 같았다.

그 밖에도 에테르나가 있고, 존이 있고, 피오라가 있고…… 생도는 아니지만, 서플리 선생도 믿음직한 동료다.

각자 장점이 있고, 단점이 있다. 그리고 서로를 보완할 수 있다.

한 사람 한 사람의 힘은 성녀에 아득히 못 미친다. 하지만 여섯 명에서 힘을 합치면 누구에게도 지지 않는다는 생각마저 들었다.

그렇게 충실한 하루하루를 보내던 어느 날.

그날도 베르네르는 수업이 끝난 뒤 건물 밖에 있는 운동장에서 존, 마리와 모의전을 벌였는데, 마리가 멀리 떨어진 생도를 바라보는 걸 눈치챘다.

마리는 표정이 잘 바뀌지 않아서 감정을 알아보기 어렵지만, 기본적으로 마음씨 착한 아이다.

그런 마리가 왠지 모르게 쓸쓸한 기색인 것이 신경 쓰였다.

"왜 그래, 마리. 뭔가 신경 쓰이는 거라도 있어?"

"응……. 저 아이가…… 조금."

그렇게 말하고 마리가 시선으로 가리킨 것은 떨어진 곳에서 검을 휘두르는 빨간 머리 소녀였다.

분명 저 아이는 준결승전 때 마리와 싸우고 진 아이일 것이다. 베르네르는 기억을 떠올렸다.

"아이나, 였던가? 저 아이가 무슨 일 있어?"

"날…… 미워해. 마주쳐도 항상, 째려봐."

이야기를 듣고, 베르네르는 이해했다.

그러고 보니 경기 때도 마리가 내민 손을 뿌리쳤다.

솔직히 말해 좋은 태도는 아니다.

아이나에 대해선 잘 모르지만, 자존심이 강하다는 것만큼은 어렴풋이 이해했다.

분명 그때부터 쭉 마리에게 적개심을 불태우고 있으리라.

"그건 마리 탓이 아니야. 져서 분한 건 알겠지만, 마리를 원망하는 건 도리가 아닌걸."

"그래. 너무 신경 쓰지 않는 게 좋아."

존과 피오라가 마리를 위로하듯 말했다.

마리는 딱히 그 대결 때 뭔가 비겁한 짓을 한 게 아니다.

정정당당하게 싸우고, 실력으로 승리했다.

아이나가 패배한 것은 단순히 마리보다 약했기 때문이다.

"하지만 신경을 쓰지 말라고 해도, 마주칠 때마다 매섭게 노려보면 기분이 좋지 않을 거야."

"하긴, 그렇겠군."

에테르나의 말에는 베르네르도 동의했다.

아무리 마리에게 잘못이 없고 신경을 쓰지 않으려고 해도, 일방적으로 그런 태도를 보이는데 기분이 좋을 사람은 없으리라.

그러나 그렇다고 해서 주의를 시키면 역효과만 날 것이다.

저렇게 자존심이 강한 인종은 바른말이 안 통한다.

오히려 바른말로 이기려고 하면 괜히 성질을 부릴 것이다.

"어라? 있잖아. 저 사람, 교장 선생님이지?"

피오라가 뭔가 눈치챈 것처럼 말했다.

어떻게 된 일인지, 그 시선이 닿는 곳에서는 이 학교의 교장이 아이나 앞에 나타나 뭔가 이야기하고 있었다.

이윽고 두 사람은 나란히 그 자리에서 떠나고, 베르네르 일행은 고개를 갸우뚱한다.

"뭘까? 성적 이야기일까?"

"하지만 교장이 먼저 말을 걸 일이야?"

에테르나가 신기하게 여기고, 존도 의문을 말했다.

그렇지만 일일이 파헤칠 일은 아니다.

교사가 제자에게 말을 건다……. 그건 학교에서 당연한 일이다.

그렇게 의문을 떨쳐내려고 한 그들의 귀에 다른 인물의 목소리가 들렸다.

"기묘하군. 교장이 일부러 일개 생도를 직접 만나러 오다니."

모두가 돌아보자 어째서인지 땅바닥을 삽으로 파는 서플리가 있었다.

기묘하다고 말하면서 더 기묘한 짓을 하는 교사에게, 모두는 얼굴에 의문을 드러낼 수밖에 없었다.

하지만 그 시선을 아랑곳하지 않고, 서플리는 땅을 팠다…….

아니, 부서지지 않게 파낸 땅바닥을 마법으로 고정해서 가져온 주머니에 투입하고 있다.

"더군다나 투기대회 우승자인 베르네르나 준우승자인 마리가 아니라, 어째서 아이나 폭스지……? 장래가 없는 건 아니지만, 순서가 이상하지 않은가. 직접 아는 사이도 아니고, 친족도 아니야. 의미를 모르겠군."

"저기…… 선생님은 거기서 뭘 하시는 겁니까?"

"나 말인가? 아, 여기에 내 성녀님이 지난 발자국이 있어서 말이지. 다른 멍청이가 가치도 모르고 망가뜨리기 전에 보호, 회수하러 왔다네."

"…………."

——변태다. 모두가 한순간 확신했다.

어쩌면 이 교사는 성녀에게 가장 위험한 남자가 아닐까?

기사를 지망한다면 마녀보다 먼저 이 사람을 지금 당장 베어야 하지 않을까?

그럼 마음을 모두가 공유하지만, 서플리는 자기 행동에 아무런 의문도 느끼지 않은 것처럼 말한다.

"아무래도 요새 교장이 이상해. 자꾸 이상한 행동만 보이는군."

네가 할 소리냐. 모두가 그렇게 생각했다.

"예를 들어 야간 경비를 이유도 없이 빼고, 본인이 맡기 시작했다. 교장실 청소를 거절하고, 지금껏 하나밖에 없던 자물쇠를 갑자기 다섯 개로 늘렸지. 창문도 튼튼한 것으로 바꾸고, 철창을 대는 바람에 아무도 안을 못 본다. 마치 남이 봐서는 곤란한 물건을 소지한 것 같지 않은가."

네가 할 소리냐. 모두가 그렇게 생각했다.

지금 회수하는 그건 남이 봐서 곤란한 물건이 아닐까…….

"별로 이상한 행동 같지는 않은데……. 나도 내 방을 남에게 별로 보여주고 싶지 않으니까……."

"하긴 그럴지도 모르지만. 하나하나의 행동은 이상하지만, 신경을 곤두세울 정도는 아니야. '뭐 그럴 때도 있겠지'라고 납득할 정도로 사소한 일이지. 평소 돌을 차지 않는 사람이 갑자기 돌을 차도 '그런 기분일 때도 있다'고 말하면 뭐라 할 말이 없다네. 하지만 매일 돌을 찬다면 그것은 확실한 변화이고, 그 변화에는 뭔가 이유가 있는 거다. 나는 요즘 교장에게서 그런 변화를 느낀다네. 말로는 잘 설명할 수 없고, 방금 말한 것처럼 '그럴 수도 있다'고 하면 끝이지. 그러나 나는 교장에게 뭔가 변화가 있었다고 생각한다네."

그렇게 말하면서 서플리는 주머니를 꽉 닫고, 소중한 듯이 품에 넣었다.

적어도 이 남자의 행동은 '그런 기분이 들 때도 있다'로 넘어갈수 없다.

"어디 보자……. 마침 잘됐으니 잠시 미행해 볼까. 교장의 흥미로운 모습을 볼 수 있을지도 모르겠군."

서플리는 그 말만 하고 전혀 망설임 없이 움직이기 시작했다.

보아하니 정말로 미행할 작정인 듯하다.

교장보다 먼저 이 사람을 어떻게든 하는 게 좋지 않을까……. 모두가 그렇게 생각한 것도 어쩔 수 없다.

아이나 폭스에게 아버지는 어릴 적부터 동경한 사람이며, 자랑이었다.

아이나는 지금으로부터 17년 전, 폭스 자작의 장녀로 태어났다.

그 폭스 자작가는 귀족 중에서 하급에 해당한다.

작은 영지와 몇 군데의 마을을 다스리는 지방 영주로, 생활이 유복한 편이었지만, 귀족치고는 가난한 부류에 속했다.

그래도 아이나는 부끄럽게 여기지 않았고, 이 집안의 딸이라는 사실이 제일가는 자랑거리였다.

그것도 전부 위대한 아버지가 있었기 때문이다.

아이나의 아버지는 자작이지만, 다른 귀족들도 인정하고 존경하는 사람이었다.

인류의 희망인 성녀……. 그 성녀를 지키는 사명을 띠고, 혹독한 훈련을 거친 마법기사들은 모두가 동경하는 정의의 사도다.

그 기사들 중에서도 극히 일부만이 될 수 있는 근위기사는 모두 합쳐서 열두 명밖에 안 된다고 하며, 그리고 아버지는 그런 근위기사 중에서도 가장 뛰어나다고 하는 수석 기사의 자리에 있었다.

누구보다도 가까운 곳에서 성녀를 수호하고, 싸움이 있을 때는 성녀의 검과 방패가 되어 악에 맞선다.

정말로 기사 중의 기사. 싸움에 몸을 둔 모두가 동경하고, 존경하는 최고의 존재.

그리고 당대의 성녀 엘리제는 역대 최고의 성녀로 불리며, 그런 성녀를 가장 가까이서 수호하는 아버지는 말 그대로 인류의 희망을 지키는 위대한 전사다.

성녀 엘리제가 활약하고, 개선 퍼레이드를 할 때는 반드시 그 곁에 아버지가 있었다.

모두가 아버지의 늠름한 모습을 칭송했다.

어린 아이나에게는 아버지야말로 모든 이야기 속 용사보다도 멋진 용사였다.

공주님을 지키는 가장 강하고 멋진 수호자……. 아이나는 그런 아버지를 정말 좋아했다.

하지만 그 자랑이 부서진 것은 지금으로부터 1년 전.

당시 마법학교를 갓 졸업한 레일라 스콧과의 성전시합—— 1년에 한 번, 성녀의 앞에서 치러지는 근위기사 서열 결정전에서, 아버지는 열아홉 살 여자에게 패배하고 말았다.

이것으로 아버지는 수석 기사의 자리를 레일라에게 넘겼고, 근위기사 서열 2위로 내려갔다.

이 싸움을 가족과 함께 견학하는 것을 특별히 허락받은 아이나에게는 너무나도 충격적이고, 믿기지 않는 사건이었다.

이건 말이 안 된다고 생각했다. 아버지는 몸 상태가 안 좋았을 뿐이라고 생각하고 싶었다.

당사자인 아버지는 '나보다 강한 자가 성녀님을 지킨다.' 라며 기뻐했지만…… 아이나는 도저히 그 결과를 받아들일 수 없었다.

그래서 자신이 아버지의 긍지를 되찾겠다고 맹세했다.

다행히 어릴 적부터 아버지에게 검과 마법을 직접 배웠으니까 누구에게도 질 마음이 없었다.

마법학교 입학시험도 손쉽게 돌파했고, 동기를 둘러봐도 자신이 위라는 생각에 우월감에 젖었다.

아이나에게 알프레아 마법기사 육성기관은 그저 목적을 위한 과정이자, 통과점에 불과했다.

수석 졸업은 당연하다.

진짜 싸움은 졸업하고 근위기사가 된 뒤…… 레일라 스콧을 성전시합에서 꺾고, 자신이 수석 기사가 됨으로써 아버지의 명예를 되찾는다.

그렇게 생각했었다…….

그런데도 그 과정에서 쉽게 자빠졌다.

학교에서 1년에 두 번 열리는 투기대회는 처음에는 학년별로, 두 번째로는 전 학년으로 치러진다.

아이나에게는 둘 다 우승하는 게 당연했다.

상대가 상급생이더라도 질 리가 없다고 믿었다.

아이나는 어릴 적부터 아버지가 단련해 주었다.

다른 사람들과는 경험도, 짊어진 것도 다르다.

"다들 열심히 하는군요. 레일라가 봤을 때, 올해는 어떤가요?"

"제가 말입니까? 그렇군요…… 올해는 제법 수준이 높은 생도가 모인 것 같습니다. 저도 멍하니 있을 순 없겠군요.""

성녀와 원수가 이야기하는 목소리가 아이나의 귀에 들어온다.

애초에 스스로 들리는 위치에 간 거지만.

"특히 저기 네 사람…… 베르네르, 아이나 폭스, 존, 마리 제트는 주옥같습니다. 베르네르는 기술이 세련되지 않으면서도 기초 능력이 우수하고, 아이나 폭스는 특출한 구석이 없으면서도 잘 연마했습니다. 과연 기사 폭스의 딸이라고 할까요. 존은 병사 출신이었죠. 다른 생도보다 전투가 뭔지 잘 아는 것 같습니다."

레일라의 평가를 들은 아이나는 조금 기분이 좋아졌다.

원수이긴 하지만, 잘 알잖아.

그렇고말고. 나는 위대한 아버님의 딸. 다른 피라미와는 근본이 달라.

특출한 구석이 없다는 평가는 조금 마음에 안 들지만, 아무튼 다른 두 사람보다 고평가다.

하지만 다음에 들린 말에 아이나는 기분이 상했다.

"마지막으로 마리 제트는 검과 마법의 밸런스가 좋고, 파워는 없어도 기술은 이미 기사 레벨이겠죠. 제가 생각하기로, 올해는 마리 제트가 우승 후보입니다."

그게 무슨 소리냐고 생각했다.

마치 나보다 마리가 더 강한 것처럼 말한다고, 불만을 느꼈다.

마리 제트는 잘 안다.

뭘 생각하는지 모르는 어두침침한 녀석이고, 시시한 여자다.

기사다운 화려함도 없다.

그야 조금은 실력이 있는 것 같으니까 평가를 바꿨지만⋯⋯ 그래도 자신보다 원수에게 높이 평가받는 것이 마음에 들지 않았다.

그래도 좋다. 금방 다음 경기에서 압승하고, 착각을 인정하게 해주마.

이기는 건 나다.

그렇게 생각하고 링에 올라가서── 쉽사리 패배했다.

우승하는 게 당연하다고 여겼던 투기대회⋯⋯ 전 학년 대회 이전에, 학년별 대회에서 준결승 탈락.

우승이 아니다. 준우승도 아니다.

준결승 진출. 아이나는 1등을 겨루는 자리에 나가지 못했다.

내미는 손을 뿌리치고, 아이나는 그 자리에서 도망치듯 뛰었다.

창피했다.

너무 창피해서, 분해서, 눈물이 나왔다.

　그리고 뛰쳐나간 뒤 있었던 일이 아이나를 더한 나락으로 떨어뜨렸다.

　그 뒤로 마리는 결승전에서 베르네르라고 하는 남자에게 져서 준우승으로 그쳤고, 그때 거대한 마물이 회장에 난입했다.

　성녀를 죽이러 왔다는 그 마물에 맞선 것은 다섯 명의 생도와 한 명의 교사…… 우승자 베르네르와 준우승자 마리. 준결승 진출자 존, 그 친구인 에테르나, 피오라.

　마지막으로 교사 서플리.

　그들은 고전 끝에 괴물을 멋지게 타도하고, 그 존재감을 과시해 모두에게 인정받았다. 그러나 그 자리에 아이나는 없었다.

　아직 기사는 아니지만, 성녀를 지킨 공적으로 다섯 생도는 높이 평가받고, 성녀 엘리제에게도 감사의 말을 들었다. 그들은 정말로 용사였다. 그러나 그 자리에 아이나는 없었다.

　준결승에 진출한 생도 중에서, 아이나만이 성녀의 위기 때 아무것도 안 했다.

　『저 사람, 준결승전에 진출했던 아이나 양이야.』

　『아…… 준결승전에 진출한 생도 중에서 유일하게 아무것도 안 했다는…….』

　『다른 세 사람하곤 천지 차이야.』『부친은 그 위대한 폭스 자작인데…….』

　『평소 그토록 자신만만했으면서…….』『괴물이 왔을 때 뭘 했대? 저 사람은.』

『아, 내가 알아. 그때 나는 학교 건물로 도망…… 아니, 화장실에 갔는데. 가는 길에 교실에 있는 저 애를 봤어.』

『어? 그렇다면 도망친 거야? 진짜? 폭스 자작의 딸이?』

『어차피 그 정도였던 거지.』『경기에서 졌을 때의 태도도 보기 흉했어.』

『평소 큰소리치는 녀석일수록 정작 중요할 때는 이렇다고.』

그날을 경계로 주위의 평가가 싹 바뀌었다.

직접 나서서 싸우지도 않았던 사람들이 헐뜯기 시작했다.

아이나 자신이 평소 주위를 깔보고, 그것을 숨기려고 하지 않았던 것도 악평에 불이 붙는 데 일조했다.

나는 너희와 다르다. 나는 수석 기사 폭스의 딸이다.

그렇게 떠벌리고 다닌 건 아니지만, 그건 누구나 잘 아는 사실이었다. 직접 말로 '너희는 나보다 아래야.' 라고 말한 건 아니지만, 그 심정은 태도에 잘 드러났었다.

아이나는 좋게 말하면 솔직하고 나쁘게 말하면 배려가 없는 성격 때문에 적을 늘리고 만 것이다.

그래도 지금까지는 실력으로 주위에서 입을 다물게 했지만……

그런 아이나를 떠받치던 '강함' 이라는 지반이 무너졌다.

이건 아니다. 이상하다. 뭔가 잘못된 거다.

아이나는 그렇게 소리치고 싶었다.

내가 거기 있었으면, 나도 활약할 수 있었다.

혼자서 괴물을 해치우고, 성녀님을 지켰을 것이다. 나라면 할 수 있었다.

그러지 못한 건 그저 운이 나빴을 뿐이다.

우연히 내가 없을 때 괴물이 나타났다. 그저 그뿐이다.

하지만 아무리 그렇게 말해도 실제로 아무것도 안 했다는 현실 앞에서는 의미가 없다.

전부 패배자의 헛소리다.

아이나는 싸우지도 않은 겁쟁이가 됐다.

그날부터 아이나는 누구와도 대화하지 않고 훈련에만 열중하게 됐다.

누구와 있어도 자신을 멸시하는 것처럼 보였다.

무엇보다 이렇게 무언가에 열중하지 않으면…… 원망 때문에 미쳐 버릴 것 같았다.

마리가 원망스럽다. 마리한테 지는 바람에 추락하듯이 모든 게 나쁜 방향으로 굴러갔다.

이렇게 훈련에 몰입하지 않으면 악을 쓸 것만 같았다.

네 탓이다. 네가 없었더라면……. 그렇게 꼴사나운 원성이 목구멍 밖으로 튀어나올 것이다.

그래서 도망치듯 훈련에 몰두했다.

경기에서 지고, 도망치고, 마리와 대면하는 것에서도 도망쳤다.

"나라면 안다. 자네는 부당한 평가를 받는 것 같군."

모든 것에서 도망친 아이나에게 말을 건 사람은, 이 학교의 교장이었다.

40대 후반에 접어든 듯한 나이 많은 중년이지만, 등은 반듯하게 폈고 몸도 근육질로 탄탄하다.

남자의 평균 수명이 60세도 안 되는 이 세계에서는 이미 노인이라고 해도 좋은 몸이지만, 놀라울 정도로 생기와 기력이 가득하다.

백발을 올백으로 넘겼고, 그 눈은 육식동물처럼 매섭다.

신장은 188센티미터. 이 세계의 남자 평균인 165센티미터를 훨씬 뛰어넘는다.

"운이란 잔혹한 법이다. 자네처럼 원래라면 수석 기사가 되어야 할 인재가 고작 한 번 상태가 나빴다는 이유로 패배해서 몰락하지. 시기도 좋지 않았다. 그때 자네가 있었더라면 반드시 성녀를 지키는 데 일조했을 텐데."

그건 아이나의 마음에 쑥 파고드는 감언이다.

현재, 아이나의 마음에는 금이 갔다. 깨져서 흩어질 정도로 상처를 입었다.

그 틈새로, 그 말이 부드럽게 침입한다.

"너무나도 안타까워 차마 볼 수가 없군. 자네는 반드시 위대한 기사가 될 거라고 기대했다. 그 재능을 이렇게 망치는 건 큰 손실이야. 그리고 이건 미확인 사항이지만…… 아무래도 마리 양은 그때 부정한 수를 쓴 것 같더군. 경기 시작 전…… 이상하게 싸늘한 느낌이 들지 않았나? 짚이는 바가 있겠지? 내가 생각하기로 그때 마리 양은 경기 시작 전부터 자네가 눈치채지 못할 정도로 공격한 거다. 몸의 움직임이 둔해지도록…… 본래의 힘을 발휘할 수 없도록."

결론을 먼저 말하자면, 그런 일은 없었다.

아무리 그렇게 말해도, 그토록 신체 능력이 떨어지면 아이나도 그 시점에서 알아챈다.

그렇게 추웠다면, 추웠다는 기억 정도는 남는다.

그리고 아이나에게 그런 기억은 없다.

하지만…… 인간이란 자기가 유리하게 생각하는 생물이다.

하물며 그것이 과거의 일이라면 더더욱.

듣고 보니 그랬던 것 같다.

한번 그렇게 생각하면 마치 그것이 진실인 것처럼 믿게 된다.

의혹과 진실이 역전되고, 본인의 머릿속에선 근거가 없었던 의혹이 진실로 바꿔치기 된다.

잘못을 저질렀을 때, 처음에는 '나만 잘못한 게 아니야'라고 생각한다.

다음으로는 '어쩌면 내 잘못이 아닐지도 모른다'가 되고, 마침내 '나는 잘못이 없다'가 되며, '어째서 잘못한 게 없는 내가 비난받는가'가 되고 만다.

이런 식으로 생각하는 인간은 어느 정도 확실하게 존재한다.

"자, 역시 그때 추웠지? 하지만 자네는 알아채지 못했을 거야. 그건 마리 양의 수법이 교묘했기 때문이지."

마치 세뇌하듯이 교장의 말이 귀에 들어온다.

그렇구나. 그런 거였다고 생각한다.

나는 정정당당하게 싸워서 진 게 아니었다.

비겁한 짓을 당해서 진 것이다.

그렇게 이해하자 분노의 불길이 활활 타오른다.

비겁해. 용서할 수 없어. 그런 마음이 머리를 지배한다.

그리하여 사고력이 떨어진 아이나에게 교장이 제안한다.

"나는 자네가 올해 가장 우수한 생도라고 확신한다네. 그러니 자네를 믿고 털어놓고 싶군. 여기서만 하는 말이지만, 사실 이 학교에는 마녀의 수하가 잠복했다."

"헉?!"

"나는 오랫동안 신뢰할 수 있는 사람을 찾았다. 누가 적인지도 모르고, 고독하게 싸웠다네. 하지만 자네라면 믿을 수 있지. 자네가 지금 이렇게 힘든 지경에 처한 것도, 어쩌면 자네를 위협으로 느낀 적들의 술수일지도 모른다."

아이나는 교장이 한 말에 놀랐다.

동시에 어두운 기쁨도 느꼈다.

이렇게 중대한 이야기를 마리가 아니라 자신에게 한다는 사실에 우월감이 들었다.

"알겠지? 그 대회는 마치 기회를 엿본 것처럼 괴물이 나타나고, 미리 정한 것처럼 활약극이 펼쳐졌지. 마녀의 손이 닿은 자는 이미 많다. 어디에 눈이 있을지 모르지. 성녀님은 그런 마경인 줄도 모르고 오신 거야."

"크, 큰일이야! 얼른 알려야……."

"아니, 그래선 안 된다. 알렸다간 우리가 이상한 소리를 한다고 여기겠지. 게다가 이건 기회다. 적들을 풀어두고 그 꼬리를 붙잡을 좋은 기회야."

교장은 몸을 숙여 아이나와 눈높이를 맞췄다.

그리고 그 손을 쥐고 조용히 부탁했다.

"아이나 폭스…… 부디 나와 함께 싸워주게나. 우리가 성녀님을 지키는 거야."

"네……! 저라도 좋다면, 기꺼이……!"

"잘 대답했네. 자네를 택하길 잘했어……. 그렇다면 자네는 평소처럼 생활하면서 성녀님의 행동을 감시해 내게 보고해 주게나. 성녀님께서 남들 눈을 피해서 움직일 때는 특히나 주의하고. 몇 달 전, 파라 선생이 성녀님을 불러낸 사건은 알겠지? 만약 성녀님께서 단독으로 행동한다면 똑같이 적에게 불려 위기에 처했을 가능성이 크다. 곧바로 지원하러 갈 필요가 있지. 그러니까 그때는 곧장 내게 보고하는 거다."

교장의 달콤한 유혹이 아이나를 옭아맨다.

인간은 자신이 올바른 일을 한다고 생각하면 의문을 느끼기 어렵다.

하물며 그것이 마음에 금이 간 소녀라면 더더욱.

원래 성격과 맞물려, 아이나의 마음에는 이미 의심이 존재하지 않았다.

"보고할 수단을 주마. 이 녀석은 사람의 말을 잘 듣고, 흉내도 내는 똑똑한 새다. 그리고 천적으로부터 도망치기 위해 주위 풍경에 동화하는 특징이 있으니까 어깨에 둬도 알아챌 사람이 없지. 보고할 때는 이 녀석에게 말하고 날려 보내라. 그렇게 하면 이 새가 내게 와서 자네의 말을 그대로 전해줄 거야."

그렇게 설명하면서 교장에 건넨 것은 작은 새 한 마리였다.

사람이 친숙한지 저항하지 않고 아이나의 손에 올라탄 새가 순식간에 피부와 똑같은 색으로 변해서 마치 아무것도 없는 듯했다.

"뭔가 말해 보렴."

"어, 저기…… 그러면…… 안녕하세요."

아이나는 교장에 말에 따라 새에게 인사했다.

그러자 새가 고개를 살짝 기울이고 부리를 열었다.

"어, 저기, 그러면, 안녕하세요."

"와…… 귀여울지도."

"와, 귀여울지도."

아이나가 한 말을 새가 그대로 따라서 말한다.

그것이 기뻐서, 아이나는 손끝으로 새의 머리를 쓰다듬었다.

뭉클뭉클한 감촉이라서 기분이 좋다.

"그러면 잘 부탁하마. 물론 이건 극비 임무니까 다른 사람에게 말하지 말도록."

"네! 맡겨 주세요!"

아이나는 교장을 향해 자신만만하게 대답했다.

그런 아이나에게 다정하게 웃고, 교장은 그 자리를 떠났다.

하지만 걸으면서 서서히 온화한 웃음이 일그러지고, 입꼬리가 올라간다.

그것은 어리석은 계집을 비웃는, 악의로 가득한 웃음이었다.

그리고 숨어서 그 대화를 듣던 베르네르 일행은 엄청난 이야기를 알게 됐다며 서로 얼굴을 살폈다.

제18화 일망타진 작전

할 일이 없어서 아무튼 훈련하기로 했다.

이벤트가 없을 때는 닥치고 자주 단련이나 하는 것이 이 게임의 기본이지만, 설마 내가 그런 상황이 될 줄은 몰랐다.

오토 마력 훈련 마법으로 주위 마력을 순환하면서 마법의 구슬을 일곱 개 생성해 저글링하듯 실내에서 적당히 날린다.

불, 물, 흙, 바람, 번개, 얼음, 빛……. 뭐, 내가 쓸 수 있는 속성 전부다.

그것을 다시 요정이나 정령 같은 형태로 바꿔서 논다.

이렇게 함으로써 마법의 정밀성과 제어력과 동시 조작을 단련할 수 있다.

지금의 내가 동시에 다룰 수 있는 마법은 열 개 정도가 한계지만, 역사서를 보면 역대 마녀와 성녀라도 두 개 이상의 마법을 동시에 사용한 녀석은 없다고 하니까 이래 보여도 잘하는 거겠지.

아니, 그나저나 진짜 아무것도 생각이 안 나네.

지하를 조사하러 가면 마녀가 도망쳐서 끝.

내 행동을 누가 감시하는지 모르니까 설령 내가 혼자 가더라도 들킬 가능성이 얼마든지 있다.

예를 들어 지하실 입구 근처에 마녀의 사역마가 있고, 그 녀석이 '성녀가 왔다!' 라고 외치면 그것만으로 마녀가 도망칠지도 모른다.

즉, 마녀의 텔레포트를 어떻게든 하지 않으면 실패한단 말이지.

학교 전체를 배리어로 덮을까?

마녀가 쓰는 텔레포트란 요컨대 몸을 분자로 분해하고, 그 상태로 빠르게 날아가는, 어둠의 힘이 억지로 살리는 마녀가 아니면 즉사하는 미친 기술이니까 분자도 통과하지 못할 배리어로 학교에 가두면 마녀는 도망치지 못할 것 같단 말이지.

하지만 그렇게 빈틈없이 틀어막으면 공기도 차단하니까…… 학교와 기숙사를 합쳐 상당한 인원이 있는데 그러는 건 아무래도 위험할 것 같다.

단기 결전에 나선다고 해도 마녀가 끔살당하진 않을 테니까. 게다가 불 마법이라도 쓰면 최악이다.

마녀를 가두려고 했는데 오히려 이쪽이 산소 결핍에 빠져서 원래라면 무조건 이길 수 있는 싸움에서 질 위험이 있다.

그렇다면 먼저 모두를 피난시키고 배리어……는 모두를 피난시킨 시점에서 교장과 그 밖에도 여럿 있을 스파이에게 들켜서 피난전에 마녀가 도주하겠네.

그렇다면 먼저 교장을 박살……내는 것을 아무 명분도 없이 실행했다간 내가 악당이 될 뿐이다.

음……. 안 되겠네. 좋은 생각이 떠오르지 않아.

'가능할지도 모르는' 정도의 아이디어라면 생각나지만, 확실하게 이렇다 할 방법이 떠오르지 않네.

역시 급한 건 교장과 다른 스파이란 말이지.

어떻게든 도망칠 구멍이 없는 증거를 찾아내 그것들을 전부 체포해야만 한다.

하지만 그걸 어떻게 할지가 문제다.

모두 모아서 이단심문이라도 할까?

게임에서 엘리제가 제멋대로 군 것을 보면 내 권력으로 가능할 것 같지만…… 그랬다간 확실하게 이미지가 나빠질 거야.

"엘리제 님, 잠시 시간을 내주실 수 있겠습니까?

문을 두드리는 레일라의 목소리가 들렸다.

뭐지? 뭐, 지금은 시간이 나니까 안 된다고 할 이유도 없다.

그런고로 들어와도 돼.

그렇게 말하자 문을 열고 레일라와…… 베르네르와 유쾌한 동료들도 들어왔다.

포치와 싸웠을 때의 여섯 명이다. 아…… 이 루트는 정말로 그 멤버로 스토리 진행하는 거야?

전부 개그 파티 같은 구성인데 괜찮아?

참고로 원래는 5층에 올라온 시점에서 체포 안건이지만, 예전에 그 일도 있어서 베르네르만큼은 찾아오면 이야기 정도는 들어달라고 레일라에게 당부했다.

"레일라?"

뭔가 말할 줄 알았더니, 그들은 멍하니 방 안을 보고 있었다.

뭔데? 할 말이 있어서 온 거 아니야?

아하…… 방에서 돌아다니는 이거? 이게 거슬려서 말을 못 하는 거야?

그러면 집어넣어야지……. 이러면 됐지? 자, 얼른 말해.

"레일라. 말없이 있으면 아무것도 알 수 없어요."

"아…… 그렇죠. 이들이 뭔가 이상한 이야기를 해서…… 한번 들어보실 필요가 있을 것 같습니다."

오홍. 이상한 이야기?

그 멤버라면 이상하지 않은 이야기를 하는 것이 더 신기할 것 같은데.

아무렴 어때. 일단 들어주마.

자, 100글자 이내로 간결하게 답하시오.

"말해 주세요."

"네…… 사실은 아까……."

그렇게 베르네르가 이야기한 것은 운동장에서 아이나와 교장이 수상한 밀담을 했다는 내용이었다.

교장이 아이나에게 접근해 '마리는 반칙을 썼다', '너는 인정받아 마땅하다' 같은 감언으로 현혹하고, 중간부터 논점을 스리슬쩍 바꿔 '이 학교에는 스파이가 있다!' 라거나 '믿을 사람은 너밖에 없다' 같은 소리를 해서 학교에서의 내 행동을 관찰해 교장에게 곧장 보고하도록 지시했다나 보다.

와, 새까매.

그나저나 그렇군? 에테르나 루트 같은 데서 내가 접근하면 마녀가 눈치채서 도망친 것은 아이나 탓이었던 셈인가.

원조 게임에서는 나를 원망해서 암살하려고 하고, 이 세계에서는 적에게 놀아나서 스파이가 됐다 이건가.

뭐라고 할까. 그 아이는 아무리 발버둥 쳐도 나와 적대하는 운명인 걸까?

나중에는 교장에게 '그 성녀는 가짜니까 죽여도 돼.'라는 소리를 들어도 의심하지 않고 검을 휘두르며 덤벼들 것 같다.

뭐, 실제로 가짜지만.

"어쩌면 이렇게 어리석을 수가…… 기사 폭스의 딸이란 자가 그토록 간단한 거짓말에 속다니. 누가 봐도 마리 양은 정정당당하게 싸웠다. 아이나 양이 패배한 것은 단순히 실력이 부족한 탓이다. 자신의 미숙함을 무시하고 상대를 비겁한 자로 만들다니…… 이래서는 기사 폭스도 슬퍼하겠지."

레일라는 실망한 듯이 말하지만, 그러면 너무 불쌍할 것 같다.

그런고로 조금 옹호해 줄까.

나는 귀여운 여자애한테 자상하다. 사내놈은 기본적으로 아무래도 좋지만.

"레일라. 그렇게 말하지 마세요. 사람이란 자신이 괜찮다고 여길 때일수록 잘 속는 법이에요. 들은 이야기로 아이나 씨는 줄곧 귀족의 저택에서 세속에 찌들지 않고 성장한 것 같으니…… 게다가 그때는 마음에 상처를 입고, 조바심을 낸 것 같아요. 하물며 상대는 교장…… 믿고 싶어지는 것도 어쩔 수 없겠죠."

그리고 학교에 스파이가 있는 건 진짜다. 교장 본인이라든지 말이야.

교묘한 거짓말에는 진실을 잘 섞어야 한다는 말을 어디선가 들은 기억이 있다.

뭐, 아이나의 심리상태와 현재의 환경 등을 생각하면 심리적으로 교장의 감언을 뿌리칠 방법이 없었겠지, 라고 나는 생각해.

아무튼 교장은 마녀의 앞잡이 확정이네.

"당시 아이나 씨의 심리상태로 생각하면 감언을 뿌리칠 방법이 없었겠죠. 그리고 마녀의 앞잡이는 다름 아닌 교장 자신일 가능성이 매우 커요. 제 동향을 빠짐없이 보고해서 기뻐할 자는 마녀밖에 없으니까요."

"그, 그렇군요……. 역시나 엘리제 님. 훌륭하신 혜안입니다……. 소인 레일라, 감복했습니다."

오냐, 빠콧. 더 칭찬해도 돼.

그리고 베르네르와 에테르나와 피오라와 마리, 기타 두 명은 참 잘했어.

이걸로 교장을 대의명분을 내세워 포박할 수 있다.

교장만 잡고 나면 줄줄이 튀어나올 것이다. 스파이를 뿌리 뽑을 수 있다.

"그나저나 설마 교장이…… 전대 성녀 알렉시아 님의 수석 기사로서 함께 마녀를 토벌한 분이 마녀의 앞잡이가 되다니……."

오히려 그러니까 당연한 거야.

지금의 마녀가 그 전대 성녀 알렉시아인걸.

그렇다. 마녀의 본명은 '알렉시아' 다. 이건 시험에 나오니까 필기해.

즉, 교장은 딱히 배신하지 않은 것이다.

처음부터 끝까지 일관되게 알렉시아만의 기사라고, 그 자식은.

성녀가 마녀로 직업을 바꿨으니까 성녀의 기사도 함께 마녀의 기사로 바뀌었을 뿐이다.

그렇다고는 하나, 어차피 적은 적이다.

나로서는 마녀와 함께 두들겨 패야 하는 상대임은 변함없다.

그러면 내가 나서서 교장을 후다닥 붙잡아 보실까.

교장은 옛 수석 기사인 만큼 실력 면에서 레일라와 호각인 걸물 이지만, 내 적수는 아니야.

자, 배리어&마력 강화. 안 통해요. 땡~으로 끝난다.

그리고 붙잡아서 다른 스파이의 이름을 한꺼번에 끄집어내면 나중 일이 정말 편해진다.

"기다려 주십시오, 성녀님이시여."

그러나 그때 변태안경남이 스톱을 걸었다.

여전히 언젠가 배신할 듯한 오라를 풍긴다.

"교장을 지금 잡아도 모든 스파이를 실토할 것 같진 않습니다. 몇 명은 확실하게 숨겠지요."

음…… 그렇군. 확실히 그럴지도 몰라.

변태안경남 주제에 멀쩡한 소리나 하고 말이야.

"그러니 이번 일은 제게 맡겨 주시겠습니까? 교장의 주변을 탐색해 그자와 내통한 자를 전부 백일하에 드러내 보이겠습니다."

그런 게 가능하냐고 솔직히 의심이 먼저 든다.

왜냐하면 이 녀석은 게임 본편에서 소악당이고, 별로 유능한 묘

사도 없고.

어차피 금방 들켜서 오히려 우리 정보를 빼앗기는 거 아니야?

하지만 만에 하나 잘 풀리면 이득이고, 실패해서 이 녀석이 적에게 죽어도 이득이다.

이 녀석의 시선 징그럽단 말이야.

그리고 넌 들키지 않은 줄 알았겠지만, 요전번에 내가 학생식당에서 쓴 스푼을 식당 아주머니 앞에서 훔쳐 주머니에 넣었지?

솔직히 소름이 돋아서 말을 못 했지만, 내 안에서 네 평가는 0을 넘어서서 마이너스 수준이라고, 짜샤.

"알겠습니다. 그렇다면 이번 일은 당신에게 일임하죠. 당신의 활약을 기대할게요, 서플리먼트 선생."

뭐, 이 녀석이라면 어떻게 되든 상관없어.

좋아, 다녀와라. 시체는 챙겨…… 아니, 바다에 버릴 거지만.

"오오……성녀님의 사랑스러운 입으로 제게 '기대할게요.' 라고 하시다니……! 오오, 오오오아아……! 그 말씀만으로 10년, 아니 100년은 싸울 수 있다! 맡겨 주십시오, 나의 성녀님이시여! 이 서플리먼트가 반드시 당신의 기대에 부응하겠습니다!"

와, 소름…….

그리고 기다리길 2주…… 변태안경남은 성취감이 깃든 얼굴로 한 장의 양피지를 내게 가져왔다.

"오래 기다리셨습니다, 성녀님이시여. 이것이 제가 이 2주 동안 조사한, 역적들을 기록한 목록이옵니다."

그 종이를 왠지 만지기 싫어서 레일라가 받게 하고, 이름을 읽으라고 시켰다.

태반은 전혀 모르는 이름이지만(애초에 엑스트라의 이름 따위 게임에 안 나오니까 외울 수 없다고.), 그 숫자는 무려 24명에 달했다.

물론 그중에 교장과 아이나가 있다는 건 더 말할 나위도 없다.

태반은 아이나처럼 속고 있는 바보일 테지만, 개중에는 진짜로 마녀를 따르는 녀석도 있겠지.

이 목록이 정말이라면 정말 잘 일했다고 평가할 수도 있다.

변태안경남 주제에 제법이잖아.

그러나 레일라는 인정할 수 없는 듯, 목록을 읽어 나가면서 표정이 점점 험악해졌다.

"이건…… 무슨 장난이지, 서플리 선생? 솔직히 말하지만 나는 이걸 보고 오히려 네가 마녀의 앞잡이가 아닐지 의심했다. 허위 보고로 의심해선 안 되는 상대를 의심하게 하고, 인류의 전력을 소모하려는 게 아닌가!"

"참으로 유감이군. 내가 마음을 바치는 건 엘리제 님 말고 있을 수 없거늘."

"그렇다면 이건 뭐지? 네가 배신자 목록에 이름을 올린 자들은…… 전대 성녀님과 함께 마녀를 토벌한, 혹은 공헌한…… 위대한 기사들밖에 없지 않느냐!"

분노로 가득한 레일라의 말에 변태안경남은 도발하듯 어깨를 으쓱했다.

하지만 나로서는 레일라가 방금 한 말로 이 '목록'의 신빙성이 커졌다.

아, 그랬구나. 전대 성녀와 함께 싸운 기사들과 그 친구 여러분이라 이거지?

나도 그 언저리를 의심스럽게 여겼지만, 그걸 이렇게 주저하지 않고 내놓은 걸 보면 변태안경남의 조사는 좋든 나쁘든 진짜라는 뜻이리라.

"그들은 나이 때문에 은퇴한 뒤에도 후진을 육성하고자 교사가 된, 훌륭한, 존경해야 마땅한 자들이다. 너는 우리 기사들을 우롱할 작정이냐!"

"우롱할 작정은 없다. 하지만 전대 성녀의 근위기사라도 인류를 배신했다면 고작 그 정도의 자들일 뿐. 기사의 긍지인지 뭔지도 자네가 생각하는 정도는 아니라는 뜻 아닐까? 레일라 군."

"네 이놈……."

레일라가 검에 손을 대고, 변태안경남도 마법을 준비한다.

야, 이것들이. 이런 데서 싸우지 마.

"진정하세요, 레일라. 슬픈 일이지만, 이미 교장이란 전례가 있는 이상 다른 옛 기사들도 똑같이 적이 됐을 가능성을 무조건 부정할 순 없어요. 교장을 존경하는 자들도 적지 않을 테니까요."

"그건…… 그렇지만."

그렇게 타이르자 레일라는 마지못해 검에서 손을 뗐다.

이어서 나는 변태안경남을 봤다.

우웩, 이 녀석은 내가 고개를 돌리기만 해도 기뻐하니까 별로 보고 싶지 않단 말이지……

"서플리 선생, 이건 어떻게 조사한 거죠?"

"잘 물어봐 주셨습니다. 그들은 공통의 연락 수단으로써 특별한 새를 사용합니다. 지금으로부터 80년 전에 모험가가 발견해, 그자의 이름을 그대로 따서 '스틸'이라고 명명된 이 새는 특이한 능력을 지닙니다. 천적으로부터 도망치기 위해 깃털의 색을 주위 풍경과 동화해 투명해지고, 다른 생물의 소리를 흉내 내서 천적을 쫓아내는 겁니다. 이 습성이 주목받아 가축화가 이루어진 것이 50년 전 일. 투명해지는 습성에서 머리나 어깨에 둬도 유심히 보지 않으면 눈치챌 수 없고, 말을 흉내 내는 습성에서 뛰어난 전령으로 편리하게 쓰게 됐습니다."

내가 질문하자 변태안경남이 아주 신나서 쓸데없는 것까지 설명하기 시작했다.

음. 발견된 시기는 아무래도 좋다.

아무튼 메신저로서 매우 편리한 새란 거지?

"저는 그들이 날린 스틸을 전부 붙잡아 제가 조교한 다른 스틸로 바꿔치기했습니다. 이렇게 함으로써 그들의 비밀 대화가 전부 제게 들어오는 구조입니다. 물론 한꺼번에 바꿔치기하지 않고, 뜸을 들여서 조금씩…… 한 겁니다. 정보가 들어오면 움직임도 보입니다. 그들이 직접 대화하는 곳에 먼저 가서 몰래 듣고, 혹은 아무도 없는 때를 노려 기숙사에 잠입해 소지품을 조사하는…… 그런 방식으로 2주의 시간을 들여 차근차근, 완벽하게 그들의 연결 고리를 파악한 겁니다."

생각보다 훨씬 유능했다…….

그렇군. 연락 수단을 가로챈 건가.

현대로 치면 통신 도청 같은 것일까.

인터넷은 고사하고 전화도 없는 세계니까 통신을 원시적인 수단에 의지할 수밖에 없다.

이걸 보면 전화가 얼마나 위대한 발명인지를 잘 알 수 있다.

"이 목록은 틀림없는 거겠죠?"

"본인의 의지로 그랬는지, 아니면 이용만 당한 건지는 둘째 치고…… 결과적으로 마녀의 밀정이 됐다는 뜻이라면 틀림없습니다. 모두, 붙잡아야 한다고 봅니다."

"다른 밀정이 더 있을 가능성은 없나요?"

"없다곤 할 수 없습니다. 어떤 사안이라도 확정하기 전에는 확률이 0이 아니니까요. 최근 2주 동안 아무에게도 정보를 받지 않은 밀정이 잠복했을 가능성은 조금이나마 있습니다."

확률이 0은 아닌가.

이건 조금 실패 플래그 같지만, 이제는 실제로 해보지 않으면 모른다는 거겠지.

가능한 일은, 없다고 믿고 움직이는 것밖에 없다.

그런고로…… 그러면 슬슬 시작해 보실까.

신중하게 더 조사시켜도 되겠지만, 아이나처럼 이용당하는 녀석이 늘어나 인원이 불어나면 귀찮으니까.

하지만 스파이를 일망타진하면 마녀도 위험을 느끼고 도망칠지도 모른다.

그러므로…… 영 내키지 않지만, 이 변태안경남의 협력은 꼭 필요하다.

"그렇다면 조속히 해결하죠. 하지만 마녀의 앞잡이를 모두 붙잡으면 연락이 끊긴 마녀가 경계해서 이 학교에서 도망칠 가능성도 있어요. 그러니 서플리 선생, 당신은……."

"잘 압니다. 교장이 마녀와 연락하는 데 쓰는 스틸을 바꿔치기하면 되겠습니까? 그리고 교장을 붙잡은 다음에는 제가 교장인 척하고, 스틸을 이용해 마녀와 연락을 주고받는다……. 이것이 최선이겠지요."

"말이 잘 통해서 좋군요."

아하, 예상했나.

어라…… 이 녀석, 진짜 변태안경남이야?

게임 본편에선 무능한 소악당이었는데, 엄청나게 도움이 되네.

그러면 마녀의 앞잡이 일망타진 작전.

열심히 시작해 보자.

작전의 수순은 간단하다.

그들이 연락 수단으로 삼은 스텔스 버드(바꿔치기 완료)를 이용해서 모두에게 교장의 이름으로 한자리에 모이게끔 지시를 전달한다.

반대로 교장에게 다른 녀석들의 연락으로 위장해서 '하고 싶은 말이 있으니까 와 달라.'라고 유인한다.

그러자 태평하게 밀담(웃음)을 하려고 멍청이들이 훈련실에 모였다.

훈련실은 학교 건물 옆에 있는 시설로, 체육관을 연상케 하는 널찍한 시설이다.

참고로 게임에서는 체육관과 비슷한 차원을 넘어서 완전히 체육관이었다.

학교가 무대라고는 해도, 왜 기사를 육성하는 마법학교에 그런 게 있는 걸까…….

그거, 딱 봐도 제작자가 만들기 귀찮아서 프리 소재로 체육관을 쓴 거잖아.

그리고 그런 생각을 하는 나는 일행과 함께 커튼 뒤에 숨어서 대기 중이다.

"무슨 일이지? 어째서 이런 데 모인 거냐."

"무슨 소리를 하는 겁니까? 교장이 모았잖아요."

"내가? 이상한 소릴 하지 마라. 이렇게 눈에 띄는 집회를 내가 제안할 리가……."

오오, 멍청이들이 혼란에 빠졌네.

아무튼 여기서 배리어 발동! 실내에 모두 가뒀다.

"아뿔싸! 함정이다!"

교장이 소리치지만, 이미 늦었다! 탈출 불가야!

너희는 체크나 장기에서 말하는 '외통수'에 빠진 것이다!

가둔 시점에서 커튼을 걷고 앞으로 나선다.

흥, 있구나 있어. 피라미가 옹기종기 모여서 얼빠진 낯짝을 드러내는군.

"서, 성녀님……?! 이건 대체……."

아이나가 혼란에 빠진 표정을 짓지만, 그야 이용당한 아이는 영문을 모르겠지.

그들 앞에서 변태안경남이 의기양양하게 손을 딱 울린다.

그러자 멍청이들의 어깨와 머리에 있던 스텔스 버드가 일제히 그들이 주고받았던 이야기를 말하기 시작했다.

그중에는 『엘리제에게는 들키지 마라.』라거나 『멍청한 계집은 속이기 쉽다.』라거나 『우리의 마녀님을 위해서.』라거나, 『엘리제를 유인해서 모두가 공격하는 건 어떤가?』같은, 결정적인 증언도 섞여 있었다.

그러자 이에 몇 사람이 난리를 치고, 적개심이 담긴 눈으로 교장을 봤다.

"교장, 이게 어떻게 된 일입니까?!"

"방금 들은 말로는…… 엘리제 님을 해하려는 것 같은데……!"

"우리는 성녀님을 위해 단결한 것 아니었습니까?!"

아하, 이 사람들은 속아서 협력한 여러분인가.

순식간에 파벌이 둘로 나뉘고, 진짜 마녀의 앞잡이 파벌과 이용당한 파벌이 대립해서 눈싸움을 벌였다.

"진정하지 못할까! 스틸이 하는 말은 얼마든지 조작할 수 있다! 이건 누명이다! 성녀님, 속아서는 안 됩니다. 그 남자, 서플리야말로 마녀의 앞잡이! 당신은 속은 겁니다! 믿어 주십시오! 제 말과 행동, 전부 성녀님을 위한 겁니다!"

오호라. 그래서?

전부 성녀님을 위한 행동이구나.

그래. 그건 믿을게. 확실히 네 말이 맞아.

전부, 네 성녀를 위한 거지?

제19화 기사 vs 기사

"그래요. 믿겠어요. 당신의 행동은 전부 당신의 성녀를 위한 것이 맞겠죠. 그렇기에 저는 당신이 마녀의 앞잡이라고 확신해요."

교장이 하는 말에 엘리제가 침착하게 대답한다.

하지만 그 의미를, 베르네르 일행은 잘 이해할 수 없었다.

교장의 행동이 전부 성녀를 위한 것이라고 믿으면서, 그러니까 마녀의 앞잡이라고? 무슨 의미인지 모르겠다.

하지만 교장에게는 전해진 듯, 안색이 변했다.

"성녀의 비밀도, 마녀의 정체도, 저는 다 압니다."

"그래……. 알고 있었나……. 그렇다면 속일 수 없겠군……."

엘리제의 말을 듣고, 교장은 검을 뽑았다.

도대체 그가 방금 한 말에 어떤 의미가 있는지, 베르네르는 이해할 수 없다.

하지만 뭔가 핵심에 다가간 말이라는 것만큼은 간신히 이해할 수 있었다.

"성녀의 비밀……? 마녀의 정체……? 엘리제 님, 그게 대체 무슨……."

"레일라, 그건 나중에 말하죠. 우선은 눈앞에 닥친 일에 집중해 주세요."

아무래도 수석 기사인 레일라도 모르는 비밀이 있는 듯하다.

그게 대체 무엇일지 생각할 겨를도 없이, 교장이 엘리제에게 검을 휘둘렀다.

빠르다고——솔직히 그렇게 생각했다.

이미 노인이 다 된 몸인데도 마치 바람이 지나가는 듯한 속도다.

과거에 수석 기사로서 성녀를 지켰다는 것은 거짓이 아니다.

그러나 엘리제의 곁에 있는 건 지금의 수석 기사 레일라다.

잽싸게 검을 뽑아 교장의 검을 막고, 밀어냈다.

"디아스 경! 아무리 당신일지라도 엘리제 님에게 검을 겨누는 건 용서할 수 없다!"

"레일라 스콧인가……."

레일라와 교장. 과거와 현재의 수석 기사가 싸우기 시작했다.

빠르게 휘둘리는 검은 백은색 잔상이 되고, 우렁찬 금속성이 띄엄띄엄 울려 퍼진다.

십자를 그리는 듯한 두 사람의 검이 충돌해서 불꽃을 날리고, 떨어지는가 싶은 직후에 번뜩이는 궤적이 몇 번이고 충돌했다.

너무 빨라서 여러 참격을 동시에 날리는 게 아닐까 착각할 정도의 칼부림이다.

달인들의 전투이기에 마치 미리 정한 것처럼 검이 맞부딪친다.

베르네르가 수업에서 검을 배울 때, 일부러 목검을 천천히 상대에게 겨누고, 이를 받는 사람이 일부러 천천히 받아서 공수를 교대하며 최선의 움직임을 찾아내는 게 있었다.

기술과 몸의 움직임을 인식하기 위해 하는 이 단련은, 움직임에서 군더더기를 쳐내는 목적으로 이루어진다.

공격 측의 움직임에 맞춰 수비 측도 천천히 받아낸다.

이때 움직임에 군더더기가 있으면 천천히 움직이는 만큼 '눈에 보이는데도 제때 방어할 수 없는' 사태가 발생하고, 그렇게 자신의 움직임에 군더더기가 있음을 몸소 느낄 수 있다.

그리고 이를 거듭하면서 군더더기가 떨어져 나가고, 아무리 계속해도 서로의 공격이 명중하지 않는 '계속해서 움직이는 교착상태'라는 모순된 상태가 완성되는데, 그렇게 됐을 때 이 수업은 일단락을 맞이하게 된다.

레일라와 교장의 싸움이 딱 그렇다. 서로 군더더기가 없는 까닭에 호각의 싸움이 이루어진다.

다만——끔찍하게 빠르다.

저들에게는 세계가 멈춘 것처럼 보이기라도 하는 걸까?

저 정도의 속도로 공격당하면 그것을 막는 데 필요한 시간은 눈 깜빡할 사이도 안 될 텐데.

하지만 무시무시하게도 두 사람 모두가 그 짧은 시간으로 최선의 움직임을 순식간에 판단해서 공격을 받아내고 있다.

그리고 공수를 격렬하게 교대하면서 반복하고 있다.

마치 두 사람만 시간을 가속한 것처럼, 싸움의 레벨이 다르다.

모두가 레일라와 교장의 전투에 넋이 나간 가운데, 엘리제만은 다른 것을 보고 있었다.

베르네르가 깨달은 것은 아이나의 목소리가 들렸기 때문이다.

단검이 떨어지는 소리와 울며 주저앉는 아이나. 그 앞에 선 엘리제……. 그 모습을 보고서야 베르네르는 아이나가 죄책감을 못 견디고 자살하려고 한 것임을 깨달았다.

베르네르는 아이냐를 신경 쓰지도 않았다. 하지만 베르네르가 매정해서 그런 게 절대로 아니다.

이렇게 계속해서 움직이는 전장에서 한 소녀를 보고 있을 여유는 누구에게도 없다.

누구나 자기 앞가림만으로 벅차다.

그렇듯 당연한 심정으로 아이나를 안 봤다.

그리고 비극이란 언제나 '지금은 그럴 때가 아니다'라고 시선을 뗐을 때 발생하는 법이다.

그래도 엘리제만은…… 언제나, 어느 때라도, 모두가 놓친 작은 한탄을 놓치지 않는다.

그럴 겨를이 없더라도, 끌어안는다.

"성녀님…… 놔주세요……. 전…… 이런, 이런 일을 거들다니……. 이젠, 아버님과 모두를 볼 수가……."

눈물로 얼굴이 엉망이 된 아이나를 달래듯, 엘리제가 끌어안아 등을 토닥인다.

아무리 역대 최고의 성녀라도 모든 것을 구할 수는 없다.

아무리 뛰어나도, 인간은 신이 아니니까.

그래도 하다못해, 손이 닿는다면 구한다.

구할 수 있는 곳에 있다면 절대로 내버리지 않는다.

그런, 그날부터 변하지 않은 존엄한 정신을, 베르네르는 다시 목격했다.

"괜찮아요……. 다 아니까요. 당신은 저를 지키려고 했어요. 다만 조금, 실수했을 뿐이에요."

"하지만…… 전…… 용서받지 못할 짓을…… 마녀의 악행을 거들다니…….""

"용서할게요."

엘리제는 분명, 자신을 향한 모든 죄를 용서하리라.

그 목소리는 아이나를 나무라는 감정이 조금도 없고, 감싸는 듯한 다정함만이 느껴진다.

마침내 봇물이 터진 것처럼 아이나는 엉엉 울고, 엘리제는 자신의 드레스가 눈물로 젖는 것도 아랑곳하지 않고 계속해서 끌어안았다.

"괜찮아요. 다들 아니까요. 다들, 용서해 줄 거예요. 그렇죠? 베르네르."

엘리제가 베르네르에게 동의를 구했다.

이에 베르네르는 황급히 고개를 끄덕이고, 동료들도 뒤따랐다.

그리고 조금 전까지 교장 일파와 싸웠을 터인 서플리 선생은 바닥에 엎드리듯 엘리제의 모습을 보면서 "존엄해…….""라는 소리를 지껄였다. 빨리 싸우러 돌아가, 변태안경남.

"물론입니다."

"그래. 애초에 심하게 나쁜 짓을 한 것도 아니니까."

"괜찮아, 아이나 씨. 실수한 건 만회할 수 있으니까."

베르네르, 존, 에테르나가 웃으며 말한다.

"응…… 앞으론…… 함께 노력하자……!"

'"그래. 당신이 동료가 되어 주면 든든할 거야."

마리와 피오라도 진심으로 동의하듯 대답했다.

특히 마리는 한때 악수를 거절당하고, 비겁한 자로 오해받았는데, 그 사실에 대한 분노가 일절 없다.

베르네르와 마리가 나란히 손을 내민다.

그러자 아이나는 그날 한번은 뿌리쳤던 손을…… 이번에는 머뭇거리면서도 단단히 잡았다.

"좋아, 가자!"

아이나가 가세한 베르네르 일행은 아이나처럼 이용당한 다른 자들과 함께 교장 일파를 노도와 같은 기세로 물리쳤다.

형세는 이쪽에 완전히 유리하고, 나아가 적은 아무리 과거에 활약한 전직 기사라고 해도 이미 나이가 있다.

그 실력은 전성기의 절반에도 못 미치리라.

하지만 그 이상으로 승패를 가른 것은, 교장 일파가…… 왠지 모르게 싸움에 소극적이었기 때문이다.

그들도 사실은 잘못을 진즉에 깨우쳤을 것이다.

과거에는 세계를 지키기 위해 싸운 남자들이다. 마음속 어딘가에서는 막아 달라고 여겼을지도 모른다.

그래서 아직 생도에 불과한 베르네르 일행도 이길 수 있었던 거겠지.

하지만 마지막 한 사람만은 다르다.

교장…… 디아스만은 전혀 쇠하지 않은 실력으로 레일라와 검을 주고받고 있다.

"어째서입니까! 어째서, 알렉시아 님과 함께 마녀를 토벌한 당신이! 어째서 마녀에게 영혼을 판 겁니까!"

"판 적은 없다. 이것이 나다. 내가 지키는 건 옛날이고 지금이고 똑같지. 나는 언제나 내 성녀를 지키고 있다."

"배신자가 헛소리를!"

베르네르의 지금 실력으로는 검의 잔상을 쫓는 것만으로 벅찬 싸움.

은색 섬광이 으르렁대고, 검이 충돌하는 금속성이 울려 퍼지고, 원을 그리듯 두 사람이 몇 번이고 위치를 바꾼다.

고작 1초 동안에 세 번…… 아니, 네 번은 충돌음이 들리고, 그것이 리듬을 바꾸면서 울려 퍼진다.

쉬는 일 없이, 쇠하는 일 없이, 자꾸만 울려 퍼진다.

벌써 몇 합을 벴지? 몇 번 검을 부딪쳤지?

적어도 이미 백은 넘었으리라.

그런데도 두 사람의 속도는 떨어지기는커녕 오히려 더욱 가속하고 있다.

"레일라 경! 지원하겠습니다!"

베르네르 일행 말고, 이용당했던 자들이 레일라를 지원하고자 뛴다.

하지만 이 싸움에 끼어들 여지가 어디 있을까.

만약 여기서 그 싸움에 끼어들 자가 있다면, 그건 엘리제 정도일 것이다.

"흥. 잡것들이…… 꺼져라! 네놈들은 몇 명이 와도 소용없다!"

디아스가 검을 수평으로 휘두르자 번개가 훈련실을 훑듯 퍼져 나갔다.

근처에 있던 모두가 한꺼번에 날아가 기절하고, 멀리 떨어져 있던 베르네르 일행도 그 충격에 엉덩방아를 찧었다.

그런 와중에 엘리제만은 똑바로 선 채로 수하 기사의 싸움을 지켜보고 있었다.

디아스의 횡축 베기를 도약으로 피한 레일라가 검을 두 손으로 잡고, 힘을 실어 내리쳤다.

훈련실 바닥에 검이 꽂히고, 이를 회피한 디아스가 다시금 횡축 베기를 날린다.

하지만 레일라는 놀랍게도 바닥을 통째로 베서 디아스의 검과 자신의 검을 충돌시켰다.

한순간 커다란 금속성이 고막을 흔들고, 레일라와 디아스도 살짝 비틀거린다.

그러나 강인한 하체의 힘으로 바닥을 단단히 내디디고, 정면에서 검을 부딪쳐 힘겨루기 태세에 진입했다.

"배신자라고?! 웃기는군. 우리가 세계를 배신한 게 아니다. 세계가 우리를 배신한 거다. 너도 언젠가는 알겠지. 그리고 세계에 절망할 것이다."

"무슨 영문도 모를 소릴!"

"모른다면 됐다. 나는 그저 알렉시아 님을 지킬 뿐이다."

서로 검을 맞대고 레일라와 디아스의 시선이 교차한다.

디아스는 레일라의 눈에서 열화와도 같은 격렬함을.

레일라는 디아스의 눈에서 거목과도 같은 고요함을 봤다.

힘겨루기를 멈춰서 한차례 검을 떼고, 디아스와 레일라가 동시에 자신의 무기에 손바닥을 내민다.

디아스의 검에 번개가 깃들고, 레일라의 검에 업화가 깃든다.

번개의 검과 화염의 검이 충돌하고, 뇌광과 열기가 치솟았다.

레일라의 횡축 베기를 디아스가 몸을 숙여 피한다. 그러자 훈련실 벽에 불탄 듯한 자국이 남았다.

디아스가 쳐올린 검을 레일라가 옆으로 피한다.

번개가 천장을 때리고, 하얀 천장의 일부가 검게 물들었다.

충돌할 때마다 뇌광과 화염을 뿌리고, 훈련실 온도가 상승한다.

하지만 두 사람은 물러나지 않는다. 상대의 움직임을 학습해서 오차를 수정하고, 더 예리하고 정확한 공격을 날린다.

"제정신인가? 알렉시아 님은 마녀를 토벌했을 때……."

이미 죽은 상대를 지킨다고 하는 모순된 발언에 레일라가 난색을 드러낸다.

지키고 자시고 할 것도 없다. 이미 전대 성녀 알렉시아는 이 세상에 없다.

명예를 지키겠다는 의미일지도 모르지만, 그렇다면 디아스의 행동은 완전히 역효과다.

그 의도를 도저히 모르겠다.

"죽었다고 말하고 싶은 건가? 아니다. 아니야. 알렉시아 님께선 살아 계신다. 죽은 걸로 처리했을 뿐이야!"

"뭐, 뭐라고?!"

"그리고 알렉시아 님께서 지키신 우민들은, 그 은혜도 잊고 그 분을 해하려고 했다! 그래서! 근위기사인 내가 지켜야만 한다! 설령 세계가 적이 되더라도!"

디아스의 입에서 나온 충격적인 사실에 레일라의 움직임이 한순간 경직했다.

그건 한순간으로 표현하기도 어려운, 진짜로 아주 짧은 한순간이다.

0.1초 정도 경직했다고 하는, 원래라면 빈틈이라고 말할 수 없는 틈.

그러나 그것조차도 이런 레벨의 싸움에서는 큰 지연이 된다.

레일라는 디아스의 검을 잽싸게 막았지만, 튕겨 나가서 벽에 처박히고 말았다.

그곳에 디아스가 쇄도하고, 검으로 힘껏 때린다.

레일라는 이것을 검으로 막지만, 디아스에게 질질 밀린다.

"그, 그건 대체 무슨……."

"흥…… 네 성녀는 이미 아는 듯하던데? 엘리제여, 알려주는 게 어떤가? 네가 아끼는 기사에게 진실을 말하지 않는 것이냐?!"

더욱 밀려나고, 검이 레일라의 이마에 다가간다.

떨리는 팔로 어떻게든 방어하지만, 형세는 눈에 띄게 불리하다.

그러나 레일라는 디아스의 배를 걷어차 거리를 억지로 벌리고, 가까스로 벽가에서 탈출하는 데 성공했다.

그 레일라를 따라가서 공격하는 일 없이, 디아스는 눈썹을 내리고 희미하게 웃음을 띠고 있다.

그건 진실을 모르는 레일라를 비웃는 듯한 표정이지만…… 왠지 불쌍하게 여기는 것처럼도 보였다.

"못 한다면 내가 알려주마! 잘 들어라, 마녀의 정체는── 전대 성녀! 성녀 알렉시아 님이야말로, 너희가 토벌하려는 마녀의 정체다!"

디아스의 그 말에, 이번에는 레일라가 진짜로 얼어붙었다.

아니, 레일라 혼자만 그런 게 아니다. 베르네르도, 에테르나도. 그 서플리조차도.

엘리제를 제외한 모두가 못 믿겠다는 듯이 얼어붙었다.

──마녀의 정체는 전대 성녀.

디아스가 털어놓은 믿기지 않는 사실에, 모두가 의심하기도 전에 마음속으로 부정했다.

아니, 부정하고 싶었다.

그런 일은 있을 수 없다고 여기고 싶었다. 거짓말이기를 원했다.

성녀란 인류의 희망이다. 광명의 상징이다.

그것이 만약 사실이라면…… 최악의 미래를 상상하고 만다.

"허……헛소리 하지 마라! 알렉시아 님이…… 전대 성녀님이 그럴…… 그럴 리…….''

"하지만 어쩌면 그럴지도 모른다고 생각했겠지. 아니냐!"

"으…….''

레일라는 디아스의 말을 부정하고자 소리치려고 하지만, 목소리에 힘이 없다.

디아스의 말이 옳다.

오래전부터, 사실은 이상하게 여겼다.

마녀와 싸운 성녀는 반드시 죽는다. 왜지?

마녀가 죽어도 얼마 후면 다른 마녀가 나타난다. 왜지?

성녀가 탄생하는 순간을 목격한 사람은 여럿 있다. 곁을 떠나서 자라지만 부모도 있다.

하지만 마녀가 탄생하는 순간을 목격한 사람은 한 사람도 없다……. 왜지?

그 해답을, 디아스가 지금 한 말로 설명할 수 있다.

"그, 그건…… 알렉시아 님만 예외인 게…… 아닌가?"

"설명해야만 알아들을 정도로, 너도 바보는 아니겠지? 하지만 굳이 가르쳐 주마……. 모두가 그렇다. 한때 나와 알렉시아 님이 토벌한 마녀도 전대…… 아니, 정확하게는 우리의 전대 성녀가 마물에 의해 죽었으니까 그보다 앞선…… 아무튼 성녀의 말로였다."

레일라는 무의식중에 한 걸음 물러났다.

생각하지 않으려고 했던 최악의 상상이 자꾸만 뇌리를 스친다.

그토록 다정한 엘리제가 마녀로 변해 세계를 공포로 몰아넣는다……. 그렇듯 있어서는 안 되는 미래가, 자꾸만 뇌리를 스친다.

그리고 그때, 자신이 어떻게 할지를 생각했다.

디아스처럼 주군이 마녀가 되어도 지킬 것인가? 아니면…… 엘리제에게 검을 겨눌 것인가?

"충격인가? 당연히 그렇겠지……. 나도 이 사실을 전대 마녀를 토벌한 다음에야 알았다. 마녀의 죽음과 함께 마녀가 쌓은 어둠의 힘이 알렉시아 님께 흘러들었다. 그래도 처음에는 변함없는 알렉시아 님이셨다. 나는 무슨 일이 일어났는지 몰라서 허둥대기만 했다. 그래도 나는 당장에라도 치료해야 한다고 생각해 서둘러서 성녀의 성으로 복귀했다. 알렉시아 님을 의사들에게 맡기고 나는 국왕에게 마녀를 토벌했음을 보고하러 갔는데…… 어떻게 됐을 것 같냐!"

"그건…… 물론…… 최선을 다해 알렉시아 님의 치료를…….″

레일라가 희망적 관측을, 애원하듯이 말하려고 했다.

그랬으면 좋겠다. 아니, 제발 그래야 한다.

그 소원이 담긴 예상은…… 당연하게도 완전히 빗나갔다.

"나는 그 자리에서, 영문도 모른 채 구속당했다.″

"무슨…….″

"그리고 며칠 뒤, 나라의 대신이 나에게 진실을 알려줬다. 마녀의 정체와 성녀의 말로…… 그리고 알렉시아 님을 죽이려고 했다가 놓쳤다는 사실을……. 그자들은 이렇게 말하더군. '자네는 우수한 기사다. 이전 성녀는 잊고 다음 성녀를 지키기 위해 힘을 빌려줬으면 좋겠다.' 라고……. 나는…… 일부러 그 제안을 받아들이고, 이 학교의 교사가 됐다…….″

그렇게 말하고 디아스는 화풀이하듯 벽을 때렸다.

말하는 사이에 분노가 치밀어 오른 것이리라.

태어난 순간에 성녀의 사명으로 부모와 떨어지고, 마녀를 토벌하기 위해서만 자라고…… 그리고 사명을 다해 겨우 평범하게 살 수 있다고 생각한 순간에 자신이 지킨 인간들에게 배신당한다.

디아스는 자신이 사랑한 성녀에게 저지른 짓을 도저히 용서할 수 없었다.

"나는 알렉시아 님을 지킨다. 설령 무엇이 적이 되더라도."

강한 결의를 말에 담고, 디아스가 검을 든다.

하지만 레일라는 검을 들 수 없었다.

디아스가 털어놓은 사실에, 자신이 뭘 하면 좋을지 모른다.

마녀를 토벌하고, 엘리제가 엘리제가 아니게 된다면…… 이대로 마녀를 토벌하지 않는 게 좋지 않을까……. 그렇게 생각하고 말았다.

그렇다. 지금도 마녀는 있지만 엘리제가 있어서 마녀가 없는 시절과 큰 차이가 없을 만큼 평화가 이어지고 있다.

그렇다면 이대로 마녀를 남기고, 엘리제가 성녀를 계속하게 하면 되지 않을까……. 그렇게 한심한 생각을 하고 말았다.

"전의를 잃었나……. 당연히 그렇겠지."

디아스가 감정이 느껴지지 않는 투로 말하고, 레일라를 해치우고자 검을 휘둘렀다.

하지만 그 직후에 검의 궤도가 번뜩이고, 디아스의 검이 밑동부터 잘려 허공을 난다.

이것을 한 자는 엘리제다.

마법으로 만든 빛의 검으로, 디아스의 검을 막는 걸 넘어서 잘라 버렸다.

"엘리제……!"

제20화 불안

위험해라~.

하마터면 레일라가 당할 뻔해서 황급히 끼어들어 어떻게든 교장의 검을 싹둑 자르는 데 성공했다.

아이나가 자살하려고 했을 때도 식겁했지만, 이번 것도 큰일날 뻔했다.

나는 꿀꿀한 전개를 싫어하니까 미소녀의 자살도, 미녀가 아저씨한테 죽는 것도 보고 싶지 않아.

야, 뭘 멍때리는 거야 빡콧.

정신 똑바로 차려.

"엘리제……님…… 저자가 한 말은……."

"사실이에요. 마녀의 정체는 이전 마녀를 토벌한 성녀……. 그것이 되풀이되는 마녀와 성녀의 싸움에 담긴 진실. 성녀가 마녀를 물리치는 한, 절대로 끝나지 않는 순환이에요."

빡콧의 질문에 대답하고, 얼굴에 힘을 팍 줬다.

끝나지 않는 순환이란 말 멋지지 않아?

뭐, 나는 애초에 가짜니까 순환하지 않지만 말이야.

내가 마녀를 물리치면 순환하지 않고 끝나지만 말이야.

"성녀 엘리제…… 역대 최고의 성녀인가……. 과연…… 내 검을 이토록 쉽게 자를 줄이야. 그 평판에 거짓은 없나 보군."

고마워. 달인이 칭찬해 주면 기쁘네.

뭐, 넌 두들겨 팰 테지만.

넌 잘도 우리 빠콧을 죽이려고 했구나? 앙?!

건방지게 수염이나 기르고 말이야. 이 미노년이.

"보아하니 넌 진실을 알고 있었던 것 같군. 그렇다면 왜 싸우지? 싸움의 끝에 있는 말로를 알 텐데도, 어째서."

어? 뭐야? 이번엔 나한테 정신 공격?

하앙, 헤에. 그렇구나. 네가 그럴 마음이라면, 받아들여 주마.

우리 빠콧을 말싸움으로 몰아넣어 전투 불능 상태로 만들어 준 것 같으니까, 그렇다면 이번엔 내가 말싸움으로 널 몰아넣어 주겠어.

"그건, 당신이 막아 주기를 원하기 때문이에요."

"뭐라고……!"

필살, 논점 바꾸기&책임 떠넘기기!

전부 네 탓이라고YO! 라는 폭론을 날려 보기로 했다.

더불어서 이참에 게임 시절 궁금했던 걸 물어보자.

"당신은 어째서 이 학교에서 기사를 육성하나요? 당신은 마녀를 지키겠다고 하면서, 한편으로는 마녀가 불리해지는 우수한 기사를 키우고 있죠. 수업 내용을 조작해서 생도의 질을 떨어뜨리는 일도 없이…… 레일라처럼 우수한 기사를 배출하고 있어요."

이거야. 게임을 했을 때부터 따질 구석이 가득했다고.

게임에서도 이 녀석은 마녀를 지킨다고 하면서 적이 되는데, 그 렇다면 기사를 육성하지 말라는 이야기 아니겠어?

수업 과정에 손을 대서 일부러 생도의 질을 떨어뜨린다든지 말 이야. 방법이라면 얼마든지 있는 셈이잖아.

그런데 그러지 않고 학교에서 강한 기사를 왕창 배출한 거야. 이 녀석은 바보 아닐까?

이제는 죽고 싶다는 걸로만 보인다고, 이건.

"당신은 마녀를 지키고 싶었죠. 하지만 한편으로, 사랑하기 에…… 알렉시아 님이 마녀로서 자꾸만 자신을 잃는 것을 보는 게 괴로웠던 거예요. 누군가가 알렉시아 님을 막아 주기를 바란 거예 요. 아닌가요? 디아스 교장."

"…………."

어라? 입을 다물었네?

뭐야? 뭔데? 정곡? 정곡이야?

자, 뭔가 반박해 보라고 아저씨.

"그럴지도 모른다……. 확실히 나는, 알렉시아 님께서 알렉시 아 님이 아니게 될 바에는…… 누군가가, 막아 주기를 빌었다."

앗싸, 정답.

어쩌면 나는 탐정 재능이 있는 게 아닐까?

몸은 성녀, 두뇌는 쓰레기! 그 이름은…… 아니, 두뇌가 쓰레기 면 안 되잖아.

무리잖아, 탐정.

"마녀로서 악행을 거듭할 바에는…… 성녀에게 토벌되는 게 차라리 행복한 게 아닐까…… 확실히, 마음속 한구석에선 그렇게 생각했다. 그래, 인정하마. 나는 다음 성녀가 알렉시아 님을 막아주기를 원했던 거다."

오, 솔직해졌네.

그러면 더는 우리를 방해하지 말라고.

우리는 마녀를 토벌하고 싶고, 너는 마녀를 토벌해서 구원하길 바라고.

이해관계는 일치하니까, 더는 싸울 의미가 없어.

"그렇다면……."

"하지만!"

으헉. 갑자기 소리치지 마. 깜짝 놀라잖아.

"하지만 안 된다. 너만은 안 된다! 확실히 성녀에게 토벌되는 것이 알렉시아 님께는 구원일지도 모른다. 하지만! 너만은 알렉시아 님을 토벌하게 둘 수 없다!"

어, 그게 뭐야…….

다른 녀석은 되지만 너만 안 된다니, 평범하게 상처받는데.

뭔데? 차별? 나만 왕따?

그런 건 나쁘다고 봐, 나는.

"배신하긴 했지만…… 그래도 나 역시 한때는 세계를 지키는 것을 긍지로 여겼던 기사다. 그러니까…… 반드시 세계가 멸망하는 길로 나아가게 할 수는 없다. 성녀 엘리제…… 너는 정말로 사상 최고의 성녀이겠지. 내게 최고의 성녀는 알렉시아 님 말고 있을 수 없지만…… 객관적으로 봐서, 네가 그렇게 평가받을 만한 존재라는 사실은 잘 안다."

그렇게 말하면서 디아스는 부러진 검을 들었다.

그리고 번개 마법이 부러진 부분을 메꾸고, 번개의 검이 된다.

그게 뭐야, 멋져.

그걸로 벨 수는 있냐고 눈치가 없는 딴지를 떠올리지만, 아무튼 멋져.

"그렇기에 너만은 알렉시아 님을 토벌해선 안 된다! 네가 알렉시아 님을 토벌하고 다음 마녀가 되기라도 하면…… 더는 아무도 막을 수 없다! 아무도 이길 수 없다! 물리칠 수 없다! 다음 성녀도…… 그다음 성녀도! 절대로 이길 수 없는 무적의 마녀가 탄생하고, 인류는 멸망한다……. 지금의 네가 그럴 마음이 없더라도, 반드시 그렇게 된다! 마녀가 된다는 것은 그런 것이다! 너만은, 절대로 마녀가 되어서는 안 되는 존재다!"

아하. 나는 납득했다.

뭐, 이 녀석 시점이라면 그렇게 되겠지.

이 녀석은 내가 가짜라는 걸 모르니까.

덤벼드는 교장의 검을 맨손으로 잡아서 막고, 가슴에 손을 댔다.

자, 마법 쾅.

교장은 요란하게 날아가고, 벽에 처박혔다.

"꺼……헉……. 너무…… 강하다……! 아, 안 된다……. 이래서는 정말로…… 세계가 멸망한다……."

벽에 몸을 기대고 주저앉는 교장. 그는 앞으로 붙잡혀서 감옥에 가겠지.

그렇게 생각하니 아주 조금 불쌍하게 보였다.

어차피 붙잡혀서 퇴장할 녀석이니까, 조금 정도는 희망을 보여 줘도 될까?

뭐, 아저씨에게 엉겨 붙는 취미는 없으니까 아이나처럼 구하진 않을 거지만.

"멸망하지 않아요. 저는 마녀가 되지 않으니까요."

"어리석긴…… 그런 문제가 아니다……. 네가 아무리, 그렇게 생각해도…… 평화를 바라는 마음이 있더라도…… 성녀인 이상, 마녀를 토벌하면 마녀가 된다……. 그리고 마녀가 되면 아무리 버텨도, 마지막에는……. 알렉시아 님도, 그랬다……."

호흡이 가쁜 채로 말하면서도 기절하지 않는다.

이러니저러니 해도 이 아저씨 역시 기사라는 거겠지.

이만한 차이를 보여줘도 세계의 멸망만큼은 필사적으로 피하려고 하는 것이다.

나는 그런 아저씨에게 다가가 귓가에 대고 커밍아웃을 날려 주었다.

"진짜 성녀는 저기 있는 에테르나 양이에요. 저는 그저 착오로 뒤바뀐 가짜 성녀랍니다. 이건 모두에게 비밀로 해 주세요."

"뭣이?!"

이 말에는 놀랄 수밖에 없었는지, 디아스는 나를 빤히 봤다.

"서, 설마…… 그런 일이……. 믿을 수 없다……! 역대 최고의 성녀로 불리는 네가 어찌…… 설마……!"

아무래도 아직 의심하는 듯해서, 나는 아까 번개 소드를 잡은 손바닥을 슬쩍 보여주었다.

마력으로 방어했지만, 그건 위력이 참 대단했다.

내가 일부러 힘을 조절한 탓도 있지만, 손바닥에 작은 화상을 입었다.

성녀가 자기 힘이나 마녀가 아닌 힘에 상처를 입는다……. 이 의미를, 이 녀석이라면 이해할 수 있겠지.

"성녀의 힘 없이도 마녀를 물리칠 방법도 이미 찾아냈어요. 물론 제가 알렉시아 님을 물리쳐도, 제가 마녀가 되는 일은 없고요. 왜냐하면 전 가짜니까요."

그렇게 말하고 혼신의 성녀 스마일로 웃어 주었다.

그러자 디아스는 넋이 나간 것처럼 가만히 나를 보더니, 이윽고 큰 소리로 웃기 시작했다.

"후, 후하하하하……후하하하하하하! 거 참 놀랍군……. 놀랍구나, 엘리제! 설마, 이런 일이 있을 줄이야! 너는 엄청난 녀석이다! 정말로 대단한 녀석이야! 이거라면 정말로 바뀔지도 모른다……. 계속되던 마녀와 성녀의 순환이!"

디아스는 진심으로 기쁜 듯이 웃고, 완전히 힘이 빠진 것처럼 축 늘어졌다. 야, 지금 쓰러지지 마.

나는 지금 네 귓가에 대고 말하려고 네 앞에 앉아 있으니까, 네가 쓰러지면 내 무릎 위에 머리가 올라가잖아.

야, 그만둬. 아저씨에게 무릎베개를 해 주는 취미는 없다고. 비켜, 아저씨.

"한 가지…… 부탁해도 되겠나?"

"뭐죠?"

알았어. 내가 할 수 있는 범위에서 부탁을 들어줄게. 그러니까 비켜.

"만약 가능하다면…… 알렉시아 님을, 구해주지 않겠나. 그건 불가능하다고 알지만…… 너라면, 왠지 가능할 것 같다…….."

그렇게 말하고, 아저씨는 기절했다……. 내 무릎 위에 머리를 얹은 채로…….

야, 치우라고. 무겁잖아.

더군다나 마지막에 뭔가 과대평가&쓸데없는 부탁도 남겼다.

마녀를 구하라니, 왜 내가 그런 짓을 해야 하는데.

애초에 그렇게 편리한 방법이…….

뭐…… 있기는 하지만…….

◇

교장 일파는 모두가 체포되고, 달려온 병사들에게 연행됐다.

아이나를 비롯해 이용당하기만 한 자들도 함께 끌려갔지만, 이들은 간단하게 조서만 쓴 다음에 석방된다고 한다.

이것으로 사건은 해결했지만, 기숙사로 돌아가는 베르네르 일행의 발걸음은 가볍지 않았다.

이번 사건으로 알게 된 사실이 자꾸만 머리를 스쳤기 때문이다.

마녀의 정체는 성녀……. 마녀를 토벌한 성녀가 다음 마녀가 된다.

이것은 베르네르 일행에게도 큰 충격이었지만, 특히 충격을 심하게 받은 것은 레일라와 서플리 같은 어른들이다.

레일라가 태어난 20년 전은 때마침 알렉시아가 만든 짧은 평화가 이어지고 있었다.

고작 3년 뒤에…… 지금으로부터 17년 전에 마녀가 탄생하고…… 아니, 알렉시아가 마녀가 되면서 평화가 허무하게 무너졌지만, 그래도 레일라는 태어나서 3년 동안 평화로운 세계에서 살고, 건전한 마음을 키울 수 있었다.

서플리가 태어난 25년 전은 알렉시아 이전의 마녀가 날뛰던 시기로, 이 시기는 원래라면 마녀를 토벌해야 할 알렉시아의 이전 성녀가 마물에 의해 죽는 바람에 암흑기가 40년 넘게 계속된 지옥이었다.

그 지옥에서 태어난 서플리이기에, 고작 5년이라고는 해도 평화로운 세계를 되찾아준 성녀를 동경하고, 심취한 것이다.

그가 현재 마음을 바친 대상은 엘리제이지만, 그 성녀 신앙의 시작은 알렉시아다.

그 성녀가 마녀가 됐다는 사실은…… 가볍지 않다.

그리고 엘리제는 고작 열 살 나이에 성녀로서 활동하기 시작하고, 잠정적으로나마 마녀가 없는 세계에 가까운 평화를 구축했다. 그것이 7년 전 일이다.

과거, 그 어떠한 성녀도 평화로운 시기를 5년 정도밖에 만들 수 없었다.

지금 생각해 보면 마녀가 되지 않고 버틸 수 있었던 세월이 5년 정도였던 거겠지.

그러나 엘리제는 이미 그 초월적인 힘으로 평화를 7년 동안이나 유지하고 있다. 더군다나 다른 성녀와 다르게 본인이 살아있는 채로 말이다.

이것만 봐도 왜 엘리제가 역대 최고로 불리는지 알 수 있으리라.

하지만 역대 최고는 역대 최악이 될 수 있다.

그만한 힘을 지닌 엘리제가 만약 마녀가 되면…… 디아스가 말한 대로, 아무도 이길 수 없다.

다음 성녀가 태어나든 말든 암흑기가 이어지고, 더는 끝나지 않는다.

인류가 멸망할 때까지 이어지는 암흑시대의 개막이다.

그렇기에 베르네르는 의아했다. 그토록 완강하게 엘리제만은 알렉시아를 토벌하게 두지 않겠다고 한 디아스가 왜, 마지막에 가서 태도를 확 바꿨을까?

그 태도가 변한 것은 엘리제가 그에게 뭔가 귓속말하고 손바닥을 보여줬을 때다.

그 순간, 디아스는 웃음을 터뜨리고 마녀와 성녀의 순환이 끝난다고 말하면서 엘리제의 무릎 위에서 의식을 잃었다.

서플리는 그것을 무척 부러워했고, 베르네르도 부럽다고…… 아니지. 지금은 그걸 생각할 때가 아니다.

뭐지? 대체 디아스는 뭘 봤지? 무슨 말을 들었지?

성녀는 마녀가 된다. 엘리제가 마녀가 되면 아무도 막을 수 없는 무적의 마녀가 된다.

그래서 막으려고 했는데, 어째서 갑자기 생각을 바꿨지?

모르겠다…….

엘리제에게 직접 물어봐도 '비밀이에요.' 라며 얼버무린다.

하지만 적어도 엘리제는 디아스가 납득할 '무언가'를 말하고, 보여줬다.

그것만은 확실하리라.

교장 일파를 체포함으로써, 이 학교에서 마녀의 눈은 사라졌다.

어딘가에 잠복했을지도 모르지만, 연락 수단으로 쓰이던 스틸은 서플리가 확보했으므로 앞으로는 그가 교장인 척하면서 마녀와 연락을 주고받고, 엘리제 일행에게 정보를 넘길 것이다.

그렇게 된 다음에는 마녀가 있을 곳을 알아내 돌입하기만 하면 된다.

그리고 엘리제라면 반드시 승리하리라.

하지만…… 엘리제의 승리는 다음에 있을 절망을 의미한다.

정말로 이대로 괜찮을까?

엘리제가 마녀를 토벌해도 될까?

토벌하지 않고, 현재 상황을 유지하는 게 낫지 않을까?

그렇듯 말해서는 안 되는 마음이 모두의 가슴속에 만연했다.

[서적판 보너스] 풍요의 성녀 ~엘리제 10세~

　더는 참을 수 없어!

　그렇게 난데없이 오래전 아침밥의 제왕이었던 식품의 광고 멘트 같은 소리를 외치고. 안녕하세요, 엘리제입니다.

　이 세계에 환생하고 5년. 정신 연령은 둘째 치고 신체 나이는 열 살이 된 나는 인내심이 한계에 달했다.

　뭐가 한계냐면, 식사의 한계야. 이 세계의 먹을 것에 대한 불평불만이야.

　명색이 나는 이 세계에서 희망의 상징인 성녀 신분이잖아? 가짜지만.

　그리고 성녀라면 지위로 봤을 때 귀족은 물론이고 왕족보다도 떠받들어야 할 존재니까 풍족하게 살 수 있잖아? 난 가짜지만.

　그런데도 식사의 종류라고 할까, 메뉴를 너무 신경 쓰지 않는 것 같다고.

　식탁에 오르는 것은 뭐라고 할까…… 하나같이 짠맛이 강하다.

　매일같이 마물이 날뛰는 탓에 이 세계는 전체적으로 식량이 부족하며, 따라서 적은 식량이라도 낭비하지 않게끔 애써 보존하고 있다.

그리고 그 보존 방법이란 것이 소금에 절이는 방식이다. 후추는 귀해서 별로 쓰이지 않는다. 그렇다면 마법이 있는 세계니까 얼음 마법으로 보존하라고 하고 싶지만, 그게 가능한 건 마법을 쓸 줄 아는 소수의 인간뿐.

귀족쯤 되면 식량을 보존하기 위해 얼음 마법을 쓸 줄 아는 사람을 전속으로 고용하지만, 평민은 그럴 수도 없으리라.

그래서 닥치고 소금에 절인다. 농민 중에 얼음 마법을 쓸 줄 아는 사람이 있다면 이야기가 달라지겠지만…… 뭐, 얼음 마법을 쓸 수 있는 유능한 인재가 언제까지고 농민으로 살 리가 없겠지.

아무리 생각해도 귀족 등에게 자기 능력을 팔아서 고용되는 것이 더 좋은 생활이 가능하다. 혹은 귀족이 먼저 접촉해서 영입한다. 참고로 이때 거부권은 없다시피 하다.

그래서 역시 작물을 키우는 평민들 사이에서는 얼음 마법을 쓸 줄 아는 사람이 남지 않고, 사람들은 식량을 보존하기 위해 소금에 절인다.

채소라면 사워 크라우트나 피클로 만들고, 고기는 훈제나 염장육으로 만들고, 생선도 훈제하거나 소금에 절인다.

아무튼 소금&소금&소금이다. 그리고 그것을 세금으로써 귀족과 왕족에게 바치고, 마침내 소금에 절인 풀코스가 내 식탁에 오르는 셈이다.

그야 말이지? 환생한 초기에는 그럭저럭 맛있다고 여겼어. 이건 거짓말이 아니야.

하지만 그것도 결국 신기함에서 비롯한 감상에 불과하다.

소금에 절인 요리도 의외로 맛있다. 가끔은 나쁘지 않다……는 정도다.

하지만 처음에는 그랬어도, 매일 이래서는 솔직히 우울해진다.

다행히 마실 것은 옛날 독일처럼 맥주가 아니라 주로 물이지만, 이것은 물 마법이라는 편리한 것이 있기 때문이리라.

평민 계급은…… 뭐, 그냥 맥주를 마실 것이다.

물은 비가 올 때나 마시지 않을까? 우물은 마물이 무슨 짓을 했을지 모르고…… 자칫하면 독을 풀었을 가능성도 있고…….

아무튼 전체적으로 맛이 짜다. 5년 정도 참았지만, 솔직히 이건 힘들어.

그리고 역시 끔찍한 건 농민이 겨울을 못 넘기고 픽픽 죽는다는 것이다.

농민은 이른바 식량을 생산하는 데 가장 중요한 숨은 공로자인 셈으로, 그들이 애써 농작물을 키우지 않으면 식량 부족 상황에 처하며, 결국에는 부족한 식량을 조금이라도 더 보존하려고 소금에 절인 풀코스가 되는 것이다.

극단적으로 말해 왕족과 귀족이 아무리 많아도 농민이 전멸하면 이미 나라가 망한 셈이다…….

그러니까 우선 농민 여러분을 어떻게든 하지 않으면 위험할 것 같아. 주로 내 식탁을 위해서.

세금이니 뭐니 해서 그들의 식량을 절반 넘게 빼앗아 굶어 죽게 할 때가 아니야, 진짜.

그랬다간 결국 막판에 가서 굶어 죽는 건 우리라고.

난 싫어. 이세계에 환생해서 굶어 죽는 건.

그리고 나 같은 바보도 싫다고 못 참겠다고 배부른 소리를 할 수 있지만, 말만 해서는 아무것도 달라지지 않는다.

그건 그렇고…… 이럴 때 똑똑한 이세계 환생자라면 '넌 머릿속에 맛폰이라도 들었냐?' 라고 말하고 싶어질 만큼의 박식함으로 이것저것 '내정' 을 하겠지만, 까놓고 말해서 난 그렇게 똑똑하지 않다.

그러니까 지금부터 식생활을 개선할 굿 아이디어가 나올 리도 없고, 내가 아는 거라곤 고작해야 감자나 고구마나 콩은 척박한 땅에서도 잘 자란다거나, 옛날 독일은 감자가 들어오면서 확 변했다거나…… 같은, 누구나 아는 지식밖에 없어서.

'감자가 있으면 해결돼!' 라고 말하는 건 쉽지만, 애초에 이런 이세계에 타이밍 좋게 감자가 나타나면 아무도 고생하지 않는단 말이지…….

"엘리제 님. 새로운 관상용 꽃은 여기 둬도 되겠습니까?"

"아, 그래요. 고생이 많아요."

내가 생각하고 있을 때, 근위기사 한 명이 관상식물을 부지런히 옮겼다.

그 꽃은 의외로 예뻐서, 하얀 꽃잎과 기둥처럼 솟은 노랑 중심부가 인상적이다.

그건 마치 감자꽃 같아서…… 같아서…….

──있잖아, 감자! 잘했다!

이봐! 평범하게 있잖아, 감자! 왜 장식으로 쓰는데!

기사가 방에서 나가자마자 꽃을 잡아당기고, 뿌리줄기를 확인해 본다.

아니나 다를까 그곳에는 감자가 달려 있었다.

거참 엄청나네. 평범하게 감자야. 어쩌면 비슷한 다른 꽃일지도 모른다고 생각했는데, 그런 일도 없이 감자다. 일단 나중에 내가 먹어서 확인해야겠지만, 아마도 이건 감자가 맞을 거야.

아…… 이거면 어떻게든 될지도 모르겠는걸. 감자 하나만 있어도 선택지가 확 늘어나.

영양가가 있으니까 늘려서 키우는 방법을 농민에게 가르쳐 주면 단순히 아사자가 줄어들 테고, 그러고 보니 이걸 먹으면 괴혈병도 안 걸리던가.

그리고 감자는 단순히 조리법이 엄청나게 풍부하단 말이지.

그냥 먹어도 되고, 버터를 발라서 먹어도 되고, 포타주로 만들어도 되고, 달걀과 섞어서 오믈렛을 해 먹어도 되고, 얇게 썰어서 튀기면 감자칩도 된다.

조금만 수고를 들이면 케이크도 되니까, 진짜 응용성 짱.

전채, 수프, 메인, 디저트 전부를 책임질 수 있는 만능선수다.

그게 왜 관상용이 됐는지 조금 이해할 수 없네.

누구 한 사람쯤은 '잠깐 싹 부분을 떼고 먹어 보자!' 라고 생각하지 않은 걸까?

나야 바탕 지식이 있으니까 그런 소리를 할 수 있는 거지만…… 누군가는 시험해 봤어도 이상하지 않잖아? 적어도 '복어는 독이 왕창 있고 독을 먹으면 죽지만, 어떻게든 독을 제거해서 생으로 먹어!(복어회)'라든가, '바다표범 배에 바닷새를 꾸역꾸역 집어 넣고 땅속에 묻어서 장시간 발효시킨 다음 곤죽이 된 내장을 새의 똥구멍으로 빨아 먹어!(키비악)' 같은, 애초에 '왜 그걸 하려고 했어요?' 같다고 할까 '왜 그걸 먹으려고 했어요?'라고 말하고 싶어지는 초특급 발상과 비교하면 감자에서 싹을 제거하고 먹는 정도는 누구나 한번쯤 해봐도 될 것 같은데 말이야.

아니…… 이건 아마도 지구인이 이상한 게 아닐까?

이상한 거겠지…… 아마도.

아무튼 나는 아마도 평생 이해할 수 없는 천재의 발상은 무시하고, 지금은 감자다.

감자는 농사 초보라도 비교적 간단하게 키울 수 있는 작물이다.

성장도 빨라서 4개월이면 대체로 잘 자란다. 하지만 4개월이나 기다리면 그동안 농민들이 픽픽 죽어 나가니까 지금은 꼼수를 쓰려고 한다.

먼저 감자를 대량으로 수확하면 된다고 생각해서 비행 마법을 써서 남쪽으로 갔다.

지구에서는 남미 안데스 산맥이 감자의 원산지라고 하므로, 이쪽 세계에서도 비슷한 곳에 있지 않을까 짐작한 것이다.

그리고 있기는 있는데…… 아쉽게도 숫자가 적었다.

이래서는 농민들에게 다 돌리기 어렵다. 귀찮지만, 씨감자를 몇 개 챙겨서 내가 늘리기로 했다.

수중에 있는 적은 감자에서 농민들에게 다 돌아가게 늘리려면 하여간 시간이 부족하다.

하지만 다행히 내게는 마법이 있다. 이걸 쓰면 어떻게든 되겠지.

먼저 싹 난 감자를 잘라서 절단면을 말린 다음 심는다. 자르는 이유는 사실 잘 모른다. 싹이 트는 양을 조정한다거나, 씨감자를 절약한다거나, 대충 이런저런 이유가 있다나 보다.

절단면이 축축하면 썩기 쉬우므로 사실은 환기가 잘되는 곳에 며칠 방치하고 절단면이 코르크처럼 될 때까지 건조하는 게 좋다고 한다.

하지만 이것도 기다리는 시간이 아까우므로 물 마법의 응용으로 수분을 빼고, 빛 마법을 햇빛 대신으로 삼아 후다닥 건조한 다음, 흙 마법으로 깐 지면에 쑤셔 넣었다.

햇빛에 닿으면 독소가 발생하므로 묻은 곳에는 흙을 높이 쌓는 게 좋다고 한다.

그리고 여기서 발동하는 것이 회복 마법. 마력을 과잉 공급해서 급성장하게 한다.

참고로 어떤 원리로 급성장하는지는 나도 모른다.

다만 생명력과 수명을 미리 쓰는 위험한 마법인 건 알며, 이걸 쓴 식물은 급속도로 성장하는 대신 정상적인 식물보다 훨씬 빨리 시든다.

그야 수천 년을 사는 나무를 100년 치 성장시키면 수명이 900년 남은 나무가 완성되는 거니까 이 방법을 쓰면 손쉽게 자연을 재생할 수 있을지도 모른다. 다음에 해보자.

그리고 그동안 감자가 성장해서 줄기가 자라므로, 굵고 색이 진한 줄기만 남기고 나머지는 뽑아내고, 다시 회복 마법을 과잉 공급했다.

그리고 어느 정도 성장한 듯한 시점에서 수확해 보면 크고 작은 감자가 열 개 정도 생겨서, 그걸 전부 씨감자로 삼아 전에 했던 것과 똑같이 또 자르고 말려서 땅에 묻었다.

수작업이냐고? 그렇게 귀찮을 짓을 왜 해. 흙 마법으로 작업용 골렘을 만들고 잡다한 일은 그것들에 전부 떠넘긴다.

내가 성실하게 땀 흘리며 노동할 리가 없잖아. 전생에 나는 방에 틀어박혀 살았는데?

그런고로 일해라 골렘들. 잔업수당? 그딴 건 없어. 너희는 모두 과로사할 때까지 공짜로 일해.

"고⋯⋯."

입에 해당하는 구멍에서 못마땅한 듯 애절한 소리를 내면서 골렘들이 일했다.

그리고 몇 시간 뒤⋯⋯.

할 일을 마친 골렘들이 무너지고, 그 자리에는 감자밭이 남았다.

뭐 대충 도쿄돔 2개 크기네. 마법 만세.

이제는 감자를 먹을 수 있다는 것을 모두에게 설명하고, 키우는 방법을 가르쳐 준 다음에 이 밭과 함께 다 떠넘기자. 그리고 마을과 도시에 분배하는 것도.

그렇게 하면 내가 아무것도 안 해도 농민 여러분이 일개미처럼 일해서 내게 맛있는 감자를 바친다는 공산이다.

아무튼 먹을 수 있다는 사실을 설명하려면 실제로 먹어 주는 게 제일이지.

이 세계에선 지금껏 감자를 먹은 적이 없으니까 당연히 감자 요리의 기본도 없다.

그러므로…… 내가 만들 수밖에 없구나…….

우선 귀족이니 왕이니 하는 높으신 작자들을 부르고, 덤으로 요리하는 사람도 몇 명 모아서…… 이제는 뭘 만들지가 관건이다.

아무튼 감자를 그냥 찐 것과 감자튀김…… 그리고 샐러드와 버터감자…… 뭐, 적당히 몇 가지를 응용해 볼까.

◇

감자는 먹을 수 있다.

그 사실은 엘리제가 사람들에게 전파한 뒤로 순식간에 퍼졌다.

원래부터 감자…… 아니, 감자란 이름 자체가 엘리제가 그렇게 부를 때까지 없었으니까, 좌우지간 그것은 먹을 것으로 인식되지 않았다.

하얀 꽃이 피는 그것은 주로 관상용으로 가치가 있었고, 땅속에 있는 줄기는 주목받지 않았다.

그것은 몇 가지 이유가 있다. 첫 번째로 그것이 원산지를 알 수 없는 희귀품이었기 때문이다.

굳이 남쪽 산맥으로 가야만 구할 수 있는 감자는, 원래 원정을 떠났던 기사 한 명이 우연히 발견해 가져온 것이었다.

그러나 그 기사는 귀환한 뒤 병으로 세상을 떠나 감자의 출처가 불명확해지고 말았다.

그래도 보기에는 예뻐서 관상용으로 재배됐는데, 잘못 키우기라도 했는지 이 감자는 병에 걸려 적은 양밖에 수확하지 못했다.

나아가 그 병이 다음 감자에도 유전되면서 감자는 키우기 어렵고 적은 양밖에 수확할 수 없는 약한 식물이라는 오해가 퍼지고, 희귀품으로 변한 것이다.

꽃을 보는 관상용 식물……. 그것도 희귀품이 농민들 손에 들어갈 일은 없다. 그리고 귀족은 농민처럼 생활이 궁핍하지 않은 경우가 많아서 굳이 먹어 보려고 하는 사람은 거의 없었다.

물론, 모든 귀족이 여유로운 건 아니다.

이 세계는 전체적으로 식량 부족 상태이므로, 잘 먹지 못해 마른 귀족도 있다.

하지만 그렇게 생활이 빠듯한 귀족은 애초에 관상용 식물에 관심을 주지 않는다.

그런 것을 구할 여유가 있으면 어떻게든 식량을 더 모으려고 하겠지.

그래도 혹시 몰라서 한번 먹어 보려고 시도해 본 사람이 없었던 건 아니다.

하지만 그 사람은 감자의 싹에 있는 독 때문에 탈이 났다. 혹은 작고 덜 자란 것을 먹거나, 혹은 녹색이 된 감자를 먹고 말았다.

『싹을 제거해라』, 『덜 자란 감자는 먹지 마라』, 『녹색이 된 감자는 먹지 마라』, 『양달에 두지 마라』, 『이건 병에 걸렸으니까 감염되지 않은 것을 산맥에서 가져와라』……. 과연. 알기만 하면 간단한 이야기다. 하지만 그들은 알 도리가 없었다.

숫자가 적고, 귀족들 사이에서만 도니까 시험해 보려는 사람이 적었다. 원래부터 관상용이라는 선입견이 있었다. 시험해 봐도 탈이 났다.

병에 걸린 상태의 감자만을 아니까 원래부터 그런 식물로 오해하고 말았다.

이러한 조건 중 하나라도 달랐다면 감자의 가치를 누군가 눈치 챘을지도 모른다.

농민들 손에 들어갔다면 아무리 독이 있는 걸 알더라도 머리를 써서 어떻게든 먹어 보려고 했을 테고, 몇 번이나 실패를 거듭하면서도 마침내 안전하게 먹는 방법에 이르렀으리라.

이 감자가 정상적인 상태가 아니라는 해답에도 도달했을 수 있었을 것이다.

하지만 그렇게 되지 않았다. 세상일이란 참 신기해서, 한번 알게 되면 그야말로 모두가 이해할 법한 간단한 일이 오랫동안 모두에게 인지되지 못하는 경우가 있다.

한번 '원래 이런 거다'라고 생각한 고정관념이란 생각보다 골치가 아픈 것이다.

하지만 그 오해는 완전히 풀렸다.

엘리제는 관상용 취급이던 감자가 병에 걸린 사실을 몰랐지만, 결과적으로 산맥에서 건강한 감자를 가져와 늘리는 데 성공했다.

그리고 그것을 널리 퍼뜨림으로써 사람들을 굶주림에서 구원한 것이다.

──그로부터 7년 뒤…… 알프레아 마법기사 육성기관의 식당에서는 훈련을 마친 생도들이 수북이 쌓인 감자로 배를 채우고 있었다.

지금은 완전히 지아르디노 대륙의 주식이 된 감자는 빈부와 관계없이 식탁에 올라 사람들의 배를 채웠다.

그 식당에서 다른 사람들보다 한층 많은 양을 먹는 것은 베르네르와 그 친구인 존이다.

한쪽은 귀족 가문에서 태어났지만 어린 시절에 추방된 경험이 있고, 한쪽은 평민 출신의 전직 병사다.

두 사람은 굶주림이 얼마나 괴로운지를 잘 알고, 그만큼 배불리 먹을 수 있는 지금에 감사하고 있었다.

"이 학교에 와서 뭐가 제일 좋았냐면, 이렇게 배불리 먹을 수 있다는 거야. 역시 귀족 자녀가 다니는 학교는 달라."

감자를 입에 가득 넣은 존이 감회 깊게 말한다.

같은 평민 신분이라도 존과 베르네르는 다르다. 베르네르는 집안에서 추방당할 때까지…… 즉, 3년 전의 열네 살 때까지는 귀족이었다. 그리고 엘리제가 감자를 퍼뜨린 것이 7년 전이므로, 엄밀하게 따지면 추방되고 나서 일부 시기를 제외하면 진짜로 굶주려 본 적이 없다.

하지만 평민 출신인 존은 굶주림의 괴로움을 잘 안다.

추운 겨울에 가족끼리 난로 앞에 모여 배고픔을 달래려고 나무 뿌리를 물고 억지로 잠들었던 어린 시절의 일을 지금도 선명하게 기억하고 있다.

매년 겨울이 올 때마다 누군가가 죽었다. 아침에 일어나 보면 형이…… 밤에는 태어난 지 얼마 안 되는 남동생이 싸늘하게 식었다. 그때의 광경은 잊을 수 없다.

어제만 해도 이야기했던 친구가 다음 날에는 없고, 모두가 뼈와 가죽이 앙상하게 말랐다.

그렇기에 감자가 퍼졌을 때의 감동은 잊을 수 없다.

난생처음으로 배부를 때까지 먹었을 때의 행복을 똑똑히 기억하고 있다.

아버지도, 어머니도, 여동생도…… 마을 모두가 울면서 성녀에게 감사하며 배가 찰 때까지 먹었다.

생각해 보면 그때 병사가 되기로 결심했을지도 모른다.

조금이라도 돈이 더 벌리는 일을 해서 부모님에게 은혜를 갚고 싶다는 마음은 있었다.

하지만 그보다도…… 그 광경을 만든 성녀란 사람을 지키고 싶어서…… 그런 생각이 처음 원동력이었을지도 모른다.

"그건 조금 아니군. 이 학교도 이만큼 식생활에 여유가 생긴 건 겨우 7년밖에 안 됐다."

테이블 아래에서 목소리가 들리고, 존과 베르네르는 얼떨결에 감자를 떨어뜨렸다.

대체 무슨 일인가 싶어서 아래를 보자 어째서인지 바닥에 엎드린 듯이 교사인 서플리 먼트가 잠복하고 있었다.

이 남자는 대체 뭘 하는 걸까…….

"저기…… 서플리 선생님. 그런 데서 뭘 하시는 겁니까?"

"흠. 별일 아니라네. 요 며칠 조사한 바로, 엘리제 님께서 식당에 방문하실 때는 높은 확률로 이 근처 의자에 앉으신다는 사실을 알아서 말이야. 따라서 이렇게 대기하고 있으면 엘리제 님께서 밟아 주실지도 모른다……. 그저 그렇게 생각한 바일세."

이 변태는 무슨 소리를 하는 걸까. 두 사람은 그렇게 생각했다.

이런 인간이 성녀를 지키는 기사가 될 후보생을 육성하는 곳의 교사라니, 진짜 괜찮은 걸까?

오히려 먼저 이 녀석을 학교에서 쫓아내야 하지 않을까……라고 두 사람이 생각한 것은 어쩔 수 없는 일이리라.

"그나저나 방금 이야기한 것 말인데, 아무리 이 학교라도…… 아니, 귀족 자녀가 식생활에 곤란하지 않다는 생각은 옳지 않군. 실제로는 고작 몇 년 전만 해도 귀족도 만족스럽게 먹을 수 없었지. 그만큼 이 세계는 궁지에 몰렸던 거다."

바닥에 엎드린 채로 서플리가 설명한다.

귀족은 백성에게 세금으로서 식량을 징수한다. 하지만 애초에 그 중요한 식량 자체가 적으니까 귀족이라고 해도 만족스럽게 배를 채울 수는 없다.

백성도 얼마 안 되는 식량을 세금으로 바치면 굶어 죽는 미래가 기다리므로 필사적으로 감춘다.

바쳐서 굶어 죽을 바에는 차라리 자신들이 먹고, 더는 아무것도 없다고 주장하는 백성도 있었다.

얼마 안 되는 식량을 두고 이웃끼리, 또는 마을끼리…… 때로는 영지를 소유한 귀족끼리 사투를 벌이는 일도 흔했다.

마물 앞에서 일치단결하기는커녕, 인간끼리 갈라져서 죽고 죽였다. 그 정도로 어느 곳이건 여유가 없었다.

"하지만 그것도 변했다. 감자의 보급은 그저 사람들의 배만 부르게 한 게 아니야. 배고픔이 줄어들면서 치안이 그 이전과 비교도 안 될 만큼 좋아지고, 사람들은 이웃을 배려할 여유가 생겼지. 마물 앞에서 손잡는 여유가 생긴 것이다."

서플리는 설명하면서 안경을 빛내고 식당에 오는 생도들의 다리를 관찰하고 있었다.

여생도의 다리에 흥미가 있는 게 아니다.

그저 엘리제가 식당에 오는 때를 놓치지 않으려고 눈에 불을 켠 것이다.

아무래도 이 남자는 다리만으로 엘리제를 판별할 수 있나 보다.

"그것이 엘리제 님께서 역대 최고의 성녀로 불리는 까닭이다. 오해받을 것을 무릅쓰고 말하자면, 역대 성녀님과 기사도 마물을 해치울 줄은 알았다……. 물론 규모는 압도적으로 다르지만 말이지. 하지만 아무리 적을 물리쳐도 배고파 우는 아이의 얼굴을 웃게 할 수는 없었다. 겨울을 못 넘기고 죽는 사람들을 어떻게 할 수는 없었다. 굶주린 사람들에겐 마물에게 죽는 미래에서 굶어 죽는 미래로 바뀐 것에 불과했다."

서플리의 설명에 존은 조용히 고개를 끄덕였다.

마물을 물리치면 그 마물이 습격할 사람들을 지킬 수 있다.

하지만 그렇게 지킨 사람들이 며칠 뒤에 굶어 죽으면 결과적으로 아무것도 달라지지 않는다.

마물에게 죽느냐, 굶어서 죽느냐, 그 차이밖에 없는 것이다.

"마물을 물리치는 것이 소용없다고 말하는 것도, 경시하는 것도 아니야. 하지만 그건, 말하자면 성녀의 사명이다. 어떻게 보면 역대 성녀들은 사명만을 충실하게 다하려고 했다고 말할 수 있지. 엘리제 님의 위대한 점은 사명과는 관계없는 부분에서 사람들을 구원했다는 것이다. 단언하지. 역대 성녀 중에서 배고파 우는 아이의 얼굴을 웃게 한 사람은 오로지 엘리제 님밖에 없다고. 그렇기에 그분께선 백성들에게 사랑받는 것이다. 알겠나? 거의 모든 백성이 이름을 외우는 성녀는 사실 엘리제 님밖에 없다는 것을."

엘리제는 백성들에게 사랑받는다. 그 사실을 상징하는 이야기로서, 백성들이 그 이름을 기억한다는 것이 있다.

세계의 희망을 상징한다고는 하나, 내일 살 수 있을지 어떨지는 모르는 백성들과는 먼 다른 세상이 이야기밖에 안 되어서, 따라서 백성들은 성녀를 『성녀님』으로만 기억한다.

성녀의 곁에 있는 기사나 함께 싸우는 병사라면 성녀의 이름을 기억해야 하는 의무가 있지만, 백성들에게 성녀란 '마녀를 물리쳐 주는 천상의 누군가'이며, 따라서 이름을 외우지 않는 것이다.

만약 무언가의 이유로 성녀가 다른 사람으로 뒤바뀌어도……예를 들어 지금껏 성녀였던 사람이 사실은 가짜고, 진짜 성녀가 나중에 그 자리에 앉는다고 해도, 그 가짜와 진짜를 똑같다고 생각할지도 모른다. 왜냐하면 이름조차 기억하지 않으니까.

이것은 베르네르와 존에게도 해당하는 일로, 두 사람은 이 학교에 와서 배우기 전까지 엘리제 말고 다른 성녀의 이름을 몰랐다.

전대 성녀의 이름이 알렉시아인 것과 초대 성녀의 이름이 알프레아라는 사실도 입학하고 나서 처음으로 알았다.

그러나 엘리제만은 다르다. 천상에서 같은 지상으로 내려온, 사람들을 구해주는 존재다.

그렇기에 백성들은 역대 성녀 중에서 엘리제의 이름만은 똑똑히 기억하고 있다.

"진짜 굉장하구나, 그분은……."

베르네르가 조용히, 하지만 진심이 어린 감탄을 중얼거렸다.

그저 적을 물리치는 힘이 강한 것만이 아니다.

무엇보다도, 우선해서 약한 사람들에게 손을 내민다. 절대로 놓치지 않는다.

그런 엘리제이기에, 지키고 싶다고 여기는 기사 후보생이 이토록 많은 것이리라.

반드시 지켜야 한다고…… 그들은 다시금 강하게 생각했다.

"음?"

베르네르와 존이 결의를 다시 다질 때, 서플리가 소리를 냈다.

마침내 고대하던 상대가 식당에 들어온 것을 포착한 것이다.

엘리제가 누군가와 함께 이쪽으로 다가오고 있다! 진짜로 다리만 보고 판별했네, 이 남자.

서플리는 지금까지의 조사로 엘리제가 평소 한가운데 자리에 잘 가지 않고, 좌우로 자리가 나뉠 때는 오른쪽으로 가는 경향이 있음을 알고 있다.

길이 하나라도 중앙보다 오른쪽 벽에 가까운 위치에서 걸었다.

그리고 이 자리는 입구에서 봤을 때 오른쪽이고, 나아가 지금은 엘리제 본인과 나름대로 친한 사이인 베르네르와 존도 있다.

그렇다면 여기로 온다! 꽤 높은 확률로! 그렇게 예상하고, 서플리는 기대하며 입가를 히죽거렸다.

하지만 다음 순간, 서플리가 예상하지 못한 일이 일어났다.

엘리제보다 먼저 다른 여생도가 그 자리에 접근한 것이다.

통나무…… 아니, 통나무로 착각할 만큼 굵은 다리다. 한 발짝 걸을 때마다 바닥이 흔들리는 듯한 착각마저 든다.

허리도 굵고, 마치 아름드리나무 같다. 불끈 솟은 가슴…… 여자의 상징? 아니, 대흉근!

얼핏 보면 비만 체형 같은 정도로 우람하게 단련한, 갑옷을 입은 근육질 여성이 서플리가 잠복한 자리로 걸어온다.

상반신은 완벽한 역삼각형을 이루고, 강인한 상반신을 지탱하는 하반신도 훌륭할 정도로 잘 다졌다.

엘리제와 똑같은 '여성'으로 느껴지지 않는 무언가의 앞에서, 서플리는 전율했다.

하지만 여기는 기사를 육성하는 학교로, 기사란 마물과 싸우고, 때로는 성녀의 방패가 되어야 하는 존재다.

그렇다면 이상하지 않다……. 육체를 한계까지 단련한 여전사가 있어도.

오히려 칭찬받아야 한다. 이만큼 단련한 육체는 그 각오와 수련의 결정체. 외모를 뒷전으로 하고, 기사로서 사명을 다하고자 극한까지 다진 그 최고의 몸은 모두가 목표로 삼아야 할 경지다.

투기대회에는 전날에 너무 의욕을 앞세워 24시간 연속으로 운동하는 바람에 생긴 전신 근육통으로 안타깝게도 못 나가고 말았지만, 만약 나갔다면 우승을 노렸을지도 모른다.

입에서 증기를 내뿜고(?!), 흰자를 드러낸 여전사가 쿵쿵 소리를 내며 서플리가 있는 자리로 다가오더니…….

"저기, 잠깐……."

그리고 서플리가 있는지 모르고 밟았다. 여담으로 그 체중은 100킬로그램이 넘는다.

악은 멸망했다. 스토커 남자에게 어울리는 최후다.

그리고 그 여생도를 힐끗 보면서 엘리제는 다른 자리에 앉고, 레일라가 식당 아주머니에게 받아온 감자 세트를 맛있게 먹었다.

〈2권에서 계속〉